KB265721

FANTASTIC ORIENTAL HEROES

장랑행로 3

진패랑 新무협 판타지 소설

초판 1쇄 찍은 날 § 2007년 9월 21일
초판 1쇄 펴낸 날 § 2007년 10월 2일

지은이 § 진패랑
펴낸이 § 서경석

편집장 § 문혜영
편집책임 § 유경화
편집 § 심재영 · 김규진

펴낸곳 § 도서출판 청어람
등록번호 § 제1081-1-89호
등록일자 § 1999. 5. 31
어람번호 § 제2-1301호

주소 § 경기도 부천시 원미구 심곡1동 350-1 남성B/D 3F (우) 420-011
전화 § 032-656-4452 팩스 § 032-656-4453
http://www.chungeoram.com
E-mail § eoram99@chollian.net

ⓒ 진패랑, 2007

ISBN 978-89-251-0930-5 04810
ISBN 978-89-251-0823-0 (세트)

진패랑
新무협 판타지 소설
장랑
행로
3
張郎
行路
명명각인(明名刻印)
FANTASTIC
ORIENTAL HEROES

도서출판
천어람

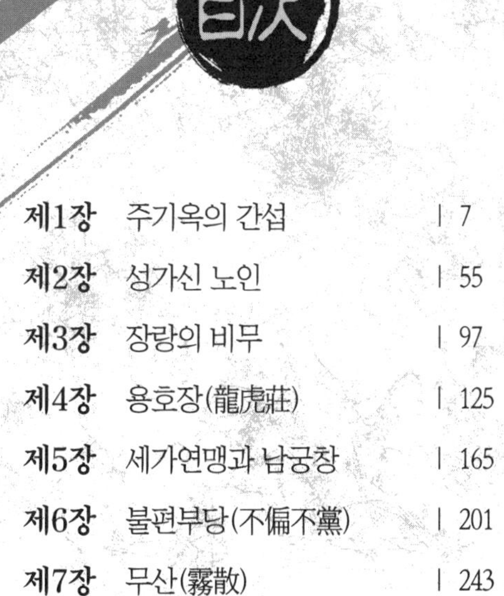

第一章
주기옥의 간섭

張郎
行路

酒脯此薄　為賜其福佑
新迎請神真老君演此真妙経竟
善降臨速得正一　道吉廣奉
至大改元四月佛冶為
日弟子趙孟頫敬

　　중원오악의 하나인 숭산 소실봉에 소림사가 있다면 태실봉 북쪽 기슭에는 중악묘(中岳廟)가 있다.

　　중악묘는 황실 직속 도관으로 원래는 묘호를 모신 사당이었지만 도사들이 상주하는 바람에 도관이 되어버린 특이한 전력을 가지고 있었다. 크기와 규모 그리고 장구한 역사로 따져도 소림사에 결코 뒤지지 않을 도관이었다. 하나 지척에 소림사가 있었고, 소림사의 위상이 너무 높은 탓에 어느 날인가부터 소림사의 영향권 아래 들어가 버렸다. 때문에 중악묘는 중원의 여타 도관에 비해 불교적 색채가 무척 강한 도관에 속하게 되었다.

며칠 전부터 등봉 일대에는 구비회 장소가 소림 본찰이 아닌 중악묘로 변경되었다는 소문이 돌았다. 아마도 중악묘의 관주 해성 도장이 소림사를 다녀가는 모습이 목격된 이후에 나돈 소문이었지만 장소가 변경되었다고 불평하거나 그 이유에 대해 이상하게 생각하는 사람은 없었다.

"왕야, 구태여 그렇게까지 해야 하는 이유는 뭡니까?"
엽진숭은 불만 섞인 목소리로 투정 부리듯 말했다.
"어리석은 놈. 너는 그렇게 머리가 안 돌아가느냐? 머리 좀 써라. 이런 경우를 두고 누이 좋고 매부 좋다고 하는 거야."
"저는 도무지 무슨 뜻인지 감이 잡히지 않습니다."
"녀석아, 감을 누가 잡아? 감은 그냥 따는 거야."
주기옥의 어설픈 농짓거리에 엽진숭은 그만 얼굴을 구기고 말았다.
"봐라, 등봉 주변을 한번 둘러보란 말이다. 예상한 인원보다 몇 배나 많은 인간들이 몰려들었지 않느냐? 소림이 당연히 고민에 휩싸여 버릴 것은 당연하잖아? 안 그래?"
"그야 그렇죠."
"이럴 때 내가 별 힘들이지 않고 소림에 도움을 준다면 소림은 내 은혜를 잊지 않을 테고, 나아가 두고두고 나에 대한 발복축원(發福祝願)을 할걸?"
주기옥은 자화자찬으로 얼굴에서 미소가 지워지지 않았다.

"왕야, 외람되오나 그건 왕야만의 생각이십니다."

"뭐? 나만의 생각? 이놈이?"

주기옥은 얼굴의 미소를 감추고 겹눈을 뜨며 엽진숭을 노려보았다.

"소림의 승려들은 바보가 아닙니다. 제가 알기로는 지객원에서 팔대호원(八大護院) 가운데 하나인 자심원(慈心院)으로 오르는 길목에 너른 공간이 존재합니다. 그곳은 눈짐작으로도 대략 삼만에서 사만 명가량의 인원을 수용하고도 남습니다. 소림이 바보가 아닌 이상 그만한 대비도 없이 큰 행사를 치르겠습니까?"

엽진숭의 이야기를 듣고 있던 주기옥의 얼굴에 다시 미소가 번져 갔다.

"이놈이 아직도 정신을 못 차렸구나. 하기야! 장 소협에게 그렇게 심하게 두들겨 맞았으니 벌써 정신이 돌아왔다면 그것이 더 이상하지."

"왕야, 그 일은… 이제 그만, 그만 놀리십시오."

엽진숭은 얼굴이 붉어지며 고개를 떨구었다.

"너는 소림 방장 원경 대사가 어떤 사람 같으냐?"

"어떤 사람이라니요?"

엽진숭이 다시 고개를 쳐들었다.

"나는 다른 건 몰라도 사람 보는 안목은 있다고 자부해."

"그 점은 저도 인정합니다."

"이놈이? 누가 네놈에게 인정해 달라고 했느냐?"

"그, 그것이 아니라……."

"됐다."

"왕야, 노여움을 푸십시오. 저같이 불알도 없는 놈이 알긴 뭐를 알겠습니까? 그냥 너그럽게 봐주십시오."

엽진숭이 덩치에 걸맞지 않게 계집처럼 아양을 떨었다.

"좋다. 이번만 특별히 말해주지. 내가 아는 원경 대사는 말이야, 구대문파 소속이 아닌 다른 사람들은 모두 타인으로 생각하는 경향이 있다. 한마디로 배타적인 생각을 가진 사람이라는 말이지. 다시 말해 자비심 가득한 고승과는 거리가 아주 먼 사람이다."

"왕야, 그래도 소림의 방장 스님인데 꼭 그런 식으로 표현할 필요가 있습니까?"

엽진숭의 음성은 볼멘소리였다.

꽤 충실한 불교 신자인 엽진숭은 소림이나 소림과 관계된 사람, 특히 원경 대사를 나쁘게 말하는 사람을 싫어했다.

"잘 들어라. 내가 받은 정보에 의하면 소림사는 이번 구비회 참관 인원을 이만 명 내외로 예상했다. 그리고 준비도 그 인원에 맞춰서 했지."

"그러고 보니 그건 저도 어디선가 얼핏 들은 기억이……."

"그런데 등봉 일대를 돌아다녀 보면 몰려든 인원이 적어도 칠팔만 명은 되어 보이지."

“많아 보이기는 해도 그렇게까지는 많게 안 봤는데…….”

“이놈이?”

주기옥이 눈을 흘겼다. 이에 엽진숭은 실실 웃으며 말했다.

“헤헤헤. 왕야의 눈은 저보다 몇십 배 정확하시니까 아마도 맞을 겁니다.”

“헛! 자식, 노골적인 아부는 여전하네.”

“아부라기보다 왕야를 늘 존경하는 마음에…….”

“됐다, 됐고. 아무튼 소림이 내부적으로 정한 이만 명을 제외한 나머지 사람들은 구비회의 참관은커녕 소림사의 문턱도 넘지 못한다는 말인데, 이는 소림사에게 자존심을 세우게 할지 몰라도, 수만 명의 무림인들에게 원성을 사는 일이기도 하지.”

“그러고 보니 그럴 수도 있겠습니다. 그런데 왕야께서 갑자기 이토록 신경을 쓰는 이유를 모르겠습니다.”

엽진숭은 갸웃했다. 소림으로 잠행 나올 때만 해도 구비회는 단순한 흥밋거리 이상의 관심이 없었던 주기옥이었다. 그런데 갑자기 변한 것이다.

‘아무리 관심이 생겼다고 해도 이건……?’

엽진숭은 의문이 생겼다. 그는 주기옥을 모시는 사람으로서 좀 더 자세히 알고 싶었다. 하지만 이어지는 주기옥의 한마디에 그만 입을 다물고 말았다.

"이유는 없다. 그냥 그렇게 하고 싶었을 뿐이다."

"네."

"서두르자."

엽진숭은 개방 거지의 지저분한 옷을 벗어 던지고 짙은 회색 무복으로 갈아입었다. 주기옥도 문사 복장에서 깔끔한 연한 옥색 무복으로 바꾸어 입었다.

옷이 날개라는 말은 여인에게만 해당되지 않았다. 두 사람은 단번에 어디를 가던 한눈에 뜨일 정도의 귀공자로 탈바꿈하였다.

"참, 너 그 장 소협에게 복수하고 싶은 마음이 간절하지?"

주기옥이 농담처럼 한마디를 던졌다.

"그야, 음… 당연하죠."

엽진숭은 망설이는 듯하다가 가슴을 쑥 내밀며 말했다.

주기옥은 엽진숭의 행동이 우스웠는지 피식 웃으며 말했다.

"자식, 진 대인께 부탁 한번 해보거라."

"진 대인이요? 진 대인께서는 지금 소흥 지방으로 내려가신 상덕공주(常德公主) 마마를 모시고 있지 않습니까? 그런데 어떻게?"

주기옥이 빙그레 웃었다.

"내가 불렀다."

"네? 정말이요?"

엽진숭의 표정은 금방 밝아졌다.

황성과 그 주변에는 기라성 같은 무예의 달인들이 수두룩했다. 그 가운데 가장 빼어난 실력을 다섯 명 뽑아 일명 '북직예 오대고수'라 불렀다. 진회팔은 그 북직예 오대고수 가운데 한 사람이었다.

진회팔의 실력은 정말로 출중하여 황궁 주변을 맴도는 잘 알려진 천여 명의 무림고수 가운데 그의 십 초를 견디는 사람이 다섯 손가락 안에 꼽을 정도였다.

진회팔은 실력 못지않게 출세도 매우 빠른 편이었다.

출사 후 사 년 만에 서주(徐州)에서 만호 자리에 올랐고, 스물여섯 나이에 진무사에 임명되어 꼬박 삼 년을 봉직하였다. 출사 후 팔 년 되는 해, 서른 살 나이에 정삼품 병부낭중(兵部郎中) 겸 도찰원 우부도어사의 관직을 제수받았으니 누대에 걸쳐 세력을 이어 내려온 권문세족 출신이 아닌 인물로는 드물게 초고속 승진이었다. 이후 금의위 서열 이위인 부도독 겸, 하북과 산동의 관리들에겐 사신이나 다름없는 순무어사를 이 년 넘게 하였다.

최근에는 겸직하던 관직을 모두 내놓고 격무에서 벗어나 잠시 쉰다는 생각으로 금의위 일에만 전념하고 있었다. 얼마 전에야 진회팔이 주기옥의 모친 오후(吳后)와는 삼종(三從) 남매 사이라는 사실이 알려졌고, 삼종 누이 오후의 요청을 거절 못하고 주기옥의 후견인 노릇을 하고 있었다.

"으— 음. 지금쯤 진 대인은 또 다른 문제로 소림 방장과 이야기를 나누고 있을지도 모르겠군."

"네? 진 대인께서 왜 소림 방장과 이야기를 나눕니까? 그리고 또 다른 문제라니요?"

"그건 비밀이다."

"왕야, 저에게까지 비밀로 할 일이 있습니까? 이거 갑자기 무지하게 섭섭해집니다."

엽진숭은 입을 한발이나 내밀었다.

"사내자식이 뭘 그런 걸로 삐치고 그러느냐?"

주기옥은 같잖다는 식으로 쳐다보았다.

"저는 심각합니다."

"에라이 이놈아, 심각하긴 뭐가 심각해. 그런 표정은 네놈에게 전혀 안 어울리니 그만 하거라."

주기옥은 까불지 말라는 식으로 손사래를 치면서 앞서 나갔다. 그러자 엽진숭은 마치 삐친 계집아이처럼 몸을 잘게 흔들고는 심통난 목소리를 내면서 따라붙었다.

"이놈아, 징그럽다. 보는 눈도 많은데 이게 무슨 짓이냐?"

"왕야께서 저를 이렇게 만드셨잖아요."

"내가?"

주기옥은 엽진숭의 과도한 행동에 살짝 눈살을 찌푸렸으나 곧 걸음을 멈추고는 엽진숭의 심통난 얼굴을 들여다보았다. 이윽고 찌푸렸던 얼굴을 펴면서 손가락을 들어 엽진숭의 이마를 슬쩍 떠다밀었다.

"그놈 참 잘생겼네. 가운데 중요한 그것만 제대로 달렸다면 여인들의 사랑을 독차지할 수 있을 텐데……."

주기옥은 엽진숭의 행동에 그렇게 받아쳤다.

"왕야, 하필이면 저의 아픈 곳을……."

"그러니까 섭섭해하지 말라는 소리다. 네놈이 할 일이 있고, 진 대인이 할 일이 따로 있지 않느냐? 설마 그런 구분도 못하는 바보는 아니겠지?"

"알기는 하지만, 그래도 섭섭한 건 섭섭한 겁니다."

"그렇게 속이 좁아 터져서야."

"왕야께서 저를 그렇게 만들고 계시잖아요."

"그랬더냐?"

"그렇습니다."

주기옥과 엽진숭은 티격태격하는 사이 어느덧 중악묘에 도착했다.

"와! 사람들이 정말 많군요. 다 어디서 이렇게 몰려왔을까?"

엽진숭이 혀를 차며 도리질을 하였다. 그의 말대로 입구부터 초만원이었다. 어느 한구석 편안히 발을 붙이고 서 있을 만한 공간이 없었다.

"저쪽으로 가자."

주기옥이 별 망설임 없이 가리킨 곳은 구대문파를 위해 마련된 널찍한 차양들의 행렬이었다.

시간이 조금 이른 탓인지 모든 차양 아래는 텅 비어 있었다. 행사 준비에 바쁜 소림사 승려들의 널찍한 차양 아래에만 소림승들이 분주히 들고 나고를 반복하였다.

"어쩌시려고요?"

엽진숭은 따라 움직이려 하지 않았다.

"어쩌긴 뭘 어째? 공동파에게 배정된 좌석에 앉아 구경하려고 한다."

"거기는 또 왜요? 저는 싫습니다."

"왜? 너 설마 장 소협이 무서워서 그러는 건 아니지?"

그 말에 엽진숭이 눈을 동그랗게 떴다.

"왕야?"

"이제부터는 왕야가 아니고 공자님이다."

"왕야. 아, 아니, 공자님. 정말 그런 식으로 나오실 건가요?"

"이놈아, 너는 내가 공연히 심술이나 부린다고 생각하고 있지?"

"그럼 아닌가요?"

"걱정 마라. 그럴 리 없을뿐더러 미리 손을 써놓았다."

엽진숭이 정색을 하더니 심각한 표정으로 물었다.

"정말로 그자를 수하로 거두실 생각이십니까?"

주기옥은 고개를 끄덕였다.

"당연하지. 나는 내가 뱉은 말에 반드시 책임을 지는 사람이다. 솔직히 그자가 아주 마음에 든다. 뭐, 수하가 싫다고 한다면 친구가 되도 좋고."

"왕, 아니, 공자님……."

엽진숭은 할 말을 잊고 말았다.

주기옥과 엽진숭은 공동파 장막 쪽으로 접근해 갔다.

소림의 젊은 무승 한 명이 급히 달려와 그들의 앞을 가로막았다.

"두 분 시주, 이쪽은 구대문파의 제자들만 들어갈 수 있습니다."

긴장한 탓인지 스님답지 않게 딱딱하고 무미건조한 음성이었다.

이때 엽진숭이 재빨리 젊은 무승에게 바싹 다가섰다. 그는 조그마한 소리로 젊은 무승에게 귓속말을 하였다.

"이봐요, 스님. 사람을 가려가면서 행동하시오. 소림 방장 원경 대사도 우리 공자님 앞에서 그런 식으로 말하지 않아요. 보시겠소?"

엽진숭은 품속에서 손바닥 크기 반만 한 옥패를 꺼내 젊은 무승의 눈앞에 슬쩍 내밀어 보였다.

표면에 여의주를 물고 비상하는 용의 모습이 투각되어 있고 밑단에 성왕부(成王府)라는 큼지막한 글자가 새겨져 있는, 몹시 귀한 느낌이 드는 옥패였다.

그러나 평생 산문 밖을 벗어난 적이 없는 소림의 일개 젊은 무승이 성왕부의 옥패(玉牌)를 제대로 알아볼 리 없었다.

귀한 물건이라는 느낌은 있지만 중원에 흔하고 흔한 것이 왕부(王府)이다 보니 그러려니 했다. 사실 소림에 향을 피우러 오는 향객 가운데 상당수가 내로라하는 세력을 지닌 가문의 출신이었고, 가깝든 멀든 친족 가운데 누군가 왕족과 관련이 있다면 대개 그 왕부의 이름을 팔곤 하였다.

설령 눈앞의 두 명의 사내가 진짜로 왕부나 황실과 관계가 있다 해도 상황은 마찬가지였다. 장문 방장이나 행사를 주관하는 나한전주의 지시 없이는 함부로 들여보낼 재량권이 젊은 무승에게는 없었다.

"시주, 그 옥패는 무척 귀한 것처럼 보입니다만 숭산에서는 별 쓸모 없는 옥 쪼가리에 불과합니다."

젊은 무승은 엽진숭을 무시하는 투로 말했다.

"허참! 까막눈이 따로 없군. 공자님, 어떻게 할까요? 여기 젊은 스님께서 이 옥패는 쓸모없는 옥 쪼가리에 불과하다고 말을 하는데."

어처구니없어하던 엽진숭이 주기옥을 돌아보았다.

"……."

주기옥은 특별히 할 말이 없었다. 처음부터 옥패를 사용할 생각은 하지 않았다. 엽진숭이 멋대로 사용했을 뿐이다. 그러나 자신의 권위를 상징하는 옥패가 무시당하는 모습을 눈앞

에서 목도하게 되니 은근히 화도 나고 가슴도 답답하기도 하
였다.

“이놈아, 그걸 왜 꺼내서⋯⋯.”

주기옥의 화는 고스란히 엽진숭에게 돌아갔다.

그가 큰소리로 엽진숭을 막 나무라는 찰나,

“어머나! 잘생긴 두 분 도련님, 여기서 뭐 하시나요?”

가히 천하절색이라고 표현해도 부족하지 않을 아리따운
젊은 처자가 그들에게 다가왔다.

그녀는 장랑을 찾아 여기저기 두리번거리던 혼일사우 가
운데 한 명인 동초경이었다.

그녀는 조금 떨어진 곳에서 엽진숭이 내민 물건을 보았다.
잠깐 보았지만 그녀 또한 명문가 출신답게 옥패의 가치를 한
눈에 알아보았다.

사실 옥패가 아니더라도 주기옥과 엽진숭이 풍기는 분위
기만으로도 두 사람은 상당히 귀한 신분을 가진 인물이라는
점을 알아차릴 수 있었다.

떨어져 있던 구판기와 조위도 구경만 할 수 없어 어슬렁거
리며 동초경 옆으로 와 섰다. 구판기는 정오품의 관리인지라
엽진숭이 부지불식간에 내비치는 오만함이 고관(高官)들에게
서 흔히 볼 수 있는 특유의 기질임을 눈치 챌 수 있었다.

그는 평소에는 잘 나서는 성격이 아니지만, 고관의 자제들
이 흔히 범할 수 있는 실수를 방지하기 위해 같은 출신의 사

람으로서 가벼운 충고 정도는 해줄 필요성을 느꼈다.

"어느 곳에서 오신 분인지 몰라도 무림, 특히 이곳 소림에서는 세인들이 '나 죽었소' 하며 머리를 조아리는 따위의 권력이나 권위가 통하지 않소. 괜히 망신을 당하지 말고 조용히 뒤로 물러서는 것이 현명한 판단 같소."

"허허! 형님께서 그런 말을 다 하다니? 해가 서쪽에서 떴나? 참으로 별일이구려."

조위가 황당하다는 표정으로 구판기를 바라보았다.

"도와줄 수 있을 때 도와주는 것이 우리 형제들의 평소 신조가 아니더냐."

구판기는 당연하다는 식으로 말을 하였고,

"맞다. 둘째의 말이 백번 옳다. 사정을 들어보고 혹여 우리가 해줄 수 있는 일이 있다면 해주는 것도 나쁘진 않아."

뒤편에 느긋한 표정으로 서 있던 호덕현도 한마디를 거들었다.

조위는 머쓱하였는지 뒷머리를 긁적이며 슬그머니 뒤로 물러섰다.

"저는 큰형님 말이라면 깜박 죽으니 마음대로들 해보슈."

동초경이 주기옥을 향해 섰다.

"소개가 늦었군요. 우리는 혼일사우(混一四友)라고 합니다. 타인의 안타까운 사연을 듣고 문제를 해결해 주는 것이 우리의 낙이죠. 문제가 뭔가요?"

"사양하겠소. 우리의 일은 우리 스스로 해결할 테니 귀찮게 하지 말고 당신들의 볼일이나 보시오."

엽진숭은 확실하게 귀찮다는 의사를 밝혔다. 그런데 그 확실한 의사표현이 너무나 노골적이었다.

동초경과 조위의 얼굴이 단박에 굳어졌고 구판기 역시 조금은 쓸쓸한 표정이 되어버렸다.

"뭐 이런 개 같은 경우가 다 있어?"

조위가 발끈하여 소리를 질렀다.

호의를 베풀러 나섰던 경우가 많았지만 이런 식의 노골적 푸대접은 처음이었다.

"조 공자, 참아요. 아직 세상 물정 모르는 애송이 도련님들이잖아요. 한 살이라도 더 먹은 우리가 참아야지 어떻게 하겠어요?"

동초경은 일이 번거로워지는 것을 원치 않았다. 그러나 조위는 달랐다.

"누이, 이건 경우가 아니잖소. 사양하려면 좋은 말로 사양해도 되는데 귀찮다니요? 말 몇 마디 주고받는 것이 귀찮으면 '밥은 왜 먹고 똥은 왜 싸는 겁니까?'"

조위가 거칠게 나오자 엽진숭의 얼굴은 붉어지고 두 눈에는 핏발이 섰다.

"아니, 이자가 지금 제정신이야? 할 말이 있고 못할 말이 있는 거야. 감히 어느 안전이라고 그따위 망발을 일삼는 거야? 당신, 제명대로 살고 싶지 않아?"

"뭐라고? 야 너 지금 우리를 협박하는 거야? 어디서 이런 호래자식이!"

조위가 팔을 걷어붙였다.

"뭐 호래자식? 이자가 정말 죽고 싶어 환장을 한 모양이로군. 그래, 지금 한번 해보자는 거냐?"

엽진숭도 뒤질세라 조위에게 눈을 부라리며 고함을 질렀다. 하지만 목소리만 높을 뿐 실제로 주먹을 휘두르거나 하는 상황으로 발전하진 않았다. 그건 마치 뒷골목 불량배들의 기세 싸움의 모습과 별로 다르지 않았다.

주변 여러 사람들의 이목이 그들에게 쏠렸다.

엽진숭과 조위가 서로를 노려보며 씩씩거리고 있을 때, 사십 대 초반 정도가량의 중년 사내가 그들 쪽으로 급히 달려왔다.

그는 뜻밖에도 주기옥을 향해 정중하게 고개를 숙인 후 곧바로 동초경 일행을 향해 돌아섰다.

"뭐 하는 자들인가? 뉘 앞에서 함부로 난동을 부리는 건가?"

중년 사내는 조위와 구판기를 번갈아 쳐다보며 인상을 썼다.

"고 대인, 마침 잘 오셨습니다."

중년 사내를 가장 반기는 사람은 엽진숭이었다. 그는 갑자기 생긴 우군으로 인해 한껏 우쭐해진 표정이었다.

구판기의 표정이 묘하게 바뀌었다. 그는 조심스런 태도로 중년 사내에게 말을 걸었다.

“저, 혹시 하남 지휘동지 고대동 대인이 아니십니까?”

이때 중년 사내 또한 자신을 알아보는 구판기의 얼굴이 낯설지 않았다. 눈앞의 청년을 어디선가 본 듯한데 기억이 가물가물하여 얼른 이름이 떠오르지 않았다.

“눈에는 익은데 이름이 떠오르지 않는군. 그래, 자네의 이름이 뭐였지?”

고대동의 태도는 일단 눈에 익은 인물이라는 데서 오는 고관 특유의 거만함이 느껴졌다. 그러나 일부러 꾸민 것은 아니고 오랜 세월 동안 자연스럽게 몸에 익은 그런 종류의 거만함이었다.

구판기는 그제야 포권으로 인사를 하였다. 그렇다고 과도하게 고개를 숙이거나 무리할 정도로 허리를 굽히진 않았다. 당당한 듯하면서도 겸손하고 예의를 잃지 않는 자세였다.

“낙양부의 동지 구판기입니다.”

“구판기? 아, 맞군! 자네가 그 구판기였군.”

고대동의 굳어졌던 표정이 조금 밝아졌다.

상대가 누구인지 알았으니 일단 안심이 되었다. 서로 상대가 누구인지 알았으니 자초지종은 나중에 따져 물어도 되었다.

고대동의 시선은 곧바로 주기옥에게 돌아갔다.

“왜 여기에 계십니까? 한참을 찾았습니다.”

“오늘은 새벽부터 눈이 떠지더군요. 해서 여기 엽가 놈을 앞세우고 먼저 나와봤습니다.”

"아, 그러셨군요."

고대동은 고개를 끄덕였다.

구판기를 비롯한 혼일사우 형제들은 고대동이 주기옥을 대하는 태도에서 기이함을 느꼈다. 아들뻘 되는 청년에게 평대도 아닌 존대를 하였다. 그것도 마치 아랫사람이 윗사람을 대하는 듯한 느낌으로.

분위기는 갑자기 이상하게 변해 버렸다. 각자 무슨 말을 꺼내야 할지 난감해하였다. 그 가운데에서도 가장 난처한 표정을 짓는 사람은 주기옥 일행을 막았던 소림의 젊은 무승이었다.

어려서부터 지금까지 산속에만 틀어박혀 살아왔지만 주워들은 풍월은 조금 있었다. 하남 지휘동지라는 벼슬이 얼마나 높은 관직인지 알고 있었다. 자신의 손에서 처리하기가 껄끄러운 인물이었다.

그는 주변을 둘러보았다. 다행인지 그를 난처함에서 구해 줄 사람은 있었다.

회색 승복에 붉은 가사를 두른 오십 초반 승려와 차갑고 날카로운 인상을 가진 삼십 중반의 사내가 자신들 쪽으로 빠르게 다가오고 있었다.

젊은 무승은 반가운 마음에 그쪽으로 움직이려 했다. 하지만 그보다 더 빨리 움직이는 사람이 있었는데 그는 고대동이었다.

"아이쿠. 이게 누구십니까? 진 대인, 오셨다는 말은 들었습니다.”

고대동이 정말로 반가운 듯 삼십 중반의 사내에게 양팔을 벌렸다.

“고 대인께서 계셨군요. 불초소생 진모 고 대인을 오랜만에 뵙습니다.”

진회팔은 고대동의 과장된 인사를 살짝 피하며 포권으로 인사를 대신하였다.

*   *   *

중악묘에 모인 무림인의 숫자는 거짓말을 조금 보태어 십만에 육박하였다.

그들에게 있어 구비회는 기쁨이요, 즐거움이며 축제였다. 구대문파 영수들의 비공개 회의나 오대세가의 세력 규합 뒷이야기 등은 그들의 관심거리가 아니었다.

천하무림인들이 한자리에 모여 좋았고 각지에서 활동하는 여러 유명한 무림인을 직접 만나니 기뻤다. 구대문파가 자랑하는 후기지수들이 무대에 올라 그동안 갈고닦은 무공을 선보이면 그것을 구경하는 재미가 있어 좋았다.

중악묘 뒤편 넓은 공간 중앙에 직경 십 장 남짓한 넓은 비무대가 마련되어 있었다. 비무대 동쪽으로 수십 명이 나란히 앉을 수 있는 일 장 높이의 단상도 놓여 있었다. 단상의 좌우

측으로 햇빛을 가리기 위한 장막이 여러 개 세워졌고 장막들은 마치 시장통의 차양막처럼 길게 줄을 이어 늘어서 있었다.

비무대를 중심에 두고 단상과 마주 보는 위치는 완만한 구릉 지대였다. 그곳에 각지에서 모여든 십만에 가까운 무림인들이 인파의 숲을 이루며 모여 있었다.

사시(巳時) 초가 되었다.

구대문파 소속 제자들이 속속 모습을 드러냈다. 입장(入場)에는 문파 간 구별이나 우선순위가 없다. 그저 먼저 도착한 순서로 입장하였다.

곤륜과 종남이 제일 먼저 모습을 보였다. 한 문파에 약 삼십 명을 넘기진 않는다는 규정은 잘 지켜지고 있었다.

이른 아침부터 긴 시간 동안 기다리던 많은 무림인들은 구대문파의 무인들이 모습을 드러내자 웅성거리기 시작했다. 일부가 환호성을 내질렀고 그건 전염병처럼 금방 군웅들 사이에 퍼졌다.

그저 시끌벅적한 소음에 불과하던 연호가 금방 엄청난 크기의 환호성이 되었다.

그 속에서 구대문파 소속의 각 제자들이 열을 지어 지정된 장막으로 천천히 이동하였다.

공동파의 장막 위치는 좌측에서 맨 끝에 위치했다.

장랑은 공동파 도사 무리에 끼어 움직이고 있었는데 그들은 입장하여 몇 걸음 걷지 않은 상태에서 모두가 주춤하면서 걸음의 속도를 늦추었다.

"저건?"

"뭐지?"

공동파의 도사들이 들어가야 할 장막은 비어 있지 않았다. 누군지 정체 모를 칠팔 명 인물이 자리를 선점하고 있었다.

"제가 가보겠습니다."

누가 시킨 것도 아닌데 현자 배분 제자 두 명이 급히 행렬을 이탈하여 앞으로 내달렸다.

한편, 호덕현 등 일행은 공동파 도사들이 모습을 보이자마자 재빨리 일어나 제일 뒤쪽으로 물러섰다. 구판기가 낙양부 동지라는 관직을 가진 덕택에 주기옥 무리에 끼어 공동파 자리에까지 올 수 있었다.

그들은 스스로 불청객이라는 점을 잊지 않았다. 하지만 주기옥을 포함한 네 명의 사내는 입장이 달라서인지 꼼짝 않고 자리를 지켰다.

오히려 고대동 같은 위인은 공동파 도사들을 바라보면서 거만한 태도로 눈살까지 찌푸렸다.

"저렇게 동작이 느려 터져서야……."

상식이 없다기보다 특권 의식에 깊이 물들어 있기에 자신이 무슨 잘못을 하고 있는지조차 모르는 상태였다. 그는 자신이 단상에 앉지 못하고 아랫자리에 앉아 있는 것이 내심 불만인 사람이었다.

주기옥은 쏜살같이 달려오는 두 명의 젊은 도사가 신경 쓰였다.

그는 고개를 돌려 고대동을 바라보았다.

"고 대인, 자리를 비켜줘야 합니까? 괜한 오해를 살 필요는 없어 보입니다."

그러나 말만 그렇게 할 뿐이었다. 친왕이라는 신분이 처음부터 누구에게 자리를 양보를 하거나 머리를 숙이지 않도록 만들어 버린 것이다.

고대동은 당치 않다는 표정이었다.

"저들이 구대문파니 뭐니 하지만 실은 하찮은 무림인에 불과합니다. 왕야께서 혹시 불편하시거나, 저들이 따진다면 당당히 신분을 밝히시면 됩니다."

"그럴 필요까지는……. 그런데 앞에 달려오는 저 두 명의 청년은 정말 비호처럼 날렵하군요. 여기 엽진숭과 비교해도 별로 떨어지지 않는 실력 같군요."

이에 엽진숭은 발끈했다. 비교당하는 것 자체가 수치로 생각되어진 탓이다.

"왕야! 아, 아니, 공자님! 저를 어찌 저런 자들과 비교하십니까? 아무래도 장가 그놈 때문에 그러신 것 같은데, 그놈은 워낙 예외적이고 특이한 놈이라 그렇습니다. 저를 너무 낮게 보지 마십시오. 어지간한 놈들은 모두 이 주먹 한 방에 박살

낼 자신이…… 엥?"

엽진숭은 말을 하다 말고 급히 입을 다물었다. 공동파 무리 틈에 끼어 있는 장량의 모습을 발견한 것이다. 그는 갑자기 심장이 벌렁벌렁하고 두근두근하였다. 일종의 울렁증 증세였다.

"저, 저자도 이곳에?"

엽진숭은 거의 반사적으로 벌떡 일어섰다.

"왜 그러느냐?"

엽진숭의 돌발적인 행동에 주기옥은 의아한 표정으로 물었다.

"……."

엽진숭은 아무 말도 하지 못했다.

"녀석……."

이때 진회팔이 자리를 털고 일어섰다.

"잠시 실례하겠습니다."

"……."

주기옥은 말없이 고개만 끄덕였다.

진회팔은 빠르지 않은 걸음으로 급하게 달려온 현법과 현광의 앞에 섰다.

"두 분 도사님, 무슨 일 때문에 이리도 급하게 뛰어오십니까?"

진회팔은 마치 아무것도 모르는 사람처럼 여유로운 모습

이었다.

"몰라서 물으시오?"

"이곳은 공동파에게 할애된 공간입니다. 여기 이 깃발이 보이지 않습니까?"

현광과 현법이 거의 동시에 말했는데 특히 현법이 가리키는 것은 바람에 펄럭이는 공동파의 깃발이었다.

"아! 무슨 말인지 알겠습니다. 먼저 도착하다 보니 그저 먼저 자리를 차지하고 있었을 뿐입니다. 그 점 사과드립니다."

진회팔은 빙긋 웃으며 포권으로 사죄의 표시를 하였으나 하나도 미안해하지 않는 표정이었다.

"먼저 도착하다니? 도무지 무슨 소리인지 모르겠습니다."

현법은 이해할 수 없다는 표정으로 고개를 갸웃거렸다. 그와 달리 현광은 인상을 쓰면서 말했다.

"사과는 필요없습니다. 속히 자리나 비워주시오."

진회팔이 웃음을 거두어들였다.

"음, 뭔가 이상하군요. 아마 의사가 제대로 전달이 안 된 모양이군요."

"아, 나 참. 지금 무슨 소리를 합니까?"

현광은 화를 참지 못하고 신경질적으로 말했다. 그러나 진회팔은 여전히 침착한 모습을 보였다.

"어제 아침 명공 도장님을 찾아뵈었습니다. 제가 모시는 분께서 도문(道門)에 관심은 많지만 그간 연(緣)이 닿지 않아 여러모로 고심을 많이 하셨습니다. 그러던 중 며칠 전, 우연한 기회에 공동파의 젊은 제자 분을 만났고, 그 젊은 제자 분에게 인간적으로 크게 반하고 말았습니다. 때문에 제가 모시는 분께서는 그 제자 분과 공동파에 특별한 관심이 생기셨고, 내친김에 공동파의 후원자가 되기로 하셨습니다. 어제, 이른 아침부터 실례를 무릅쓰고 찾아뵌 일은, 그 때문입니다. 어제 약속하기를, 오늘 공동파 도사님들과 첫 대면을 하고 인사를 나누기로 하였습니다. 늦지 않는 것이 예의 같아 서두르다 보니 먼저 도착하게 되었습니다. 사정이 이러니 조금 양해를 해 주어도 관계없을 듯합니다만, 어떻습니까?"

진회팔의 긴 설명이 끝났다.

현법은 그제야 '아차!' 싶었다.

어제 새벽, 미명 속에서 보리암을 찾아와 장문 사조님을 만나겠다고 연통을 넣은 인물이 있었다. 졸립기도 했고 머리칼이 이마를 가리기도 해서 그 사람의 얼굴을 자세히 보진 않았다. 그러나 풍기는 분위기는 선량했고 무엇보다 금의위의 신분을 보장하는 영패를 내보였기에 거절하지 못했다.

장문 사조님께서는 주무시기도 했고 외인을 직접 장문 사조님께 안내할 수 없기에 사부인 옥평 도장에게 연락을 취해 두 사람을 만나게 하였다. 그런데 알고 보니 눈앞의 인물이 바로 어제 그 사람이었다.

어제 새벽과 달리 머리를 단정히 묶어 올렸고, 새벽이슬에

젖은 흑색경장 대신 화려한 자색무복 차림이었다.

눈썰미가 나쁘지 않다고 이제까지 자부해 왔건만 이젠 그런 소리를 입 밖에 낼 수 없는 처지가 되었다.

현법은 시선을 돌려 장막 안의 주기옥을 바라보았다. 한눈에 봐도 꽤나 귀공자 같아 보였다.

'주기적으로 은자 오만 냥씩 후원하겠다는 사람이 저 청년?'

어제 사부 옥평 도장은 하루 종일 뭔가 기분 좋은 일이 있는 사람처럼 입가에 미소를 달고 다녔다. 저녁 늦게서야 그것이 갑자기 나타난 후원자 때문이라는 사실을 알았다.

현법은 망설여졌다. 사전에 만나기로 약속을 했다 하고, 궁핍한 살림에 허덕이는 공동파에게 가뭄에 단비처럼 반갑고 고마워해야 할 사람이 맞다. 하지만 강호상의 도의와 지켜져야 할 예의도 중요하였다.

둘 중 무엇이 우선시되어야 하는가?

"제가 눈이 어두워 미처 알아보지 못했습니다. 하지만 이곳에 미리 와 앉아 있는 모습은 보기에 좋지 않습니다. 미안하지만 일단 자리를 비워주십시오. 저희 공동파에서 먼저 자리를 잡은 연후 따로 자리를 마련해 드리도록 하겠습니다."

현법은 나름대로 절충안을 생각해 냈다.

진회팔은 대꾸 대신 안 좋은 표정으로 현법을 바라보았다. 일반적인 관점에서 보면 현법의 요구는 당연하였다. 그렇지만 주기옥은 친왕이었다. 조만간 황제가 친정에 나서게 되면 감국(監國)의 자리를 맡게 되는지도 모르는 고귀한 신분이었다. 아무리 잠행 중이고 흥취가 일어 무림인들의 모임에 끼어들었다지만 양보할 수 없는 문제였다.

"뜻은 잘 알아……."

"헌법아, 그만 해라."

옥평 도장이 때마침 도착했다.

"옥평 도장님."

진회팔은 말을 끊고 옥평 도장을 반갑게 대했다. 난처한 상황에서 시기적절하게 잘 나타나 준 반가움이었다.

"진 대인, 약속을 지키지 못해 죄송합니다. 사람을 보내 모시기로 했는데 경황이 없어 그만 깜빡했습니다."

옥평 도장은 미소와 함께 고개를 숙였다. 그러나 속은 편하지 않았다. 먼저 와 자리를 잡고 앉은 행위는 아무리 좋게 해석을 하려 해도 비례(非禮)였다.

불편한 심기를 억지로 감추고 장막 안으로 시선을 돌리니, 세 명의 사내가 앉은 채로 신기한 물건을 바라보듯이 자신을 뚫어져라 쳐다보고 있었다.

옥평 도장은 순간적으로 울컥하였고, 입에서는 험한 소리가 마구 튀어나오려 했으나 억지로 화를 누르고 한마디 하였다.

"안쪽의 세 분은 다리가 불편하여 서 있기 힘이 드신 모양이군요."

쇠귀에 경 읽기였을까? 아무런 반응이 없었다.

옥평 도장이 지금 혼자 몸이었다면 그냥 웃으면서 넘길 수 있었다. 하나 뒤따라오는 사람 가운데 불 같은 성격을 가진 사백 명우 도장과 명일 사숙 등 공동파의 장로 네 명도 포함되어 있었다.

"귀가 먹었……."

이때 세 명 가운데 가장 인물이 출중한 청년 한 명이 벌떡 일어섰고, 잠시 틈을 두고 또 다른 청년도 몸을 일으켜 세웠다. 연달아 두 명의 청년이 일어서게 되자 어색한 표정을 짓던 중년인도 자연스럽게 자리를 털고 일어섰다.

옥평 도장은 그제야 조금 안심이 되었는데 일어선 세 명의 눈길은 자신이 아닌 엉뚱한 곳에 가 있었다. 옥평 도장은 세 명의 시선을 따라 고개를 돌렸다.

그곳에는 조금 빠른 걸음으로 움직이고 있는 장랑이 있었다.

'옥하 사제? 이 사람들이 옥하 사제를 알고 있다는 말인가? 그럼 어제 정체를 밝힐 수 없다던 제자가 옥하였단 말인가?

옥평 도장이 놀라고 있는 사이 장랑은 도착하였고 그 뒤를 이어 공동파의 제자들이 연이어 도착을 하였다.

장랑의 표정에는 별다른 변화가 없지만, 속으로는 조금 답답한 심정이었다.

뒤쪽에 한가하게 서 있는 네 명의 남녀. 자리를 털고 일어나 자신을 뚫어져라 쳐다보는 세 명의 사내. 전부 낯익은 인물들이었다.

호덕현과 조위는 조금 전부터 멋쩍은 웃음을 보이고 있었고, 동초경은 밝고 상큼한 미소로 장랑을 빤히 쳐다보고 있으며, 구판기는 편안하게 선 상태로 미미하게 고개를 끄덕여 아는 체를 해왔다.

"……."

그들과 만날 약속을 했지만 장소는 이곳이 아니었다.

장랑은 어쩌지 못하고 어색한 미소로 그들과 눈빛을 교환할 수밖에 없었다.

"아침부터 서둘러 산을 올랐더니 조금 피곤하군요. 내가 또 만나게 될 거라 말했는데 기억나십니까?"

주기옥은 장랑을 향해 밝게 웃으며 말했다.

"……."

장랑은 억지웃음을 지을 수밖에 없었다.

"자자, 우선 자리부터 정하고 앉아서 이야기합시다. 사숙께서는 이쪽으로 오십시오."

옥평 도장은 서둘러 장내를 정리하려고 했다. 구대문파 모두가 자리 잡고 앉았는데 공동파만이 어수선한 분위기였다. 옥평 도장이 서두르는 바람에 자리 배정은 금방 끝이 났다.

"옥평 도장님, 공동파에서는 어느 분들께서 출전하십니까?"

주기옥이 뜬금없는 질문을 던졌다. 모두의 시선이 그에게
집중되었다. 옥평 도장과는 방금 서로 소개를 받고 인사를 나
누긴 했지만 처음 보는 사이였다. 그럼에도 주기옥의 말투는
스스럼없는 사이에서나 오갈 수 있는 말투였다.

"그것은 특별히 정해져 있지는 않았습니다. 상황에 따라
누구라도 나갈 수 있습니다."

옥평 도장은 자신도 모르는 사이 친절하게 설명을 하고 있
었다.

"아, 그렇군요. 그렇다면 저기 장 소협이 출전할 수도 있다는
이야기로군요. 장 소협이 안 나오면 재미가 없을 텐데……."

주기옥은 아쉬운 표정을 짓더니 의미심장한 눈빛으로 장
랑을 바라보았다.

공동파의 제자들은 모두가 황당한 눈빛으로 주기옥을 쳐
다보았다. 분위기가 어색해지자 보다 못한 엽진숭이 들뜬 표
정의 주기옥 귀에 대고 작은 목소리로 속삭였다.

"저어, 공자님. 그냥 구경만 하심이……."

"알았다."

*　　　*　　　*

단상에 소림 방장 원경 대사가 올라왔다. 그 뒤를 따라 구
대문파의 수장들이 모습을 드러냈고, 이어 무림맹주를 비롯

한 몇몇 무림의 원로들이 모습을 보였는데 대개가 무당과 화산, 그리고 아미의 전대 고수들이었다.

원경 대사의 인사말이 끝나고 구대문파의 수장들이 일일이 소개되었다.

한 사람 한 사람 호명될 때마다 군웅들 사이에서 우레와 같은 박수 소리와 환영하는 뜨거운 함성 소리도 울려 나왔다.

원무림맹 맹주 철혈검(鐵血劍) 상호양(常鎬陽)의 장황한 축하 연설이 있었다.

개방 방주 도신방(都信芳)의 짤막한 한마디와 원무림맹의 총군사이자 육대세가를 대표한 제갈수천(諸葛邃天)도 나와서 한마디 거들었다.

마지막으로 나선 인물은 소림백팔나한의 수좌이며 나한전주로 잘 알려진 일경 대사였다.

일경 대사는 먼저 합장 배례를 하였다.

"빈승 일경이라 합니다. 각 문파의 선배님들과 각지에서 모여주신 수많은 무림영웅 분들께 인사를 드리게 되어 정말 영광입니다."

나이가 육십에 가까운 그는 겉모습만 승려일 뿐 생각과 사고방식은 골수 무인이라고 소문난 사람이었다.

일경 대사가 등장하자 지루한 인사말들로 하품을 하거나 딴청을 피우던 군웅들이 비로소 이목을 단상 쪽으로 돌렸다.

"오늘부터 나흘 동안, 구대문파에서 엄선된 여러 영웅들이

문파의 명예를 걸고 비무대에 오르게 됩니다. 저희 소림은 이번 비무회를 개최함에 따라……."

일경 대사가 듣기 좋은 굵은 목소리로 구비회에 대한 일정과 진행에 대한 설명을 시작하였다.

비무 순서는 전날 각파의 장문인 모임에서 제비뽑기로 정해졌다.

첫 번째 순서는 무당파와 화산파, 두 번째는 공동파와 종남파, 세 번째는 곤륜파와 아미파, 그리고 네 번째는 청성파와 점창파로 정해졌다.

구비회는 문파 간 교류가 우선시되기 때문에 원칙적으로 승자와 패자가 없다. 이기든 지든 상관없이 모두가 승자였다. 그러나 그건 원칙에 불과하다는 사실을 누구나 알고 있었다.

구비회는 한 개 문파를 상대하는 출전자 수를 세 명으로 제한하고 있었다. 일대제자와 이대제자 그리고 삼대제자 가운데 배분을 대표하는 한 명씩 출전자를 정해 상대 문파와 비무를 치르는 방식이었다.

일경 대사가 지켜보는 가운데 무당과 화산을 대표하는 젊은 무인들이 각기 다른 방향에서 비무대에 올라 상대를 마주보고 섰다.

무당의 도사 종우와 화산의 도사 진문이었다.

꾸우우웅!

꾸우우웅!

멀리서 낮고 묵직한 느낌의 범종 소리가 은은하게 울려왔
다. 비무의 시작을 알리는 신호이자 구비회의 본격적인 개막
을 알리는 타종이었다.

무당파의 젊은 제자 종우와 화산파의 청년 도사 진문은 두
사람 모두 적수공권이었다.

파파파팟!

탁! 탁!

비무 시작 신호와 함께 두 사람은 각기 한차례씩 가볍게 공
수를 주고받았다.

무당파의 종우는 무극장법(無極掌法)과 상승무공에 속하는
십단금(十段錦)을 섞어냈으며 화산의 제자 진문은 청심장법(淸
心掌法)과 난화수(亂花手)를 번갈아 사용하였다.

두 사람은 모두 공세에 들어가고 나감에 있어 상당히 빠르
고 절묘하며 규칙적이었다. 호흡도 잘 맞아 모르는 사람이 본
다면 비무라기보다 약속대련을 보는 듯한 착각을 일으킬 정
도였다. 하지만 두 사람의 공방이 전혀 어색하지 않고 잘 어
울린다는 점은 그만큼 상대 측 무공에 대해 철저한 분석과 많
은 연구가 선행되어졌다는 뜻과 같았다.

지켜보는 각 문파 제자들 대부분은 그런 사실을 깨닫고 있
었다. 우열을 가리기 힘들기에 승패의 관건은 누가 실수를 하
지 않느냐에 달렸다.

그것은 당사자뿐만 아니라 비무대 아래에서 지켜보는 관

련 문파의 관계자들을 긴장하게 만들었다.

두 사람의 비무는 시간이 지날수록 점점 더 격렬하고 박진감이 넘쳤다. 이는 군웅들에게 한시도 웅성거릴 틈을 주지 않았다. 너나 할 것 없이 무당과 화산의 두 젊은 도사의 비무 모습에 매료되었다. 한눈파는 사람 하나 없이 모두의 시선은 비무대로 쏠려 있었고 두 사람의 움직임 하나하나에 시선을 뗄 줄 몰랐다.

구대문파 비무회에서 비무는 원칙적으로 시간 제한이 없다. 이틀이고 삼 일이고 한쪽이 포기하여 물러설 때까지 겨룬다.

사용하는 무기의 제한도 없다. 검을 쓰든 도를 쓰든 아니면 창을 사용하든 상관이 없다. 다만 꼭 지켜야 하는 규칙은 몇 가지 있는데 그 가운데 가장 중요한 것은 절대로 상대편을 죽게 하거나 큰 부상을 입혀서는 안 된다는 규정이었다.

실수라든가 부주의했다라는 변명은 절대 통하지 않는다.

그건 비무에 나선 인물은 비무대 위에 서는 순간 그 문파를 대표하는 얼굴이기 때문이었다.

"저쪽에서 누가 나올까요? 이거 조금 떨리는데……."

현수는 자신의 차례가 언제 올지도 모르는데 벌써부터 긴장하여 안절부절못하였다. 그도 그럴 것이 공동파의 제자 중에서 가장 먼저 비무에 나서는 까닭이었다.

"신경 쓰지 마라. 평소의 네가 가진 실력을 잘 발휘하면 결과는 좋게 나올 거야."

옥진 도장이 현수의 등을 다독거렸다. 세월과 연륜의 무서움 때문일까? 현수의 다음 순서는 옥진 도장이었는데 그는 현수와는 전혀 다른 모습을 보여주었다.

공동파에서 세 번째 출전자로 지목된 사람은 장랑이었다.

장랑이 속가제자 신분임에도 출전하게 된 이유는 구대문파 비무회의 규정 때문이었다.

비무회는 보통 두 개의 조로 나누어 진행되기 때문에 한 조에는 네 개 문파가 속하게 된다. 같은 조에 속한 개별 문파는 각기 다른 문파와 한차례씩 비무를 치르는데, 문파당 세 명의 출전자가 나온다. 따라서 한 개 조의 비무가 끝날 때까지 각 문파에게 주어진 최소 출전 횟수는 아홉 번이었다.

그런데 규정에는 그 아홉 번의 출전 기회 가운데 한 번은 속가제자를 넣을 수 있도록 하고 있었다. 반드시 속가제자를 출전시켜야 하는 강제성은 없지만 대개의 문파는 속가제자를 한 명씩 출전시키고 있었다.

그것은 속가제자의 출전이 각 문파에게는 속세와 인연의 끈을 놓고 있지 않다는 모습을 보일 수 있어 좋고, 속가제자는 문파에 대한 소속감을 확인하는 기회를 가질 수 있어 그랬다.

구대문파의 속가제자로 강호상에 이름난 고수들이 많은데, 그들 가운데 구비회에 출전하여 명성의 발판을 마련한 경우도 적지 않았다.

공동파의 경우 용호권 막금상이나 성도 비마표국(飛馬鏢
局) 표국주 염굉중 같은 인물이 속가제자 신분으로 출전하여
이름을 얻은 바 있었다.

도사 종우와 도사 진문의 비무는 꽤 많은 시간이 지났음에
도 격렬함이 처음과 별로 다르지 않았다. 무극장법과 십단금
을 주로 사용하던 무당의 종우는 이 즈음 사용하는 무공을 태
극권과 십단금으로 바꾸었다. 그러나 화산파의 진문은 처음
부터 지금까지 청심장법과 난화수만을 계속 사용하였다.

"장 사제, 무얼 그리 뚫어지게 쳐다보는가?"

옥평 도장이 말을 걸어왔다. 장랑이 너무 열심히 비무대를
바라보고 있기에 호기심이 생긴 듯했다.

"무당파 저 친구의 도호가 종우였던가요?"

장랑은 대답 대신 반문을 했다.

"아마, 그럴 걸세."

"승부를 끝낼 수 있는 유리한 기회가 몇 차례 있었는데 번
번이 놓치고 마는군요."

"그랬나?"

옥평 도장은 갸웃했다. 그도 비무를 열심히 관전하고 있었
지만 느끼지 못하였던 부분이었다. 장랑의 그런 말은 장막 안
모두의 이목을 끌었다.

"왜 그렇게 생각하는가? 나는 잘 모르겠는데?"

별말이 없었던 옥원 도장이 입을 열었다. 그는 솔직히 두 사람의 한 치의 양보도 없는 치열한 접전에 관심을 두고 있었지만 누구나처럼 백중세로 보고 있었다. 누가 유리하고 누가 불리한지 아직은 가늠하기 어려웠는데 장랑의 입에서 그런 말이 나오니 신경 쓰일 수밖에 없었다.

장랑은 괜한 말을 꺼냈나 싶었다.

"신경 쓰지 마십시오. 저의 느낌일 뿐입니다."

서둘러 입을 닫으려 했으나 옥원 도장은 그를 가만 놔두지 않았다.

"괜찮아. 정보를 서로 나누는 일이야. 꺼려할 필요가 없어."

"나도 같은 생각이야. 우리가 모르고 지나쳤다면 눈치 빠른 자네라도 알려줘야지. 정보는 감춰야 그 진가를 발휘하는 것도 있지만, 서로 공유를 해야 가치가 몇 배나 높아지는 정보도 있는 법이야. 이런 경우 후자에 속하겠지."

옥평 도장이 나서서 한마디 거들었다. 장랑이 입을 열기 편하도록 만들어주려는 의도 같았다.

"……."

"괜찮아. 옥평 말대로 정보는 공유하는 것이 좋아."

명일 도장까지 한마디 거들었다. 사실 정보라고 부를 만한 것도 아니었다. 평소보다 좀 더 신경을 써서 살폈고, 사소한 동작 하나까지 유의하며 그 의미를 찾으려 했을 뿐이었다. 그런 것이라도 공동과 제자들에게 도움이 된다면 약간의 오해를 받아도 상관없었다.

"제가 보기에 무당파의 종우는 어려서부터 권장각(拳掌脚) 위주로 수련한 것으로 보입니다. 그 증거로 그는 젊은 나이임에도 무극장법과 십단금, 그리고 면장에 이어 태극권까지를 사용합니다."

"그래, 그렇더군. 저 나이에 벌써 면장과 태극권을 쓰는 것은 조금 의외였지."

옥원 도장이 맞장구를 쳤다.

"무극장법은 무당의 제자라면 누구나 익히는 기본 장법에 속하므로 언급할 필요가 없습니다. 십단금도 상대적으로 조금 어려운 무공에 속하지만 무공에 자질이 뛰어나다면 어린 나이부터 수련할 수 있습니다. 하지만 면장과 태극권이라면 이야기가 전혀 다릅니다."

"전혀 다르다니?"

"면장은 발경의 기초가 닦이지 않으면 펼칠 수 없습니다. 태극권도 마찬가지인데 두 가지 모두 입문은 쉬운 편이지만 워낙 고난이도의 무공이다 보니 금방 한계에 부닥칩니다."

"그야… 그렇다더군."

"그런데 도사 종우는 면장과 태극권의 초식에 능숙합니다. 내력이 부족하여 원래의 위력을 발휘하지 못하지만 저 정도로 능숙하게 펼치려면 기재(奇才) 소리를 듣는 인물이라 해도 십 년 이상 매달려 피나는 수련을 해야 합니다. 그런데 보십시오. 종우 도사의 나이는 이제 이십대 중반입니다.”

“…….”

“제가 보기에는 도사 종우는 다른 무공은 거의 도외시하고 오로지 권장에만 매달렸습니다. 또한 무복으로 가려 잘 드러나 보이지 않지만 상완(上腕) 쪽 근육의 발달은 보통 사람보다 훨씬 잘 발달되어 있습니다. 알다시피 상완 쪽 근육의 발달은 장(掌)과 권(拳)을 전문적으로 수련한 사람에게 나타나는 특징입니다.”

옥원 도장을 비롯한 대부분의 공동파 도사들은 놀랍다는 반응이었다. 방금 장랑이 말한 것들은 무당파의 무공에 대해 관심이 많아야 알 수 있는 내용이었다.

장랑 정도의 나이에 무당의 무공을 그 정도 자세히 알기는 쉽지 않은 일이었다.

“좋은 관찰력을 가졌군. 한데 무공을 보는 안목도 안목이지만, 옷 속에 가려진 근육들은 도대체 언제 보았단 말인가? 설마 투시력을 가진 건 아니겠지?”

옥원 도장의 말에 장랑은 씁쓸한 미소를 지었다.

“제가 만약당 출신인 걸 잊으셨습니까? 사부님의 권유로 한때 의생(醫生)이 되려고 생각한 적이 있었습니다. 그때 혈과 혈도, 근육과 골격의 특징, 그리고 그들 상호간의 역할과 작용에 대해 조금 신경 써서 공부를 했습니다.”

"좋아. 좋아! 종우 도사는 그렇다고 치고, 화신파의 진문은 어떤가?"

옥원 도장이 어색하게 웃으며 말했다.

"도사 진문은… 일단 그가 펼치는 보법을 유심히 살펴봐야 합니다."

장랑은 비무대를 가리켰다.

비무대 위에서는 여전히 숨 돌릴 틈도 없는 격렬한 움직임으로 서로 공수를 주고받고 있었다. 이마에서 땀이 비 오듯 흘러내렸고, 겨드랑이 주변과 등 쪽에서 흘러내린 땀이 온몸을 적시고 있었다.

장랑의 눈길을 따라갔던 공동파의 제자들의 시선이 다시 장랑을 찾았다.

"모르겠군. 뭘 보라는 겐가?"

옥진 도장도 궁금해 죽겠다는 듯 옥원 도장을 옆으로 밀치며 고개를 내밀었다.

"화산의 도사 진문은 지금까지 백오십 초가 넘도록 계속 청심장법과 난화수만 사용했습니다. 정말 우직해 보일 정도로 그 두 가지 무공만을 고집합니다. 지금의 백중세를 깨고 우위를 점하려면 청심장법과 난화수만으로는 곤란하다는 것은 지켜보는 사람이나 무공을 펼치는 진문 본인도 알고 있을 겁니다. 그럼에도 왜 그 두 가지 무공 이외에는 사용을 하지 않을까요? 이는 결국 진문이 아는 무공이라고는 청심장법과 난화수뿐이라는 뜻이 됩니다.”

“그, 그거야…….”

옥진 도장은 반론을 제기하려 했으나 마땅한 말이 없었다.

장랑의 설명은 계속 이어졌다.

“신기한 건 그럼에도 불구하고 월등히 강하고 더 뛰어난 초식을 그 두 가지 무공으로 상대해 낸다는 것입니다. 그렇다면 진문은 초식의 열세를 무엇으로 보강하면서 대등하게 맞서고 있을까요?”

“자네가 진문이 종우보다 실력이 더 뛰어나다고 말하지 않았나? 그것이면 되었지 뭘 말하라는 건가?”

옥진 도장은 어색하게 웃었다.

“물론 진문 도사는 종우보다 뛰어납니다. 하나 종우와의 실력 차이는 실로 백지 한 장 정도의 차이에 불과합니다. 그 정도 우위로 십단금이나 면장, 그리고 태극권을 여유있게 막아낸다는 것은 어불성설이지요. 즉, 다른 요인이 있다는 말입니다.”

“다른 요인? 다른 요인이 뭔가?”

“그래서 진문의 보법을 살피라고 했습니다.”

옥진 도장은 이해할 수 없다는 표정을 지었다.

“보법? 보법의 활용만으로 초식의 부족함을 메운다 이 말인가?”

“그렇습니다. 진문은 청운신법(靑雲身法)과 반양보법(反攘步法)을 극성으로 익히고 있습니다. 그 두 가지 보법을 공수

에서 제때, 적기에 시기적절하게 잘 조화시켜 사용하고 있습
니다.”

“그러고 보니 그렇군. 청운신법과 반양보법을 섞어놓았기
에 저런 움직임이 나왔군.”

“그렇습니다.”

“그래, 청운신법과 반양보법의 조화라……. 그랬군.”

옥평 도장도 고개를 끄덕였다. 그뿐 아니라 옥자 배분의 도
사들 거의가 이해를 했다는 듯 서로의 얼굴을 바라보며 고개
를 끄덕였다.

이때 장랑과 현공의 눈이 마주쳤다. 현공은 이때다 싶었다.

“저는 보법만으로 부족함을 메운다는 말이 이해가 될 듯하
면서도 이해가 되지 않습니다. 보법이 그토록 중요하고 실전
에서 큰 위력을 발휘한다면, 차라리 육합권 하나만 익히고 나
머지 시간을 오로지 보법에만 투자해도 상관없다는 말처럼
들렸습니다. 저의 이해가 틀렸습니까?”

“그건 말이야…….”

“잠깐, 그 설명은 내가 하도록 하지.”

옥진 도장이 장랑의 말을 가로막았다. 검술의 최고봉을 꿈
꿔왔고, 지금도 그 길을 향해 달려가고 있기에 장랑의 설명을
가장 잘 이해한 그였다.

“너희도 잘 알고 있을 것이다. 최고의 검객이 되기 위해서
는 몇 가지 선결되어야 하는 점들이 있지. 우선 실력이 뛰어

난 스승님을 만나야 하고, 훌륭한 검법을 익혀야 하며 좋은 검을 얻어야겠지. 그런데 우리는 가끔 검법의 가장 기초이면서 모든 무공에서의 기본인 보법의 중요성을 잊곤 하지.”

“…….”

“최고의 검객이 되기 위해서는 검술 수련 못지않게 보법 수련에도 엄청난 노력과 시간을 투자해야 한다. 자, 다시 진문과 종우의 대결로 돌아가 볼까? 진문은 펼치는 장권은 단순하지만 보법만큼은 거의 절정고수의 바로 아래인 초일류고수의 수준이야. 이는 다시 말해 진문은 검객이라는 말이지.”

“…….”

“나는 장 사제의 말을 듣고 한 가지 궁금증이 생겼다. 화산파가 진문을 내보낼 때, 일부러 적수공권으로 내보냈는지 아니면 진문이 스스로 적수공권을 선택했는지. 생각해 보면 진문의 손에 검이 쥐어졌다면 승부는 벌써 끝났을지도 모른다. 사실 난 그것이 더 궁금하다.”

현공이 갸웃하였다.

“화산은 이길 생각이 없는 건가요? 검객인 진문이 적수공권으로 나서도 수수방관을 했을까요?”

“그래서 궁금하다고 하는 것이지. 하지만 최근 화산의 행보를 보면 이해가 되는 측면도 있긴 있다.”

“사숙, 그건 또 무슨 말인가요?”

“화산파가 검에 대한 종가라는 말도 안 되는 자부심을 내세우는 것을 너도 알고 있느냐?"

"당연히 알죠."

"그런데 무당파도 검에 관해서라면 화산파만큼이나 자부심이 강하지. 하지만 강호에서는 일반적으로 화산파는 검, 무당파는 장법을 높이 쳐주지 않더냐. 고로 화산파는 검에 관해서는 이미 명성을 얻을 만큼 얻었다고 생각하는 것이지. 즉, 화산은 검뿐만 아니라 권과 장으로도 무당파를 능가한다는 모습을 보이려는 것이 아닐까 하는 생각이 드는구나."

옥진 도장의 답변은 시원스럽지 못했고 이상한 방향으로 흘러갔다. 그러나 틀리다고 볼 수만도 없어 토를 달지 않았다.

종우와 진문의 비무는 이백 초에 가까이 가서야 끝이 났다. 종우는 자신이 알고 있는 모든 무공초식을 총동원하여 맹공을 펼쳤다. 그럼에도 백중세였다. 그는 펼칠 초식이 더 이상 없는데 계속 비무를 진행하는 것은 시간 낭비라고 생각했다. 또한 진문은 자신이 상대하기 벅찬 인물이라는 점도 순순히 인정했다.

"졌습니다. 덕분에 잘 배웠습니다."

종우는 사내답게 깨끗하게 패배를 시인하며 물러섰다.

군중들은 종우의 사내다움에 박수를 보냈다.

무당파 쪽 도사들은 침울한 분위기였다. 반면 화산파는 화기애애하였다. 드러내 놓고 환호를 하지 않았지만 첫 승리에 꽤나 고무된 듯 보였다.

두 번째 출전자들이 비무대에 올랐다. 양측 모두 삼십대 중 후반의 중년 도사였다. 그들은 종우나 진문과 달리 처음부터 목검을 들고 나왔다.

"이번 비무는 정말 흥미진진하게 전개될지도 모르겠군."

옥진 도장은 벌써 흥분이 되는지 목소리까지 들떠 있었다.

"진짜 기대가 되는군요."

"그러게요."

옥진 도장뿐 아니었다. 공동파에서 검을 수련하는 많은 도 사들은 옥진 도장과 같은 반응을 보이고 있었다. 그럴 만도 했다. 화산파 대표로 나선 인물은 매화검수를 이끄는 수장으 로 잘 알려진 유홍 도장이었다.

석지에서 장랑과 싸웠던 유근 도장의 사형되는 사람이었 다. 그리고 그의 상대는 무당파의 자랑 연명 도장이었다. 연 명 도장 또한 얼마 전에 무당삼검의 한자리를 차지한 인물이 었다. 두 사람은 모두 다 어려서부터 무공의 천재 소리를 들 었던 인물로서 서른을 넘기는 시점에서 절정고수 반열에 올 라 더욱 유명해졌다.

주어진 아홉 번의 출전 기회 가운데 장로급 이상이 출전할 수 있는 기회는 속가제자에게 자리를 내어주는 것과 같은 단 한 번뿐.

무당과 화산은 그 기회를 이번에 쓰는 것이다. 무당은 자존

심이 상해 연명 도장을 내보낸 것이고, 화산은 이참에 무당을
아예 눌러 버리자고 작정을 한 것 같았다.

명실 공히 무당과 화산, 양 문파의 주축이며 문파를 대표하
는 진정한 고수들이 비무대에 섰다.

그런데 이때, 장랑은 조용히 자리를 털고 일어섰다. 모두의
관심과 기대가 집중되는 비무 구경을 뒤로하고 자리를 빠져
나가려는 것이었다.

옥평 도장과 명일 도장은 동시에 장랑에게 시선을 돌렸다.

장랑의 얼굴은 굳어 있었다. 장랑은 그들 두 사람을 향해
가볍게 읍했다.

"잠시 자리를 비우겠습니다."

"왜? 오래 걸리는 일이더냐?"

옥평 도장은 걱정스런 표정이었다.

"곧 돌아옵니다."

장랑은 얼굴을 펴고 빙긋 웃었다. 하지만 겉과 달리 속으로
는 전혀 웃을 수 없는 상황이었다.

조금 전부터 화난 음성으로 귀청이 찢어져라 고함을 치는
전음성의 주인공을 누구보다 잘 알기 때문이었다.

第二章
성가신 노인

新迎請神真老君演此真妙經竟

吾降臨速得正一

道音廣奉

至大改元四月佛浴為

日弟子趙孟頫敬

“이노옴! 네놈이 감히 나를 버리고 줄행랑을 쳐? 에라이, 몹쓸 놈.”

운마행의 쭈글쭈글한 손바닥이 장랑의 뒤통수를 거칠게 후려갈겼다.

빠악!

눈앞에 별이 번쩍였다. 장랑은 운마행의 날아오는 손을 보았다. 하지만 보고도 피하지 못했다. 피하고 싶었지만, 손이 들려 올라가는 기척을 느낀 순간, 이미 머리가 어질어질했다.

그나저나 노인네의 손이 왜 그렇게 매운지…….

장랑은 태어나서 처음으로 눈앞에서 별들이 빙글빙글 돌

며 춤추는 모습을 보았다.

"줄행랑은 무슨 줄행랑이라고 그러십니까? 화를 낼 사람은 바로 접니다. 그리고 폭력은 금물! 말로 하세요."

"말로 해? 뭘 말로 해, 이놈아. 정신을 덜 차렸어. 한 대 더 맞아!"

빠악!

이번에는 조금 전과 달리 별이 보이지 않았다. 대신 골만 마구 흔들려 어질어질하여 정신을 차릴 수 없었다.

"그만. 적당히 좀 하세요."

장랑은 진짜로 큰 죄를 지은 사람처럼 순순히 맞고 있는 자신이 이상했다. 따지고 보면 욕을 얻어먹거나 뒤통수를 맞을 만한 짓은 하지 않았다.

오히려 큰 소리를 쳐야 할 사람은 자신이었다.

"뭘 쳐다봐? 아직 덜 맞아서 그러냐? 더 맞아볼래?"

운마행은 공연스런 삿대질까지 하였다.

장랑은 이상한 생각이 들었다. 운마행과 이 정도로 친숙한 사이였던가 하는 의문이 들었다. 서로 마음이 통하고 아껴주려는 마음을 알기에 고마웠고, 또 친할아버지처럼 사부처럼 느껴져서 급속도로 가까워진 건 사실이지만 이 정도는 아니었던 것 같았다. 하지만 운마행은 장랑의 생각과 달리 친손자처럼 생각하는 듯하였다.

"어쭈? 대답이 없어? 한번 해보자 이거냐? 대들어보겠다는 거야?”

“대들기는 누가 대들었다고 그러십니까?”

장랑의 언성도 조금 높아졌다. 운마행이 미워서가 아니다. 운마행의 진심이 그대로 느껴져서 다시 마음을 활짝 열어버린 것이다.

“이놈이 아주 닭대가리야. 내가 몇 번 말했느냐? 무림맹주 뢰문기, 소림 방장 혜광, 화산파 장문 조일평, 종남 장문 진옥상, 무당의 늙은 말코 청허, 사도종사(邪道宗師) 마달방 등등. 그놈들은 모두 열 대면 열 대, 스무 대면 스무 대. 묵묵히 그저 내가 때리면 때리는 대로 맞고만 있었어.”

“자화자찬은 이제 그만 하세요. 그 이야기는 벌써 여러 번 들었습니다.”

운마행이 열거하는 인물들은 거의 백 년 전 사람들이다. 모두 당시 천하를 종횡하며 이름을 날리던 쟁쟁한 인물들이었다.

그들이 예전 운마행에게 아무 반항도 못하고 순순히 뒤통수를 들이밀었다 해도, 그들처럼 가만히 서서 맞아야 할 이유는 없었다.

“그런데 여기는 어떻게 오셨어요?”

장랑은 화제를 바꾸었다.

“이놈 봐라? 내가 나이가 들어 조금 삭아 보이긴 해도 아직도 어엿한 무림인이야. 무림인이 무림대회 구경 오면 안 되냐? 늙으면 구경을 못하게 하는 법도 있너냐?"

장랑은 고개를 좌우로 흔들었다.

"조금 삭은 정도는 아니죠. 완전히 폭삭……."

순간 운마행의 두 눈이 왕방울만 하게 커졌다.

"떼끼! 이놈아, 너 아무래도 몇 대 더 맞아야 정신을 차릴 것 같구나."

운마행이 협박투로 말을 했지만 장랑은 개의치 않았다.

"그런데 진짜 용건이 뭡니까? 바쁘지 않으면 저녁에 만나서 이야기하도록 해요. 아까 보셨다시피 저는……."

"헛! 입 다물어. 네놈 덕분에 늦게 도착했잖아. 늦게 도착한 탓에 고생이 이루 말할 수 없을 정도로 컸다. 그중 가장 큰 문제는 잠자리야. 잘 곳이 영 마땅치가 않아. 오전 내내 수소문 끝에 산 아래 객잔에 방 한 칸 남은 걸 확보는 했는데 콧구멍보다도 작잖아. 별수없이 그 막씨 성을 쓰는 불쌍한 계집에게 혼자 쓰라고 넘겨줘 버렸어. 고로 지금은 잠잘 곳 없는 불쌍한 노인 신세니까 네놈이 책임지라는 소리야."

"……."

장랑은 난감하여 대답을 하지 못했다. 또한 막소미도 따라왔다는 말에 속으로 뜨끔하기도 했다.

운마행은 장랑의 코앞까지 바싹 다가서며 말했다.

"그래서 말인데, 이제부터 당분간 네놈이 나의 의식주를 책임졌으면 한다."

“헉!”

운마행의 입 냄새가 장난이 아니었다. 장랑은 손짓으로 서둘러 냄새를 지워 버렸다. 장랑은 인상을 쓰면서,

“무리한 부탁이라는 거 잘 아시죠?”

“무리는 뭔 무리? 네놈이 내게 했던 약속을 지키면 그만이잖아.”

운마행의 터무니없는 주장이 믿게 보이지 않았다. 오히려 귀여워 보였다.

며칠 같이 있지 않았지만 분월도를 가르쳐 주었고, 세간에 알려지지 많은 몇 가지 생소한 점혈수법, 그리고 천 근의 바윗덩이도 단 일장만으로 쉽사리 조각낼 수 있다는 천멸참(天滅慘)과 같은 무지막지한 장법의 구결도 전수해 주었다. 장랑 자신의 무공 바탕인 태음진경도 실은 운마행이 만들어준 것이나 다름없었다.

이러저러한 점을 따지면 받은 은혜가 너무나 커서 결코 가볍게 대해서는 안 될 사람이었다. 그렇지만 사부인 명해 도장이 두 눈을 뜨고 버젓이 살아 있는데 운마행을 덜커덕하고 두 번째 사부로 삼을 수도 없는 일이었다.

“아까 보셨다시피 저도 아직은 눈칫밥을 먹는 처지입니다.”

“역시 네놈은!”

운마행은 고개를 절레절레 흔들었다.

“……?”

“너는 아무리 봐도 앞뒤가 꽉 막힌 벽창호란 말이다.”

“……”

“이놈아, 가져다 붙일 이유가 그렇게도 없냐? 그러니까 융통성없다는 소리를 듣는 거야?”

“융통성이요? 그런 말은 왜 갑자기?”

“너, 공동파의 제자 맞지?”

“네. 당연히 공…….”

“불과 몇 달 전까지만 해도 낡은 도복 차림으로 공동산 이곳저곳을 뒷짐지고 어슬렁거렸지?”

“뒷짐까진 안 했는데…….”

“그렇다면 눈칫밥 먹을 처지가 아니잖아.”

“……”

운마행의 천연덕스러움을 당해낼 재간이 없었다.

거절한다는 말을 단번에 뒤집어 버렸다. 그것도 모자라 한 술 더 떠 자신을 소개할 구문까지 알려주고 있었다.

“이놈아, 먼 친척 노인인데 말년에 놀이 삼아 구경 왔다가 너를 만났다고 하면 간단하잖아.”

“……”

참으로 이상했다. 단호히 거절해도 되는데 운마행과 얼굴을 맞대고 있으면 그런 말이 나오지 않았다. 친밀함을 느끼고 점점 가까워진다고 할까?

암튼 특이한 구석이 많은 노인이었다.

'며칠 정도는 상관없겠지!'

장랑은 생각을 조금 바꾸었다. 바꾸었다기보다 원래 그렇게 생각을 했지만 공연히 한번 버텨본 것이 아닌가 했다.

"그럼 말이죠, 저와 함께 있는 동안만큼은 제 말에 잘 따르셔야 합니다. 아셨죠?"

"네 말을 따르다니? 무슨 의미냐?"

운마행은 알면서 모르는 척 고개를 한쪽으로 돌렸다.

"시치미 떼지 마시고 대답하세요."

"나는 세상의 중심이 나라고 생각하는 사람이야. 내가 있어야 세상이 있고, 내가 있어야 세상도 돌아가는 거야. 내가 없으면 아무런 의미가 없다는 것은……."

"아, 알았습니다. 그 이야기도 여러 번 들었습니다. 저도 비슷한 생각입니다. 그러니까 그 이야기는 제발 그만 하세요."

장랑은 이상하게도 운마행 앞에서는 일곱 살 꼬마 아이처럼 변하는 자신을 발견하였다. 열다섯 살 이후 명해 도장에게도 안 부린 투정을 부리고 있었다.

"그만 하라고? 좋다. 그러면 내가 어떻게 하면 되느냐?"

"성질을 조금만 죽이고 뭐든 조금씩만 양보하시면 돼요. 아주 조금씩만이요. 그러면 만사형통입니다."

운마행이 돌연 진지하고 심각한 표정으로 장랑을 바라보

왔다. 그리고는 짧게 한마디 했다.

"좋아."

두 노소(老少)는 합의 같지도 않은 엉뚱한 합의를 맺었다.

장랑이 중악묘로 돌아가려고 몸을 돌리려는 찰나, 운마행이 갑자기 장랑의 뒷덜미를 와락하고 잡아챘다.

"……?"

"너 그것 좀 해봐."

"그거라니요?"

"그거 있잖아, 그거. 자고로 반복만큼 좋은 스승은 없다고 했어. 반복. 알지?"

운마행은 몸동작으로 말을 하였다.

"여기서요?"

"아무 곳이면 어떠냐! 여기가 인적이 없고 조용하여 딱 적당한 장소 같은데."

운마행은 복습이랍시고 가르쳐 준 무공의 시연을 원했다. 이른바 손을 봐준다는 것인데, 운마행에게 직접 배운 것은 무공은 오로지 분월도뿐이었다.

여섯 가지의 무공 전부는 구술(口述)이어서 아직 수련을 해보지 않아 머릿속에 기억으로 남아 있을 뿐이었다. 그런 사실을 알면서도 뻔뻔스럽게 복습을 한다면서 시연을 하라고 하니 아연실색할 수밖에 없었다. 하나 좋은 기회이기도 했다. 열 마디의 말보다 한 번의 시연으로 배우는 것이 백번, 천번 좋다는 것을.

"하아압!"

장랑은 낮고 묵직한 기합 소리와 함께 기마 자세로 유지했다.

"역시. 기본은 잘되어 있구나. 자, 우선 천멸참부터 시작해볼까?"

숭산의 이름 없는 골짜기에서 장랑은 오로지 운마행의 눈요기를 위해서 머릿속의 기억을 억지로 끌어내며 무공을 시연하였다. 그리고 간간이 터져 나오는 운마행의 불같은 호통 소리를 들어야만 했다.

*   *   *

장랑이 낯선 노인과 함께 공동파의 장막으로 돌아온 건 그가 자리를 비운 지 한 시진하고도 이각이 지난 후, 미시가 훨씬 지난 시각이었다.

공동파 도사들의 시선 모두가 그들 두 사람에게 집중되었다. 장랑은 어색한 웃음과 함께 운마행을 소개하였다.

"이분은 저에게 먼 친척 되는 분인데 조금 전 우연히 만났습니다. 연세가 있으신 데도 불구하고 아직도 무공에 관심이 많으십니다. 저쪽은 비무대가 멀어 잘 보이지 않는다 하여 실례를 무릅쓰고 이쪽으로 모시고 왔습니다. 여기……."

장랑은 자신도 모르게 운마행이 시킨 그대로의 소갯말을 하고 있었다. 그런데 그의 소개가 미처 끝나기도 전에 옥평 도장이 말을 끊었다.

"그만 해도 돼. 알아들었네. 사제의 친척 분이라면 우리에게도 친척 분이잖은가. 저는 사형 되는 옥평이라고 합니다."

옥평 도장이 운마행에게 정중한 자세로 포권과 함께 길게 읍하였다. 옥평 도장뿐이 아니었다. 옥진, 옥원, 옥인… 옥자 배분의 사형제들이 모두 공손하게 인사를 올렸다. 현자 배분 제자들도 마찬가지였고, 명자 배분의 노도사들도 가벼운 목례로, 혹은 밝은 눈인사로 인사를 대신하였다.

장랑은 왠지 모르게 기분이 좋았다. 운마행이 친할아버지는 아니지만 공동파의 모든 사람들이 반겨주니 그것만으로 흐뭇한 기분이었다.

운마행은 옥평 도장을 올려다보았다. 키가 한 뼘 가까이 차이가 나기에 그럴 수밖에 없는 일이었다. 그는 옥평 도장의 손과 팔을 만져 보다가 이윽고 어깨를 두들기며 말했다.

"자네 제법 튼실한 골격을 가졌군 그래. 타고난 뼈대가 굵으니 검이나 도 같은 병기보다는 장권이 잘 어울리겠어."

"네?"

옥평 도장은 운마행의 말뜻을 얼른 알아듣지 못하였다. 진 즉에 나이 사십을 넘겼다. 이제 와 무공을 새로 배울 것도 아닌데 마치 새로 무공을 배우기 위해 근골을 살핀 후에나 듣는 이야기였던 것이다.

곁에 있던 장랑은 얼굴이 뜨거워졌다.

"이 어르신께서 예전에 무관을 운영하신 적이 있습니다. 때문에 마음에 드는 사람을 만나면 간혹 이런 식으로 말을 하십니다."

장랑은 본의 아니게 자꾸 거짓을 말하게 되었다.

―이건 약속과 다르잖아요. 뭡니까? 그냥 점잖게 옆에 계신다는 약속. 지켜주세요.

―클클클. 이놈아, 썰렁한 농담 한번 해봤다. 도사라는 것들이 농담 진담도 구분을 못해. 무당 놈들만 말코인 줄 알았는데, 공동파 놈들은 개코야.

―개코요? 그건 무슨 뜻인가요?

―이런 무식한 놈. 그런 것도 모르냐?

장랑은 말코라는 소리는 들어봤지만 개코라는 소리는 낯설었다. 하지만 개코라는 말이 반드시 나쁜 뜻은 아니라는 생각이 들었다. 말코는 제멋대로인 사람을 가리키지만 개코는 한 가지에만 집착하는 사람을 가리키는 속어라는 생각이 불현듯 떠올랐기 때문이다.

―모릅니다, 모르고요. 그런 식으로 나오시면 저도 생각이 있습니다.

―생각은 무슨 생각? 야, 너 그거 지금 협박이냐?

─협박은 무슨 협박입니까? 단지 생각이 있다는 것뿐입니다. 설마 제가 아무 생각도 없이 모셔왔다고 생각하십니까?

─요놈 보게나. 감히 네게 협박을 해? 안 통해. 안 통한다.

장랑은 진지하게 말을 했지만 운마행은 하나에서 열까지 모두가 장난 식이었다.

비무대 위에서는 세 번째 비무가 진행되고 있었다.

장년의 중년 도사들의 대결이었다.

"두 번째 비무는 어떻게 되었습니까?"

장랑이 물었다.

"아슬아슬했지만 결국 화산파가 승리했다. 무당은 내리 두 번을 패하는 바람에 지금은 초상집 분위기지. 이번마저 진다면 무당파는 현판을 내려야 할지도 모르겠어."

옥진 도장은 조금 과장스럽게 웃으며 농담처럼 이야기했다.

"그렇군요."

장랑은 입을 다물고 말았다. 무당이 내리 두 판 졌다는 사실은 의외였다.

그런데 운마행은 비무에는 도무지 관심이 없는 사람처럼 보였다. 그는 비무대 쪽으로는 전혀 시선을 두지 않았고 장막 안 사람들의 표정 변화에만 관심을 보이고 있었다.

"야, 거기 기생오라비처럼 생긴 놈. 성씨가 뭐냐? 혹시 주가 아니냐?"

운마행 노인이 느닷없이 주기옥에게 손가락질을 하였다.

"……."

주기옥은 아무 말 없이 운마행을 바라보았고, 엽진숭과 진회팔, 그리고 고대동이 하얗게 질린 표정으로 즉각적인 반응을 보였다.

엽진숭은 여차하면 검을 뽑을 자세였고 고대동은 운마행을 곱지 않은 시선으로 노려보았다. 진회팔만이 운마행의 진의를 파악하려는 듯 신중한 자세로 운마행을 살폈다.

운마행은 눈을 껌뻑이며 그들 세 사람을 번갈아 보았다.

"너희들이 이 아이 호위무사냐?"

그 말에 가장 빠른 반응을 보인 사람은 엽진숭이었다. 그는 욱하는 심정으로 검을 뽑고 있었다. 하지만 진회팔의 재빠른 제지로 검은 조금 뽑히다 말았다.

진회팔은 엽진숭의 잡았던 팔목을 놓아주며 운마행에게 바짝 다가와 앉았다.

"노인장, 호기심이 많은 것은 좋지만 말은 가려서 하는 게 좋겠습니다. 그리고 나이를 떠나 기본적인 예의는 지키도록 하십시다."

"예의? 그건 무슨 헛소리야? 어른이 아이들 이름도 묻지 못하는 세상이냐?"

운마행의 행동은 다분히 의도적으로 보였다.

진회팔은 운마행의 바로 코앞에 얼굴을 들이대며 입을 열었다.

"이름도 사람을 봐가면서 묻는 겁니다. 노인장의 나이와 여기 공동파의 체면도 있으니 한 번은 조용히 넘어가겠소. 하지만 두 번째는 가차없다는 사실을 기억해 두시오."

진회팔은 자신의 경고가 그저 말뿐이 아니라는 것을 증명하려는 듯 검병을 가볍게 흔들어 보였다.

—왜 그러셨어요?

벌떡 일어서려던 운마행은 고막이 터져 나갈 듯한 굉음성전음 때문에 도로 주저앉고 말았다.

—뭘?

—조용히 구경만 하면 되지, 왜 가만있는 사람에게 시비를 걸고 그러십니까?

—시비는 무슨 시비? 저기 어린 놈이 예전에 내 돈 백만 냥을 들고 튄 그놈과 너무 많이 닮아서 그런다. 왜?

—백만 냥? 정말입니까? 그때가 언제였습니까?

—가만있자… 흠, 두 번째 은거에 들어가기 직전? 아마 그때쯤일 거야.

—두 번째 은거라면, 정확히 몇 년 전입니까?

—흠, 팔십 년? 아니다. 한 구십 년은 된 것 같은데…….

—에에? 팔구십 년이요?

장랑은 어처구니가 없었다. 도무지 말이 통하지 않을 것 같왔다. 포기하고 그냥 입을 다물고 있는 것이 더 속이 편할 듯 싶었고 운마행을 괜히 공동파의 장막 안으로 데리고 왔나 싶었다.

─너 내 돈 들고 도망친 놈 이름이 뭔지 알아?

운마행이 계속 말을 걸어왔다.

─제가 그걸 어떻게 알겠습니까? 팔구십 년 전이면 저는 이 세상에 존재하지도 않았습니다. 저뿐이 아니라 저의 조부님조차 태어나기 전일 겁니다.

─음, 그런가? 하긴 시간이 지나기는 지났어. 그러고 보니 너 진짜 어린 놈이구나. 아이고, 귀여운 놈.

장랑은 운마행의 농담이 하나도 즐겁지 않았다. 당분간 운마행과 함께 움직이기로 작정한 것이 조금은 걱정스러웠다.

한편 운마행은 장랑과 전음으로 대화를 하면서도 진회팔과도 계속 이야기하고 있었다.

"나를 노인이라고 무시하면 곤란한데… 흠, 어떻게 해야 할까? 볼기를 때릴까? 아니면 종아리를 때릴까? 그도 아니면 마구 주먹질을 해서……."

"노인장, 방금 경고했소. 더 이상 무례를 범하면 가만있지 않겠소."

"가만있지 않으면?"

운마행은 고의로 진회팔의 성질을 돋우는 것 같았다.

그의 등장은 차분하던 장막 안을 졸지에 어수선한 분위기로 바꾸어놓았다.

공동파의 도사들은 물론이요, 호덕현 일행까지 짜증스런 눈빛으로 운마행을 바라보았다.

이때 진회팔과 운마행 사이에 한 사람이 끼어들었다.

"저어, 혹시 운 노선배님이 아니신지요?"

"응? 자네 날 아나?"

운마행은 명일 도장에게조차 대뜸 반말이었다. 운마행 입장에서야 명일 도장 정도는 손자뻘이니 당연하겠지만 공동파 제자들은 아니었다.

사문의 존장이 의문의 노인에게 대놓고 무시당한다고 볼 수밖에 없었다. 장랑이 친척이라고 소개한 탓에 드러내 놓고 불만을 표시하지 못하지만 표정들이 모두 굳어 있었다.

"예전에 사부님께 몇 번 귀동냥한 기억이 있습니다."

명일 도장은 운마행을 무척 조심스러워했다.

"사부? 사부라… 면? 공동파에 날 아는 인물이? 송진자, 송진자 그 친구를 말하는 건가?"

운마행이 제대로 이름을 기억하는 공동파의 인물은 몇 되지 않는다. 그중 가장 강렬한 인상을 남긴 인물은 송진자가 유일했다.

"사형, 그냥 두고만 봐야 합니까? 아무리 사제의 친척이라 해도 너무하는 것 같습니다."

"너무하다는 것은 나도 동의해."

　공동파 제자들의 표정은 하나같이 붉으락푸르락하였다. 모두가 폭발하기 일보 직전이었다. 운마행이 아무리 장랑의 친척이라지만 돌아가신 사조의 이름을 함부로 부르는 것은 용서가 되지 않았다.

　“송진자 그 친구라면 내가 조금 알지.”

　운마행은 송진자를 마치 아랫사람 부르듯 말했다.

　순간 성질 급한 옥자 배분 도사 몇몇이 벌떡 일어섰다.

　“이보시오! 말을 가려…….”

　“듣기가 참으로 거북하오! 친한 사이일수록 말을…….”

　동시에 한마디씩 하는데 명일 도장의 낮고 짤막한 한마디에 그만 입을 다물고 말았다.

　“모두 조용히 해라.”

　명일 도장은 난감한 표정으로 운마행에게 깊게 허리를 숙였다.

　“공동의 명일, 운 노선배님께 인사드립니다.”

　“명일? 아! 자네가 그 명일이로군. 이야기는 들은 적 있었지.”

　“그, 그러셨습니까?”

　명일 도장은 황송하다는 표정이었다.

　“송진자 그 친구가 장문인이 되던 해였던가? 꽤 오래된 이야기로군. 송진자를 장안에서 우연히 만난 적 있었어. 당시 제자가 네 명이나 있는데 다섯 번째 제자를 맞아야 한다면서 공동산으로 돌아가는 길이었지. 검에 대한 재능이 있는 아이가 있어 꼭 제자로 맞아들여야 한다고 했어. 그때 내가 말했지. '자네 손으로 공동제일검을 한번 키워보게. 싹수가 보이면 공동제일검에서 만족하지 말고 천하제일검으로 키워도 괜찮아' 라고. 혹시라도 도움이 필요하면 이야기하라고 했는데 송진자 그 친구는 정중히 사양을 하더군. 대신 제자의 도호를 하나 추천해 달라고 했지. 뭐가 좋을까 고민하다가 일인자가 되라는 의미에서 돌림자인 명자에다가 일자를 붙여 '명일' 이라고 지어주었지."

운마행은 옛 추억을 떠올리며 신난 표정으로 이야기를 하였다.

하지만 주변에서 듣는 사람들은 운마행의 말을 그다지 신빙성이 없다고 생각했다. 송진자를 알고 지내는 거야 있을 수 있다지만, 타 문파 제자의 도호를 지어준다는 것은 여간해서는 볼 수 없는 일이었다.

장랑 생각도 비슷했다. 운마행이 대단한 사람이기는 해도 공동파와 그 정도로 깊은 인연이 있다고 믿기는 어려웠다.

그런데 명일 도장은 모두의 예상을 깨고 환하게 웃으며 말했다.

"사부님께서 제 도호를 어느 기인께서 지어주셨다는 말씀을 하셨습니다. 나중에 그분이 노선배님이라는 사실을 알게 되어 기뻤습니다."

"하하하. 그 사람 참. 별걸 다 이야기했군 그래."

운마행은 활짝 웃었다.

명일 도장이 나서는 바람에 운마행은 갑자기 전대 장문인 송진자와 인연이 깊은 기인이 되어버렸다.

크지 않은 보통 키에 평범한 용모, 아무리 뜯어봐도 기인의 풍모는 느껴지지 않았다. 말투를 들어보면 오히려 경박해 보이기까지 하였다. 머리카락 일부와 눈썹 일부가 하얀 백발이라는 점을 빼면 길거리에서 흔히 볼 수 있는 평범한 노인과 다르지 않았다.

한편 명일 도장의 개입으로 잠시 입을 닫고 있던 진회팔은 시선을 어디에 두어야 할지 몰라 난처해하였다. 전대 장문인과 막역한 사이라면 함부로 대하기 어려웠다.

"험. 노인장께서 공동과 깊은 인연이 있음을 몰랐소. 하지만 계속 말을 함부로 한다면 아무리 공동과 인연이 있다고 해도 나는 노인장에게 따질 것이오."

"그래, 그래야지. 사내라면 자고로 그런 배짱 정도는 있어야지."

운마행은 마음이 많이 풀어진 모양이었다.

"조금 전 나의 농은 잊어버리게."

평소의 운마행답지 않게 사과를 하였다.

한편, 장막 안에서 벌어지는 일에 가장 많은 관심을 기울이며 지켜보고 있는 사람은 다름 아닌 동초경이었다. 그녀는 원래 특이한 상황을 좋아하고 즐기고 있었다. 그녀에게 운마행과 같은 인물은 말 그대로 보배와 같은 존재였다.

동초경은 운마행의 곁에 있으면 왠지 재미있는 일이 많이 생길 것 같은 생각이 들어 기분이 좋고 은근히 몸도 달아올랐다.

*　　　*　　　*

환관이 권력의 핵심에서 힘을 발휘하게 되면 어떤 폐해가 발생되는지에 관한 설명은 필요없다. 지나는 사람 백 명 가운데 아흔아홉 명은 알고 있을 테니까.

역대 제왕들은 누구나 환관과 일정한 거리를 두려고 노력을 하였다.

하지만 황제와 가장 가까이, 가장 오랜 시간 함께하는 존재는 역시 환관일 수밖에 없었다. 그렇기에 그들이 황제에게 신임을 얻고 중직(重職)에 발탁되는 일은 그렇게 어려운 일이 아니었다. 특히 어린 시절부터 함께해 온 사이일수록 그 친밀도는 상상 이상으로 강하고 끈끈하였다.

왕진도 그런 부류의 환관 가운데 하나였다.

그가 정벌군의 감군(監軍)에 임명되었다. 그의 등용은 어느 정도 예상된 일이었지만 막상 현실로 닥치자 조정대신들은 한바탕 난리를 피웠다.

상소와 주청이 매일매일 끊이지 않고 올라왔다. 조정뿐 아니었다. 재야의 수없이 많은 향관(鄕官)들까지도 연일 상소를 올려 왕진의 감군 임명이 불가함을 주장하였다.

하지만 반대 여론은 그리 오래가지 못하였다. 왕진의 뒤에는 그의 양부(養父)인 환갑이 많이 지난 노환관 왕력(王礫)이 버티고 있었다. 왕력은 십오 년 가까이 동창영반 자리를 유지해 온 수완이 좋은 아주 노회한 인물이었다.

비빈(妃嬪)들의 시시콜콜한 뒷조사나 담당하던 동창의 업무를 삼경과 육부의 관원, 나아가 지방호족의 감시까지로 영역을 넓힌 장본인이었다.

왕력이 있음으로 작은 비밀 감찰기구에 불과한 동창이 금의위와 같은 위상으로 평가되었고 어림친위대까지도 함부로 대할 수 없는 존재로 탈바꿈되었다. 그리고 마침내 금의위의 일부를 자신의 세력으로 만들어내기도 하였다.

때문에 황실 밖에서 왕진은 절대권력의 상징이었다.

왕진은 이른 아침 어화원 북쪽 연못가에 위치한 왕력의 집무실을 찾았다.

어화원으로 가는 길은 도중에 비빈들의 처소가 줄지어 있기에 누구나 조심하여 걸어야 함에도 왕진의 발걸음은 너무도 당당하고 거침이 없었다. 조정의 여느 고관대작보다도 힘 있고 활력 넘치며 박력이 있어 도저히 환관이라고 믿어지지 않는 그런 모습이었다.

왕진과 왕력이 집무실 안에서 마주 앉았다.

"아버님, 지난번 부탁드렸던 건은 어떻게 진행되고 있습니까?"

왕진은 밖에서와 달리 신중하고 진지한 표정이었다.

"몇 가지 걸림돌이 있지만 조만간 잘 마무리될 것 같구나."

"출병을 하려면 모두가 일 년 이상 준비를 해야 한다고 말을 합니다. 하지만 저는 삼 개월, 늦어도 반년 안에 출발할 생각입니다. 그러기 위해서는 최대한 빠른 시간 안에 처리해 주셔야 합니다."

최근 들어 양부 왕력은 조금씩 기억력이 흐려지고 있었고 약간의 노쇠함도 보였다. 진작 손을 떼고 물러나 편안한 노후를 보내야 하지만 왕력은 쉽사리 동창의 태감직을 내놓으려 하지 않았다.

"걱정 마라. 보름이면 되려나? 아무리 늦어도 한 달 안에 네게 좋은 소식을 전해주도록 하마."

왕력의 노안에 자신감이 넘쳐 났다.

"보름이요?"

"그래, 보름. 보름이면 충분할 게야."

왕력은 스스로에게 최면을 거는 사람처럼 다짐하듯 말을 하였다.

왕진은 굳이 왕력의 기를 죽이고 싶지 않았다.

"알겠습니다. 보름이라면 저도 안심이 됩니다. 하지만 절대로 무리해서 추진해서는 곤란합니다. 그 점은 절대로 잊지 마세요."

"너는 이제 이 애비를 우습게보는 경향이 있구나. 내가 누구냐?"

왕력은 은근히 눈살을 찌푸렸다.

"그럴 리가요. 나는 새도 떨어뜨리는 동창의 영반 왕력 대감이 아니십니까? 어떤 간 큰 놈이 왕력 대감님을 우습게본답니까?"

"되었다. 이쪽 일은 걱정 말고 네 일이나 열심히 하거라."

왕력의 자신감 넘치는 태도에 왕진은 더 이상 말이 필요없음을 느꼈다.

"좋습니다. 그럼 저는 아버님만 믿고 여원(旅院)에 나가보겠습니다."

"그래. 네가 살아야 내가 살고, 내가 살아야 네가 산다."

왕력의 집무실을 빠져나온 왕진의 발걸음은 가벼웠다.

보름이든 한 달이든 출병 전까지만 해결하면 된다.

지나던 환관들이 그를 발견하고는 걸음을 멈추고 급하게 허리를 꺾었다. 젊거나 늙거나 관계없이 모두가 구십도였다.

"수고들 하는군."

왕진은 뒷짐을 지고 팔자걸음으로 느긋하게 걸으며 허리를 굽히는 환관들에게 손을 들어 답례를 하였다.

　　　　　*　　　　*　　　　*

"저자는 뭐야? 저러다 까딱하면 목 부러지겠네."

"그냥 둬. 처음 보는 일도 아니잖아."

두 명의 장한은 대낮임에도 전신에 흑의를 두르고 복면까지 뒤집어쓴 두 명의 호리호리한 체격을 가진 사내들을 바라보며 투덜거렸다.

벌써 서너 차례나 방문하는 놈들이지만 제대로 된 인사를 나눈 적은 없었다.

명색이 채주 다음의 실력자인 다섯 명의 소두목 가운데 하나인데 놈들은 인사는커녕 곁을 지나며 눈길조차 마주치지 않으려 했다.

부아가 끓어오르지 않을 수 없었다.

"저놈들은 도대체 뭐 하는 놈들일까? 어떻게 보면 관부 인물 같기도 하고, 어떻게 보면 아닌 것 같기도 하고, 당최 종잡을 수 없어."

"그런 걸 일일이 따지면 머리 아파. 또 알면 뭐 해? 우리는 그냥 돈 많이 생기는 일감을 준다니까 그걸로 만족이야. 위험한 일도 아니라고 하잖아."

"하기야. 땅 짚고 헤엄치기라고 하니 그걸로 족해."

두 명의 소두목은 투덜거리기는 해도 사실 그다지 불만이 없는 말투였다.

타앙!

통나무를 잘 다듬어 만든 문짝이 부서질 듯 힘차게 닫혔다. 워낙 튼튼해 부서질 리 없지만 그럴 때마다 간담이 철렁했다.

'제길.'

그렇게 세게 문을 닫는 이유는 단 하나다. 이제부터 주위에 얼씬 말라는 경고였다. 문이 닫히고 엿보는 재미가 사라지니 두 명의 소두목은 자리를 털고 일어섰다.

"에이. 작업이나 나가야겠다. 애들아, 집합!"

"야, 이놈들아. 빨리빨리 안 움직여?"

두 명의 소두목은 여기저기 흩어져 제멋대로의 자세로 뒹굴고 있는 수하들을 각기 한자리로 불러 모았다.

문밖으로 수하들의 움직임을 바라보던 영고채(嶺高寨) 채주 황정견(黃丁堅)은 꼿꼿하고 거만한 자세의 두 명 복면인에게 가볍게 목례를 취하고는 호피가 깔려 있는 자신의 자리에 앉았다.

황정견이 채주에 오른 지 십 년.

고만고만하던 여러 산채 가운데 하나에 불과하던 영고채를 녹림맹 칠십이채 중 상위 열 번째 안에 들어가는 거대 산채로 만들었다.

한때 일류고수 소리를 듣던 무림인 출신으로 도적 소굴로 기어들어 간다고 손가락질을 받았다. 하나 지금은 중소문파 한두 개 정도는 웃으며 박살 낼 전력이라고 자부할 수 있다. 그런 이유로 황정견은 녹림맹주를 제외한 그 누구 앞에서도 항상 당당하였다.

황정견은 꼿꼿한 자세로 한 점의 흐트러짐 없는 자세로 앉아 있는 두 명의 사내를 바라보며 신기한 생각이 들었다.

'왜 저러고 사는지 몰라. 한심한 것들.'

황정견은 그런 생각을 하면서 호피로 감싸진 자신의 태사의를 어루만졌다.

잠시 동안 실내에 정적이 흘렀다.

"그래, 준비한 것은 가져왔소?"

놈들은 항상 그랬다. 꼭 황정견이 먼저 입을 열어야 따라서 입을 열었다. 이런 놈들을 상대할 때는 장황한 이야기보다 거두절미 바로 본론으로 들어가는 것이 편했다.

"지난번에 협의된 바 그대로 착수금 은자 이만 냥이오. 성공하면 그 자리에서 나머지 삼만 냥을 지불하겠소."

오른쪽 복면인이 일만 냥짜리 전표 두 장을 황정견 앞에 내려놓았다.

황정견 앞에 시립하고 섰던 곡야회(曲夜會)가 전표를 집어들어 유심히 살핀 후 그에게 전달했다.

"괜한 말이 아니었군."

황정견은 장안 제일의 전장인 황룡전장(黃龍錢莊)에서 발행한 전표를 바라보며 고개를 끄덕였다.

산적에게 은자 오만 냥짜리 일거리는 흔하지 않다.

오백 명이 넘는 수하들이 한 달 동안 쉬지 않고 작업에 나서도 은자 일만 냥을 벌어들이기 어렵다.

영고채는 단순한 산적이 아니고 의적이라는 자부심 때문이었다. 쓰레기 같은 일부 녹림도들은 소중하기 그지없는 고객(?)을 함부로 대하고 입고 있는 옷은 물론 심지어 속옷까지 몽땅 벗긴다지만 영고채는 적당한 양만큼만 나누어 쓰는 이른바 양심있는 의적이었다. 물론 세인들의 평가는 아니고 황정견과 영고채 산적들 스스로의 생각이지만……

아무튼 영고채의 한 달 수익은 일만 냥을 넘지 않았다. 보통 칠팔천 냥, 운 나쁘면 한 달에 오천 냥도 못 벌었다. 그리고 순수익으로 따지면 그 절반에도 못 미친다. 그렇기 때문에 은자 오만 냥이면 반년치 수입과 맞먹거나 상회하는 큰 금액이었다.

"다시 한 번 확인합시다. 그러니까 우리는 주변을 포위하고 크게 함성만 지르면 된다 이 말이오? 마치 멧돼지 사냥처럼?"

"그렇소. 삼사백 명 정도만 동원해 주시오. 주변에 사람들이 꼬이지 않게 경계하면서 혹시 지나는 사람이 있다면 크게 소리만 지르면 되오. 길어야 한 시진이오. 그 이외 다른 요구는 없소."

“…….”

아무리 생각해도 별달리 어려운 일이 아니다. 너무나 쉽다. 의뢰자들이 멍청이가 아닌 이상 그렇게 간단한 일 따위로 은자 오만 냥을 쓸 리는 만무하다. 오만 냥은커녕 은자 오백 냥이면 시골의 촌부 천 명가량 불러 모을 수 있다.

단지 비밀을 지키기 위해서라는 핑계를 대며 오만 냥을 쓴다는 것은 미친 짓이었다. 영고채가 눈치 채지 못하고 있는 커다란 위험 요소가 반드시 있을 것이다. 그리고 그 위험 요소는 반드시 목숨을 담보로 해야 하는 것이 뻔하다.

‘깊게 생각할 필요가 없어. 위험한 느낌이 들면 곧바로 철수하면 그만이다.’

황정견은 생각을 정리했다.

잔금을 포기하고 중간에 철수를 하더라도 계약금 이만 냥을 건진다.

그것만으로도 충분히 남는 장사였다.

“좋소. 거래가 성립되었소. 단, 현장에 남는 물건이 있다면 그건 모두 우리가 접수할 테니 그리 아시오.”

“……?”

복면인들은 무슨 뜻인지 몰라 황정견의 얼굴을 빤히 쳐다보았다.

“하하하, 부수입을 챙기겠다 이 말입니다.”

부채주이자 영고채의 두뇌라 할 수 있는 곡야회가 곁에서 한마디 거들었다.

복면인들은 챙길 부수입이 뭐가 있을까 생각해 보았다.

휴대하고 다니던 은자 부스러기 몇 푼이 고작일 것이다. 십수 명이 지니고 다는 은자 덩이를 모아봐야 얼마나 되겠는가.

왼쪽 복면인이 피식 웃으며 말했다.

"좋소. 마음대로 하시오. 단, 꼭 약속대로만 움직여 줘야 하오."

*   *   *

화산파가 준비를 많이 했던 것일까? 무당은 화산에게 내리세 판을 지면서 완패를 하였다. 그건 누구도 예상하지 못했던 의외의 결과였다.

무당파가 화산파에 무너지면서 중인들은 자만심이 어떤 결과를 가져오는지 모두가 똑똑히 보게 되었다. 그건 공동파와의 일전을 대수롭지 않게 생각하고 있던 종남파에게 큰 경각심을 심어주었다.

종남은 대책회의를 여는 등 부산하게 움직였다. 그러나 비무가 바로 코앞인데 뚜렷한 방책이 있을 리 없었다. 그들이 할 수 있는 일은 무당, 화산, 소림을 대비해 아껴두었던 전력을 공동파와의 비무에 내보내는 방법밖에 없었다. 다른 문파에 지는 것은 흉이 되지 않지만 공동파에 무릎을 꿇는 것은 그들 스스로 용납되지 않았다.

　공동에서는 예정대로 현수가 나섰지만 종남에서는 상기(常祈)가 나왔다. 그건 공동파의 입장에서 뜻밖의 사태였다.
　상기는 종남의 삼대제자 가운데 가장 나이가 많고 제일 뛰어난 성취를 보이는 청년고수였다. 상기가 나왔다는 것은 종남이 공동에게 절대 질 수 없다는 단호한 의지였다.
　"앗! 저쪽에서 상기가 나왔어."
　"정말이군. 이거야 원. 상기는 우리가 아닌 소림과의 비무에 나설 것으로 예상했는데. 종남에서 우리를 물 먹이려는 마음을 단단히 먹었군. 현수가 제대로 감당할 수 있을까 걱정이로군."
　현수의 사부 옥원 도장보다 옥진 도장이 더 걱정스런 표정을 지었다.
　장랑은 근심스러워하는 그들의 대화를 들었다.
　마주 선 두 사람의 기도만 놓고 봤을 때, 상기가 현수보다 월등히 뛰어난 실력을 갖추었음을 금방 알아차릴 수 있었다.
　상기는 오전에 나왔던 무당의 종우나 화산의 진문보다 더 뛰어난 실력을 가진 것으로 보였다. 그에 비해 현수는 무당의 종우보다 조금 떨어지는 실력을 가졌다.
　"저, 저런!"
　옥원 도장이 안타까운 탄식을 하였다.

비무가 시작되고 불과 오 초를 견디지 못하고 현수는 곧바로 열세에 접어들었다. 예상보다 실력 차는 더 컸다. 이대로 진행된다면 오십 합이나 제대로 견딜 수 있을는지 의문이 들 정도였다.

"행로유수(行路流水)만큼은 완벽하게 소화하는 놈이니 그나마 다행입니다."

"그렇지만 보법만으로 버티는 것은 한계가 있네."

"백 초 이내에 패하지만 않는다면 나는 그것으로 만족합니다."

장랑은 옥원 도장의 마지막 말에 신경이 쓰였다.

'겨우 백 초를 버티기 위해 제자를 비무대에 세운단 말인가?'

장랑은 옥원 도장에게 실망감을 느꼈다.

하지만 냉정히 생각해 보면 그것도 아니었다.

현법, 현광, 현수, 현공.

현자 배분에서 가장 뛰어나다는 네 명. 현수는 그 네 명 가운데 한 명이었다. 즉 현수뿐이 아니라 현법이나 현광, 현공이 나서도 상기를 꺾는다는 보장이 없었다.

공동파의 절기는 구대문파의 다른 절기들과 비교해도 위력적인 측면에서 손색이 없다. 단지 제자들의 재능이 따라가지 못할 뿐이었다.

'이것이 현재 공동파의 한계인가? 가만! 행로유수를 완벽하게 소화했다고?

장랑은 방금 옥원 도장의 한마디를 기억해 냈다.

행로유수는 기초 보법이다. 하지만 어지간한 재능이 아니면 십성 이상 익히기 어려운 까다로운 보법이었다.

장랑은 현수의 발끝에 주목하여 시선을 떼지 않았다.

옥원 도장의 말은 옳았다. 초식에서 공수의 전환이 반 박자씩 늦고 방어도 적절하게 이루어지지 않지만 신기하게도 현수는 얻어맞거나 크게 위험한 상황으로 몰리지 않았다. 상기가 분명히 승기를 쥐고 일방적으로 몰아붙이고 있지만, 현수는 이리저리 움직이며 잘 피하고 있었다.

'상당한걸.'

간혹 특정한 분야에만 탁월한 재능을 보이는 사람이 있다. 현수의 발놀림이 너무나 현란하여 장랑은 현수가 혹시 그런 종류의 인물이 아닌가 하였다.

우직하게 생겨 둔해 보이기까지 하는 현수의 현란한 발놀림은 충분히 그런 생각을 하게 만들고도 남았다.

과연 잘하는 짓인가 여부는 모른다. 하지만 현수에게 당장 추운신법의 구결과 보로를 알려주고 싶은 충동이 생겨났다.

―현수야.

느닷없는 장랑의 전음성에 현수는 움찔하였다.

―당황하지 말고 내가 하는 말을 잘 들어라. '예', '아니오'로 간단하게 의사를 표현해라. 고개를 끄덕이면 '예', 흔

들면 '아니요'다. 알았느냐?

현수는 상기의 공세를 피해 이리저리 움직이면서도 확실하게 고개를 끄덕여 주었다.

—혹시 추운신법을 배운 적 있느냐?

현수가 급히 고개를 저었다.

—지금부터 추운신법을 알려줄 테니 잘 듣고 따라 하거라.

현수가 영문을 몰라 눈을 동그랗게 뜨는 모습이 멀리서도 확연하게 보였다.

모험이 분명하였다. 하나 지금 당장 알려주어야 한다는 마음속의 외침을 그대로 따르고 싶었다.

추운신법이 공동파에 전래된 이후 처음으로 올바른 구결과 설명을 듣는 사람은 현수였다. 현수도 그런 사실을 모르지 않기에 모든 의문을 접고 장랑의 말에 귀를 기울였다.

추운신법은 복잡한 편이고 파고들수록 난해한 구석이 있는 신법이었다. 그러나 그건 분월도의 원리를 제대로 이해 못한 탓이다. 재능이 있는 사람이 정석대로 기초부터 차근차근 익히면 아주 어렵지만도 않은 것이 분월도였다. 그렇다고 재능도 없는 사람이 쉽게 따라 배울 수 있는 신법도 아니었다.

장랑은 우선 운마행이 분월도를 급하게 축소시키는 과정에서 생긴 약간의 오류를 수정한 추운신법의 원리를 설명하였다.

분월도는 기본적으로 구궁(九宮)과 구성(九星), 그리고 팔문(八門)에 입각하여 오행의 변화를 가미하여 만들어졌다.

　―구궁의 아홉 방위에서 일백(一白), 이흑(二黑), 삼적(三赤) 세 방위와 구성의 천봉(天蓬), 천예(天芮), 천충(天沖) 세 자리, 그리고 팔문에서 휴(休), 생(生), 상(傷). 일단 그렇게 아홉 가지를 머릿속에 담고 내 말에 따르면 된다. 우선 우보(右步)는 구궁의 일백, 왼발은 이흑으로…(중략)……. 마찬가지로 우보에 천봉, 좌보(左步)는 천예…(후략)…….

　시범을 보이며 설명하면 그다지 어렵지 않다. 그러나 말로만 설명하자니 번거로운 부분이 많았다. 하지만 무슨 일이든 설명하는 사람보다 설명을 듣는 사람이 더 힘들게 느끼는 법이다. 더구나 그것이 비무 중이라면 하늘이 내려준 천재라 할지라도 단번에 받아들인다는 것은 불가능한 일이다. 그런데 장랑은 그 황당하기 그지없는 시도를 하고 있었다.

　현수는 나름대로 장랑의 설명을 하나도 놓치지 않고 마음속에 새기며 들었다. 음양, 오행, 삼재, 태극, 구궁 등등.

　모두가 도문(道門)의 법술 이론의 기초였다. 어려서부터 귀가 따갑게 듣고 확실히 이해한 이론이었다. 그러나 뒤섞는 방법은 상리에서 어긋나 있었다. 그래서 어려운 것이다.

　현수는 확실히 보법에 천부적 재능이 있었다. 행로유수를 펼치면서도 간간이 추운신법을 섞어보려고 노력하고 있었다. 그러나 쉽지 않은 일이었다.

　몇 번의 보충 설명을 반복하던 장랑이 자리에서 슬그머니 일어섰다.

―비무 도중에 시선을 분산시키는 것은 목숨을 담보로 한 아주 위험한 일이라는 건 나도 잘 안다. 하지만 이럴 때일수록 사람의 오감이 최대의 능력을 발휘하는 법이다. 틈틈이 나를 살피며 따라 해보거라.

현수가 빙긋 웃으며 고개를 끄덕이는 모습이 보였다.

현수는 잘 피해 다니다가 간혹 뒤뚱거리는 모습을 보였다.

"저놈이 비무 도중인데 아까부터 무슨 짓을 하는 것인가. 정신을 어디다 놓고?"

"정말 속을 알 수 없는 놈이라니까요. 하하하."

"허. 저놈 보게."

옥진 도장은 갸웃거렸고 옥원 도장과 옥인 도장은 어이가 없어 실소를 터뜨렸다.

이때 장랑은 현수가 잘 볼 수 있도록 가르쳐 준 부분을 몸으로 직접 표현하고 있었다. 주변서 보는 눈이 많기에 정식대로 활발하게 펼치진 못했다.

다른 사람이 보기에 장랑의 동작은 제자리에서 조금씩 움직이는 것과 별로 다르지 않았다. 그러나 현수가 정말 보법에 재능이 있고 눈썰미가 뛰어나다면 가능성은 낮지만 오래지 않아 기초 부분 정도는 따라 할 수 있을는지도 몰랐다.

장랑이 엉거주춤한 자세로 좌우로 움직이고 있지만 모두의 시선은 비무대로 쏠려 있었다. 그래서 장랑이 무슨 짓을 하고 있는지 대부분 눈치 채지 못하였다.

예외란 늘 있는 법. 장랑의 일거수일투족을 빠지지 않고 쳐다보고 있는 눈길은 있었다. 주기옥과 동초경이 그들이었다.

주기옥이야 무공에 대해 문외한이라 장랑의 행동이 무엇을 의미하는지 알지 못했다. 그에 비해 잘나가는 신진고수인 동초경의 눈에 장랑의 행동은 영락없는 신법 연습으로 비춰졌다.

"무슨 신법이죠? 조금 특이하네요."

동초경의 작은 한마디에 몇몇의 시선이 장랑에게 쏠렸다.

운마행은 장랑의 움직임이 무엇인지 잘 알고 있지만 모른 척하며,

"왜? 다리에 쥐가 났냐?"

빈정거리면서 놀렸다.

장랑은 멋쩍게 웃었다.

"하하. 기억력이 나쁘고 둔한 편이라 시간날 때마다 이렇게 연습합니다."

그 순간이었다.

팍!

비무대 위의 현수가 상기의 목검에 옆구리를 얻어맞았다.

현수는 고통스런 표정으로 옆으로 몇 걸음 밀려났다.

"저, 저런!"

"잘했다. 저 정도까지 버텼으면 잘한 거다."

"그래도 아쉽긴 아쉽네."

탄식과 안타까움, 그리고 염려가 섞인 한마디씩이었다.

명일 도장이 일어섰다.

"조용히! 모두 냉정해라. 현수는 참으로 잘해줬다."

모두가 수긍하는 모습을 보였다.

"현수의 상대인 상기는 다섯 살에 무공에 입문하였다. 올해 나이가 스물다섯이다. 이는 상기가 꼬박 이십 년 동안 무공 수련에 매진했다는 말이다. 그런데 현수는 어떠하냐? 상기와 얼추 비슷한 나이이지만 무공의 입문으로 따지면 한참 아래 후배다. 현수의 입문은 아직 십 년도 채 지나지 않았지. 이십 년 동안 수련한 사람과 십 년 수련한 사람이 같은 수준이라면 말이 될까?"

명일 도장은 현수의 패배보다는 공동파 무공에 대한 자긍심을 말하고 있었다. 대부분의 공동파 제자들이 그걸 눈치 챘는지 여부는 모르지만 장랑은 그렇게 느꼈다.

명일 도장이 덧붙여 말했다.

"냉정하게 생각해 보고 판단해라. 현수가 패한 건 전혀 아까운 게 아니야. 안타까워할 필요도 없어. 당연한 결과다. 이러쿵저러쿵하지 말고 현수가 돌아오면 그냥 어깨나 한번 두들겨 주거라. 그것이면 충분하다."

명일 도장의 말은 일리가 있었다.

재능보다 중요한 것은 시간과 노력이었다. 얼마만큼의 노력과 얼마만큼의 시간을 투자했느냐에 무게를 두어야 한다. 산문 안에서는 잊고 있었던, 알지만 잊고 있었던 사실을 지금 깨달으라는 뜻이다.

장랑은 명일 도장을 새삼스런 눈으로 바라보았다.

─이놈아, 저 어린 도사 놈은 네놈 말대로 움직이려다 쥐어터진 거지?

운마행 노인이 고소하다는 식으로 전음성을 보내왔다.

─맞습니다.

─그러게 왜 쓸데없는 짓을 해? 이제 어떻게 할 건데?

─매듭은 원래 묶은 사람이 풀어야 잘 풀린다고 합니다. 제가 묶은 매듭, 제가 풀어야죠.

─네놈이?

─네.

─야, 그거 내가 하면 안 되냐? 나 시간 많아. 그리고 너보다 내가 더 노련하지 않겠어?

운마행이 사정조로 나왔다.

─그냥 가만히 계시는 것이 도움을 주는 거예요.

장랑은 냉정하게 말했다.

전음으로 옥신각신하는 사이 현수가 내려오고 옥진 도장이 비무대로 이동했다.

"잘했다."

"수고했어."

"고생 많았어."

모두가 현수에게 제각기 격려의 한마디씩을 던졌다.

장랑은 뻔뻔하지 못했다. 그냥 아무런 말도 하지 못하고 미안한 생각으로 현수만 바라보았다.

"오늘은 정말 좋은 경험을 하였습니다. 장 사숙 덕분에 새로운 세상을 보았습니다. 현수, 장 사숙께 감사를 드립니다."

"뭐야? 무슨 소리야?"

"웬 뚱딴지 같은 소리냐?"

공동파 제자들 시선이 모두 장랑에게 쏠렸다.

이때 현수가 다시 입을 열었다.

"저는 이 비무대회가 빨리 끝나기를 바랍니다. 그리고 그날 장 사숙께 나머지 이야기를 마저 듣고 싶습니다."

─하하하. 저놈이 겉모습은 둔해 보여도 너보다 고단수 같아 보인다. 어쩔래?

운마행에게서 날아온 전음은 생기가 넘쳐 났다.

뭐가 그리 즐거운지 얼굴도 싱글벙글이었다.

─어쩌긴 뭘 어떻게 해요. 책임지고 가르쳐야죠.

"사질이 배움을 청하는데 모른 척하거나 마다할 사숙은 세상 어디에도 없는 법. 장 사제, 잘 좀 가르쳐 주게."

옥평 도장이 의미심장하게 웃으며 툭하고 장랑의 어깨를 가볍게 쳤다.

"맞아, 장 사제. 현수에게 많이 좀 알려주게."

옥인 도장도 장랑을 향해 웃어 보였다.

"그래야죠."

장랑은 어색하게 웃었다.

이윽고 모두의 시선이 다시 비무대로 향했다.

"저도 잘 부탁드려요."

동초경이 어느 틈에 장랑의 턱밑까지 바싹 다가선 상태로 입을 열고 있었다. 장랑은 그녀의 작고 말랑말랑한 코맹맹이 소리에 가슴이 덜컥 내려앉았다. 뭘 부탁한다는 건지…….

第三章
장랑의 비무

斬迎請神真老君演此真妙經竟
吾降臨遠得正一　道旹廣奉
至大改元四月佛浴爲
日弟子趙孟頫敬

　군웅들은 종남파가 구대문파 중 네 번째 서열에 위치하는 것은 결코 우연이 아니라고 생각했다.

　공동파의 두 번째 출전자는 옥진 도장이었고 그의 비무 상대는 종남의 수인(需靭) 도장이었다. 그는 옥진 도장과 비슷한 연배로 장문인 삼양 도장의 넷째 제자였다.

　두 사람은 팽팽한 접전이 예상되었다. 일부 공동파의 도사들을 제외한 모두가 그렇게 예상을 하였다. 그런데 예상은 예상일 뿐이었다.

　옥진 도장은 미처 오십 초를 넘기지 못하고 허무하다 싶을 정도로 빨리 무너져 내렸으며 패배를 시인하였다. 앞서 나왔던 청년 도사 현수가 오히려 더 침착하고 오랜 시간 버틴 격이었다.

군웅들은 옥진 도장에게 야유를 보냈고, 종남은 연이은 승리에 기쁨을 감추지 못하였다.

"수고했다."

옥평 도장이 축 처진 모습으로 돌아온 옥진 도장의 등을 두드렸다.

"죄송합니다."

옥진 도장은 고개를 들지 못하였다.

"괜찮다. 공동의 무공이 공명정대하다는 모습을 보여주었으니 그것만 해도 큰 성과라 할 수 있다. 고생했다."

"수고했다. 이번을 계기로 네가 좀 더 독해졌으면 좋겠구나."

명일 도장과 명우 도장이 차례로 나서며 옥진 도장을 위로하였다.

공동파의 제자들은 옥진 도장이 왜 일찌감치 물러서며 패배를 시인하고 내려왔는지 이해하였다.

예전에 공동파의 무인들은 손속에 정을 남기지 않기로 유명하였다.

소위 도사라는 신분을 가진 사람들이 '해도 해도 너무한다' 라는 소리를 자주 들었다.

오해라고 열심히 항변을 해도 그 말을 믿어주는 사람은 거의 없었다.

그렇기에 공동파의 무인들은 억울하였다.

공동파의 무공은 실전무공이었고, 초식의 팔 할에서 구 할이 패도적이고 살상력이 강했다. 그것이 손속에 사정을 두지 않는다고 원망을 듣는 주된 이유였다.

공동파의 무공은 단계가 올라갈수록 독심(毒心)을 꽤나 필요로 했다.

독심이 없다면 최소한도 과감성이나 결단력이라도 갖추고 있어야 했다. 그마저 없다면 공동파의 무공으로 대성한다는 것은 요원한 일이 될 것이다.

옥진 도장의 패배 원인은 바로 그 부분에서 찾을 수 있다. 옥진 도장은 강인한 인상과 달리 쾌활하고 명랑하며 마음도 무척 여린 편이었다.

승기를 잡았을 때 강하게 밀어붙여야 하는데 그러지 못했다. 결정적인 순간에 주저하는 천성이 그를 그렇게 만든 것이다.

옥진 도장이 훌륭한 무공 자질을 가지고 있으면서도 옥평 도장이나 옥인 도장을 넘어서지 못하고 조금씩 뒤처지는 원인이 그것이었다.

분명 결정적인 기회가 있었다. 한 번이 아니고 여러 번 있었다. 공동파의 제자가 아니더라도, 무공에 대해 약간의 안목을 가진 사람이라면 쉽게 눈치 챌 수 있을 정도로 좋은 기회를 맞이했었다. 그런데 옥진 도장은 그 기회를 살리지 못하고 그대로 흘려보냈다.

여러 번의 기회 가운데 한번이라도 이를 악물었다면 옥진 도장은 그토록 허무하게 무너져 내리지 않았을 것이다.

하지만 공동파의 제자들은 옥진 도장의 그런 점을 좋아한다. 상대를 상하게 하느니 차라리 자신이 상하고 말겠다는 생각.

쉬울 것 같지만 결코 쉽지 않은 행동을 옥진 도장은 보여주었다.

옥진 도장의 다음 순서는 장랑이었다.

장랑은 서두르지 않고 천천히 몸을 일으켜 세웠다.

그때였다.

옥평 도장의 눈이 갑자기 화등잔만 하게 커졌다.

"저, 저기, 저분은 삼학 도인이 아닙니까?"

옥평 도장이 가리키는 곳.

그곳에는 청수한 인상을 풍기는 오십대 초반의 도사가 있었다. 그가 종남파 도사들 무리에서 이탈하여 비무대 쪽으로 움직이고 있었다.

"삼학 도인이 맞구나."

명일 도장이 고개를 끄덕였다.

"이번 차례에 삼학 도인이 나설 모양입니다."

옥평 도장은 걱정스런 목소리였다.

"아무래도 그럴 모양이로구나."

명일 도장의 안색도 밝지 않았다.

삼학 도인은 종남의 현 장문인 삼양 도장의 막내 사제로 얼마 전 장로 자리에 올라 강호의 화제가 되었던 인물이었다.

종남파는 공식적으로 스물네 명의 장로가 있다.

그 장로 자리는 각 배분에 따라 안배되는데, 장문인의 사형제에게는 모두 열 개의 자리가 주어졌다.

그런데 주목해야 할 것은 종남파의 장문인 삼양 도장의 사형제는 다른 배분에 비해 조금 많은 편이었다. 직계와 방계를 합쳐 백오십 명이 넘었다.

오랜 역사와 전통을 가진 집단일수록 장유유서의 체계와 규칙은 엄격하다.

사형제 가운데 나이가 비교적 어린 축에 속하는 삼학 도인이 쟁쟁한 사형들을 제치고 장로 지위에 앉았다.

공동파의 장막은 금방 술렁거리기 시작했다.

"삼학 도인이라니? 말도 안 돼."

"왜 출전 순서를 멋대로 바꾸지?"

"저래도 되는 겁니까? 항의해야 됩니다."

불만 섞인 목소리가 흘러나오는 것은 당연했다.

구비회에서 각 문파에게 공통적으로 주어지는 아홉 번의 기회.

그 가운데 장로급 인물이 비무대에 설 수 있는 기회는 딱 한 번뿐이었다. 그렇기에 각 문파는 장로급 인물을 비무대에 내세울 때 여러 가지를 고려하는 편이다. 대개는 자파의 무공을 마음껏 뽐낼 수 있는 인물을 선정하여 출전시킨다. 즉 전대 인물을 제외한 문파 최고의 실력자가 나서는 것이 관례였다.

따라서 종남에서 삼학 도인이 나섰다는 것은 종남이 공동파를 완전히 찍어 눌러 버리기로 작정했다는 말과 같았다.

"저희도 출전 순서를 바꾸는 것이 어떻습니까?"

옥원 도장이 조심스럽게 자신의 의견을 냈다.

"장 사제가 못 미덥지는 않지만 비무의 격을 생각해서 사숙께서 출전하시는 것이 어떻습니까?"

"저도 옥인 사제의 말에 동의합니다. 사숙께서 나서야 합니다."

공동파의 제자들은 장랑 대신 명일 도장을 선택했다. 모두가 공동제일검이 종남파의 코를 납작하게 만들어주기를 바랐다.

하지만 명일 도장은 조용히 고개를 저었다.

"예정대로 한다. 저쪽에서 갑자기 순서를 바꾸었다고 우리도 따라서 바꿀 필요는 없다."

명일 도장은 자신의 뜻을 명확히 하였다.

"사숙, 삼학 도인은 현재 종남을 통틀어 열 손가락 안에 꼽히는 절정고수입니다. 장 사제의 실력은 출중합니다만 삼학도인을 상대하기에는 조금 힘에 부치지 않을까 염려됩니다.”

“제 생각도 그렇습니다. 숙고하셔야 합니다.”

“이미 두 번을 패했습니다. 종남에게 완패를 당할 수는 없습니다. 사숙께서 결단을 내려주십시오.”

옥자 배분 제자들을 중심으로 이구동성 명일 도장의 출전을 종용하였다.

“나는 너희 뜻에 따르고 싶다. 하지만 중요한 것은 원칙이다. 우리는 출전자 명단을 이미 제출했다. 출전자 명단에 오른 순서대로 행동하면 된다. 상대가 원칙을 조금 비켜가려 한다고 우리까지 덩달아 원칙을 무시해서는 안 된다.”

“사숙, 그렇지만…….”

“똑똑히 들어라. 이건 비무에서 이기고 지고의 문제가 아니다. 너희들은 우리 공동파를 이끌어가는 핵심이요, 중추다. 게다가 제자들을 양성하고 있다. 그런 너희들이 어찌하여 원칙을 무시하려 하느냐? 원칙을 지키지 않는 자들이 어떻게 다른 사람을 가르치고 이끌 수 있느냐? 여기 너희들의 제자가 지켜보고 있다.”

명일 도장의 꾸지람은 준엄하였다. 명일 도장은 장랑을 향해 돌아섰다.

“옥하야, 나서거라. 가서 최선을 다하거라. 승부의 결과에 관계없이 최선을 다하거라.”

장랑은 옥자 배분 사형제들의 심정을 이해할 수 있다. 또한 명일 도장의 마음도 읽을 수 있었다. 양측 모두 공동파의 명예를 지키기 위해서라지만 기분은 썩 좋지 않았다.

장랑은 삼학 도인과 마주 섰다.
일우 대사에 의해 두 사람에 대한 간략한 소개를 하는 동안 장랑은 삼학 도인을 찬찬히 살폈다.
청수하고 선하게 보이는 인상과 달리 눈빛이 상당히 깊고 날카로웠다.
일우 대사의 소개가 끝이 나자 군웅들 사이에서 작은 웅성거림이 일어났다.
군웅들뿐만이 아니었다. 구대문파 소속의 많은 무인들도 공동파가 장랑을 선택한 이유를 이해하지 못하고 수군수군하였다.
이십대 초반의 젊은 제자가 아무리 뛰어나다 해도 쉰을 넘긴, 완숙된 절정고수인 삼학 도인의 상대가 될 리는 만무하였다.
장랑과 삼학 도인이 인사를 주고받고 뒤로 물러서며 거리를 벌리려 하는 순간, 군웅들 사이에서의 웅성거림이 한꺼번에 야유로 바뀌어 터져 나왔다.
"뭐 하는 짓이냐! 당장 때려쳐라!"
"삼학 도인은 애들 데리고 장난치는 겁니까?"

"썅! 공동파! 지금 뭐 하는 거야? 급이 다르잖아!"

"어이, 공동파! 제대로 된 인물 좀 내보내! 창피하지도 않냐!"

군웅들은 대개가 공동파를 비난하였다.

앞서 나온 두 명의 제자가 맥없이 무너져 내렸다고 해서 세 번째 비무까지 포기해서는 안 된다는 비난이 대부분이었다. 종남에서 장로급 무인이 나왔으니 공동에서도 걸맞는 장로급 인사가 나와야 합당하다고 여겼다. 이기든 지든 비슷한 연배, 비슷한 수준의 무인들이 정정당당하게 맞서 싸워야 한다.

군웅들의 생각은 그랬다.

그런데 이때 종남, 화산, 아미의 일부 인원과 묵룡방, 천무방 등 몇 개의 중소방파 소속 무림인들은 장랑을 알아보고 있었다.

그들은 모두 장랑과 함께 싸워본 경험이 있거나 장랑의 이름자 정도는 들어본 무림인들이었다.

묵룡과 천무방의 무인들 몇몇이 야유 대신 장랑을 연호하였다.

고작 십여 명에 불과했지만 그들은 목소리를 높여 장랑을 응원하였다. 십만 가까운 군웅들의 거대한 웅성거림에 그들의 연호는 묻혀 드러나지 않았지만 장랑의 귀에는 그들의 외침이 들렸다.

장랑은 울컥하였다. 많은 수는 아니지만 그를 알아보고 이름을 불러주었기에 고마운 생각이 들었다. 장랑은 몸을 돌려 자신을 응원하는 목소리가 들리는 방향을 향해 포권으로 감사의 뜻을 전했다.

한편, 비무대 위의 삼학 도인은 장랑을 경시하지 않았다.

직접 대면은 처음이지만 제자들의 입을 통해 장랑에 대한 소문은 여러 번 들었다. 특히 사백이 되는 범계 도장과 검을 맞대었고 패했지만 살아남았다는 소문도 있었다. 다른 사람들은 낭설이라고 흘려들었지만 삼학 도인은 그렇지 않았다.

낭설일지라도 장랑이 실제로 범계 도장을 만났는지 여부를 확인하고 싶었고, 검을 맞대었는지도 궁금하였다.

장랑과 삼학 도인은 다시 비무대 중앙에 섰다.

"한 가지 궁금증이 있는데 물어도 되겠나?"

삼학 도인은 편하게 말을 했지만 아랫사람 대하듯 하지는 않았다. 장랑은 삼학 도인의 그런 태도가 마음에 들어 흔쾌히 응낙을 하였다.

"제가 답해 드릴 수 있는 것이라면 뭐든 가능합니다."

"범계 사백과 만났고 또 겨루었다는 풍문을 들었네. 사실인가?"

"죄송합니다. 범계라는 분은 처음 듣습니다만."

장랑은 가볍게 읍하며 했다.

"아아, 그렇겠군. 강호에서는 그분을 분광일초라는 별호로 부르더군."

장랑은 그제야 범계가 누구를 말하는지 알아들었다.

분광일초 전비. 대단한 실력과 배짱을 가진 인물이었다.

존경까지는 아니어도 충분히 존중해 줄 만한 인물이었다.

"그분이라면 기억납니다. 무고한 희생을 줄이기 위해 스스로 양보하고, 그것도 모자라 한 팔을 내놓으신 훌륭한 분입니다. 그분과 겨루지는 않았습니다. 우연한 기회 얼굴을 마주하게 되어 제가 무리하게 부탁하여 한 수 지도를 받았을 뿐입니다."

장랑은 목소리를 밝게 하여 약간 둘러서 말했다.

"그분 칭찬을 듣고자 꺼낸 말이 아닐세. 나는 단지 범계 사백과 만남을 가졌는지 여부가 중요하네. 오랫동안 그분을 찾았지만 만나뵐 수 없어 혹시 자네라면 그분의 소식을 알고 있을까 해서였네. 그리고 참고로 나는 상대가 후배이거나 또 나이가 어리다고 해서 무시하는 성격이 아닐세. 즉, 서로 최선을 다하자는 말일세."

장랑은 삼학 도인의 눈을 똑바로 쳐다보았다.

"저도 그렇게 하겠습니다."

"선공은 양보하겠네."

장랑은 삼학 도인의 양보를 받아들였다. 이런 경우 양보를 거절하면 그것이 오히려 실례였다.

"알겠습니다."

거리는 이 장 남짓.

슈악!

장랑은 비스듬히 뉘어 들고 있던 목검을 사선으로 비틀어 올리며 순식간에 삼학 도인의 목젖을 찔러갔다.

발검이 없는 쾌검으로 청운검법의 기본식에 속하는 단순한 동작이었다. 하지만 장랑의 손에서 발현되니 속도의 빠름은 이루 말할 수 없었다.

삼학 도인은 깜짝 놀라 급히 물러서며 아래에서 위로 솟아오르는 장랑의 목검을 비껴서 옆으로 쳐내려 하였다.

핏!

그러나 장랑의 검봉(劍鋒)이 갑자기 방향을 바꾸었다. 목젖을 향하고 찔러가던 목검이 가슴팍 어림에서 급하게 꺾여지며 복부 쪽을 사선으로 그어나가는 것이다.

스악!

삼학 도인의 도복의 앞섶의 일부가 잘렸고 잘려진 천 조각이 허공에서 춤을 추듯 이리저리 흔들리며 바닥에 떨어져 내렸다.

이때 장랑은 벌써 뒤로 물러나 있었다.

낭패였다. 삼학 도인의 얼굴은 대번에 흙색으로 변하였다.

종남을 비롯한 구대문파, 그리고 멀리 떨어져 구경하던 군웅들까지도 믿기지 않는 광경을 목격하였다. 주변이 일순 고요한 침묵 속에 빠져들었다.

삼학 도인은 장랑을 무시하지 않았다. 다만 첫수부터 그렇게 과감하게 나올 줄 몰랐다. 분명 자신의 가슴과 장랑의 검봉 사이에는 두 자 이상 공간이 있었다.

두 자 거리를 격하고 옷자락을 베어낸다?

검기나 검강이 아니라면 절대로 옷자락이 베어질 거리가 아니었다.

"으음."

삼학 도인은 낮은 신음성을 내었다. 방심이든, 아니면 실력의 차이였든 패한 건 분명한 사실이었다.

고수 간의 싸움은 단 일 수에 판가름나는 경우가 왕왕 있기에 이대로 조용히 물러서야 옳았다. 명문정파의 장로로서의 도리였고 강호인의 예의였다.

하지만 삼학 도인은 갈등에 휩싸이고 말았다.

그냥 물러선다면 종남파의 명예는 단숨에 곤두박질치고 만다. 아니, 이미 곤두박질쳤다. 장로의 신분이기에 자신의 패배는 제자들의 패배와는 무게감이 많이 달랐다. 자신의 패배는 앞선 두 번의 승리를 순식간에 아무 의미도 없는 물거품으로 만들고 말 것이다.

삼학 도인은 자신의 자존심과 명예 따위는 버리기로 결심했다.

치사하다는 소리를 들어도 좋다. 공명정대하지 않다는 소리를 들어도 좋다. 당장 이 자리에서 피를 토하고 죽는 한이 있더라도 제대로 된 종남의 무공을 널리 알려야 할 의무가 있었다.

"두 자 길이의 검기라니? 게다가 일순간에 끌어내는 수준이라. 자네를 잘못 평가하였군. 대단한 실력이야. 어떤가? 그 정도 실력이라면 나에게도 한 번 정도의 기회를 줘야 하지 않을까?"

삼학 도인은 비굴하지 않았다. 반어법이지만 당당하게 요구하였다.

장랑은 순순히 고개를 끄덕였다.

"좋습니다. 노선배님께서 일초를 양보하였으니 저도 일초를 양보해야 공정한 승부가 되겠지요."

"고맙네."

두 사람의 합의하에 비무는 재개되었다.

쉬이익!

이번에는 삼학 도인의 목검이 먼저 허공에서 춤을 췄다.

종남의 자랑 천하삼십육검과 쌍벽을 이루는 대천강검법(大天罡劍法)이었다.

장랑은 즉시 복마검법을 펼쳐 이에 맞섰다.

살기를 최대한 억제하며 펼치는 복마검법은 뜻밖에 매우 아름다웠다.

검법 가운데 최고의 미(美)를 선보이는 검법이 무엇이냐 묻는다면 흔히 화산의 매화검법을 첫손에 꼽는다. 무당의 태극검법도 우아한 미가 있다고들 한다. 빠르고 간결하기로는 점창의 사일검법이나 분광검법을 알아주었다.

그런데 장랑이 펼치는 복마검법은 매화검법의 아름다움과 사일검법의 간결함, 그리고 분광검법의 엄청난 빠르기를 두루 갖춘 듯 보였다.

그것은 복마검법의 본래 모습이 아니었다.

장랑이 고육지책으로 초식의 강렬함을 줄이고 내력을 이용해 속도를 최대로 높였는데 그렇게 보이고 있을 뿐이었다.

처음의 허무하게 당한 것을 제외하면 삼학 도인이 펼쳐 내는 검술은 보는 이들로 하여금 절로 감탄을 자아내게 만들었다. 과연 대천강검법이라는 소리가 저절로 나올 법했다. 장랑의 거의 완성되기 직전의 복마검법조차 삼학 도인을 일방적으로 압도하지 못하였다.

장랑이 비무대에 올랐을 때 민망할 정도로 크게 야유를 쏟아내던 군웅들은 언제인가부터 두 사람의 비무를 양손에 땀을 쥐며 감상하였고, 구대문파의 제자들도 거의 다 자리에서 일어선 채 두 사람의 비무에서 눈을 떼지 못하였다.

한 치의 양보도 없이 팽팽한 가운데 서로 밀고 밀리는 박진감 넘치는 비무.

거센 폭풍이 몰아치기도 하고, 나비가 꽃을 희롱하는 듯한 잔잔한 아름다움이 깃들어 있고 변화무쌍한 공방이 순식간에 오십여 초가 지나갔다.

앞선 두 번의 비무는 물론이요, 오전에 무당파와 화산파 사이에 벌어졌던 세 차례의 비무는 장랑과 삼학 도인의 어울림에 비하면 모두 유치한 어린아이 장난에 치부될 정도였다.

불구경하고 싸움 구경이 세상에서 제일 재미있다고 하는데 두 사람의 비무는 최고 수준의 싸움 구경, 그 가운데에서도 백미로 꼽힐 만한 두 사람의 비무였다.

그런데 흥미보다는 초조함과 안타까운 심정, 그리고 놀람과 경악하는 눈으로 바라보는 사람들도 있었으니, 그들은 종남파와 공동파의 제자들이었다.

그들은 누구라 할 것도 없이 목을 길게 빼고 비무대에서 시선을 떼지 못하였다.

삼학 도인과 장랑이 펼쳐 보이는 화려한 초식들의 향연은 어느덧 끝이 나고 있었다. 초식의 변화만으로는 도저히 승부가 가려지지 않음을 두 사람 모두 깨달은 것이다.

눈에 보일락말락한 무형의 기운들이 갑자기 비무대 위에서 넘실대며 춤을 추었다.

구경하는 사람들에게는 흥미로운 광경일는지 모른다. 그러나 당사자인 장랑과 삼학 도인, 그리고 공동파와 종남파의 제자들에게는 그 모습이 살벌함, 그 자체였다.

검기와 검기가 맞서며 불꽃을 튕겨낼 때마다 여기저기에서 '아!', '아!' 하는 탄성들이 부지불식간에 터져 나왔다.

검기의 발현은 흔히 볼 수 있는 광경이 아니었다. 더구나 지금처럼 검기와 검기가 오랫동안 붙었다 떨어졌다 하면서 힘을 겨루는 모습은 보기가 극히 드문 희귀한 장면이었다.

비무대 위에서 검기가 쉼없이 춤을 추듯 날아다니자 군웅들 가운데 그 장면을 조금 더 가까이, 조금 더 자세히 감상하려는 사람들이 생겨났다.

대열을 이탈한 사람들은 부지불식간에 비무대 쪽으로 다가서려 했다.

한두 명도 아니고 수십 수백 명에 이르자 소림의 젊은 무승 수십 명이 급하게 투입되어 앞을 가로막았다. 그들은 장봉을 길게 잇대어 군웅들의 접근을 막으려 했다. 하지만 역부족이었다. 모두가 조금만 더, 조금만 더 하면서 비무대 근처로 밀려들었고 조금씩 늘어난 숫자가 너무 많아 이백여 명밖에 동원되지 못한 소림의 무승들로서는 역부족이었다. 급기야 나한전 소속 무승들까지 군웅들의 접근을 막는 데 동원되었다. 금방 천여 명까지 불어난 군웅들을 막아내기에는 수적으로 열세일 수밖에 없었다. 이런 식으로 가다가는 자칫 통제 불능의 상황이 될 수도 있었다.

단상 위의 각파 장문인들이 하나둘 자리를 털고 일어섰다. 그들의 손짓에 의해 무당과 화산의 제자들이 나섰고, 뒤질세라 나머지 구대문파의 제자들도 소림의 무승 대열에 합류하였다.

나이 지긋한 장로급 인사들과 몇몇을 제외한 구대문파 제자들의 절반 이상이 동원되다시피 하여 인의 장벽이 만들어졌다. 그리고 그제야 군웅들의 움직임이 주춤하며 멈춰졌다.

한편 비무대 위의 장랑은 기분이 좋은 상태였다.

무공을 익힌 이래 지금처럼 마음 놓고 검기를 뿌려대기는 이번이 처음이었다.

검기로만 백 초식 넘게 부닥쳤으니 조금씩 피로감이 느껴져야 하는데 전혀 그렇지 않았다. 오히려 기운이 펄펄 나면서 창공을 훨훨 날아다닐 것만 같았다.

태음진결의 오묘한 효과 때문이었다.

내력을 끌어올리면 올릴수록 극중지기(極重之氣)에 의해 압축되어 눌려 있던 극음지기가 제 힘을 얻어 사지백해로 흘러나가니 정신이 맑아지고 몸에 활력이 솟았다.

이와는 정반대로 삼학 도인은 숨결이 점점 거칠어져만 갔다.

마치 전력 질주를 하고 난 사람의 모습과 흡사하였다. 체력의 문제는 아니었다. 체력이라면 자신이 있었다.

호흡이 가빠지고 얼굴에 홍조가 그려지는 것은 다름 아닌 내력이 고갈되어 가는 현상이었다. 일 갑자가 넘는 내공을 지녔지만 쉬지 않고, 끊임없이 밀려드는 장랑의 공세에 맞서려 검기로 맞서다 보니 어느 틈에 한계에 도달해 버린 것이다.

'젊은 아이가 정말로 대단하구나.'

삼학 도인은 자신도 모르게 장랑의 심후한 내력에 감탄하고 있었다.

　　　　　*　　　　*　　　　*

“엇!”

“앗!”

“크!”

무당 장문인 우양자의 입에서 연신 감탄과 탄식, 그리고 안타까움이 표현되고 있었다. 일흔을 넘어 팔순을 바라보는 나이라고는 믿어지지 않을 정도로 천진난만하였다. 나이가 들면 누구나 어린아이처럼 변한다고 하더니 우양자가 바로 그 표본이었다.

얼굴 가득히 함박웃음을 머금은 우양자가 고개를 돌려 명공 도장을 바라보았다.

“명공 도장, 기쁘겠소이다. 어디서 저렇게 훌륭한 제자를 거두어들였소?”

가식이 없는 진정으로 부러워하는 모습이었다.

명공 도장은 말없이 고개를 끄덕이고 눈웃음으로 감사 인사를 대신했다.

바로 옆 자리의 삼양 도장이 불편한 표정을 짓고 있어 드러내 놓고 좋아라 하기 곤란했다.

“지난번에 난주를 다녀온 저희 아이들이 어느 날인가부터 말끝마다 장 소협, 장 소협 하기에 도대체 장 소협이 누군가 궁금했습니다. 그런데 오늘 보니 아이들이 반할 만도 합니다. 저 나이에 저런 정도의 성취를 이루기 쉽지 않지요. 승복만 입었을 뿐 아직 연륜이 짧고 수행이 부족한 우리 아이들이 행여 장 소협에게 반해 파계를 할까 봐 심히 두렵습니다. 인재를 알아보고 그에 걸맞게 잘 키워내는 공동파 선인들의 안목이 부러울 따름입니다."

아미파의 혜인 사태도 한마디 거들었다. 평소 즐기지 않는 농담까지 섞어 말하는데 그야말로 최고의 찬사였다.

사정이 이렇다 보니 명공 도장으로서는 얼굴이 뜨거워져 가만있을 수 없었다.

'허참.'

귀찮은 천덕꾸러기에 불과하여 십 년 가까이 방치해 놓았던 장랑 덕분에 그러한 찬사를 듣게 되리라고는 꿈에서도 생각하지 않았다. 새삼 명일 도장의 조언을 받아들이기 잘했다는 생각이 들었다.

"부족한 저희의 제자를 여러 장문인들께서 예쁘게 봐주시니 저 친구가 들으면 무척 고마워할 겁니다."

"암, 암. 그래야지요. 저런 친구들이 많이 나와야 무림이 발전을 하는 겁니다."

종남의 장문인 삼양 도장을 제외한 모두가 칭찬 일색이었다.

*   *   *

삼학 도인이 펼치는 보법은 종남이 자랑하는 무영보(無影步).

그러나 이백 초가 넘어가자 무영보가 조금씩 느려졌다. 무리하게 검기를 쏟아낸 결과 진기도 이젠 완전 바닥을 보이고 있었다. 이 상태로 십여 초가 더 지나면 그마저 완전 연소되어 고갈될 것 같았다.

삼학 도인은 이쯤에서 죽이 되든 밥이 되든 최후의 승부수를 던져야겠다고 마음을 다졌다.

장랑도 삼학 도인의 상태를 살피며 비슷한 생각을 하였다.

삼학 도인은 자신이 가진 능력을 최대한 발휘하여 잘 싸웠으며 그는 절정고수의 진정한 면모를 너무나 잘 보여주었다.

초식의 다양성과 절묘한 배합, 그리고 풍부한 실전 경험에서 우러나오는 노련함은 장랑보다 분명 두어 수 위였다. 내공의 많은 격차, 분월도와 같은 초상승보법에서 파생되는 다양한 변화를 이겨내지 못한 이유로 장랑에게 압도당했을 뿐이다.

장랑은 삼학 도인과 비무에서 많은 것을 얻었다.

청운검법과 복마검법의 절묘한 배합. 하수가 아닌 진정한 고수를 상대로 분월도의 복잡한 변화를 제대로 몸으로 체득시킨 점. 그리고 무엇보다 이제까지 몰랐던 검술의 진정한 묘미를 깨닫게 되었다는 점이다.

　장랑은 비무를 어떻게 끝내야 하는가에 대해 생각을 하였다.

　삼학 도인 같은 사람을 목검으로 이곳저곳 후려치는 것은 같은 도문의 선배에 대한 예의가 아니었다. 삼학 도인이 스스로 물러서면 좋겠지만 그럴 생각은 없어 보였다.

　삼학 도인의 표정을 보아하니 아끼고 아끼던 비장의 한 수로 최후의 승부를 걸어올 것만 같았다. 상황이 그렇게 흐른다면 두 사람 가운데 한 명은 큰 부상을 입게 될 가능성이 높았다. 그건 바라는 바가 아니었다.

　장랑이 이런저런 생각을 하는 사이 삼학 도인이 갑자기 전질보로써 장랑의 전면으로 빠르게 치고 들어왔다.

　순간 삼학 도인이 최후의 일격을 위한 준비를 한다는 판단이 들었다.

　두 걸음만 물러서도 될 상황이지만 다섯 걸음이나 물러섰다.

　핏! 핏! 핏!

　그런데 삼학 도인은 장랑이 물러서는 속도보다 더 빠르게 다가서고 있었다.

　그냥 빠르게 전진을 하는 것도 아니었다. 한걸음에 정확히 세 군데의 타점을 노리는 소삼재(小三才) 방식이었다. 목젖, 가슴, 옆구리를 한 호흡에 베어내는 소삼재 타점 방식은 상대의 시선을 교란하는 목적이고 하수가 고수에게 사용하기 적절치 않은 초식이었다.

이로써 삼학 도인의 의도는 명확해졌다. 장랑은 망설이지 않고 다시 또 세 걸음을 물러서면서 마음을 굳혔다. 연속으로 열 걸음 이상 물러선다면 중인들에게 삼학 도인이 일방적으로 밀어붙이고 있다는 인상을 줄 수 있다.

장랑은 이 정도면 삼학 도인의 체면을 어느 정도 살려주었다고 생각했다.

이젠 우연히 승리를 거머쥐는 상황만 연출하면 되었다.

한순간 장랑의 두 눈이 번쩍하였다. 순간 목검은 장랑의 손을 벗어나 거의 일직선으로 삼학 도인에게 날아갔다.

어떻게 보면 일부러 던진 것 같기도 하고, 어떻게 보면 장랑이 실수하여 목검을 놓치고 말았다는 인상도 주었다.

삼학 도인이 다섯 번째 걸음을 내디디며 소삼재를 펼치는 순간 '퍽!' 소리와 함께 불현듯 날아든 목검의 끄트머리가 삼학 도인의 검을 쥔 손목을 때리고 지나갔다. 별것 아니고 가볍게 스치고 지난 듯 보였으나 실은 장랑의 삼성 내력이 실린 상태였다.

"윽!"

삼학 도인은 손목이 저릿하면서 마비된 듯한 느낌을 받았다. 그건 삼학 도인으로 하여금 의지와 상관없이 목검을 놓쳐 바닥에 떨구게 하고 말았다.

'이, 이럴 수가?'

삼학 도인은 너무나 허탈하여 장랑을 원망스런 눈빛으로 쳐다보았다.

하나 장랑은 희미한 미소와 함께 삼학 도인을 마주 보고 있었다.

삼학 도인은 그제야 장랑이 의도적으로 검을 던졌다는 사실을 확실히 인지하였다.

외관상 두 사람은 모두 손에서 검을 놓은 상태가 되었다.

검이 없으면 권장으로 계속 비무를 이어가도 되고, 아니면 목검을 주워 들고 다시 싸워도 된다. 그런데 장랑이나 삼학 도인이나 목검을 주울 생각도 없이 그 자리에서 서로의 얼굴만 쳐다보았다.

—다른 방법도 있을 텐데 일부러 검을 떨구게 한 행동은 너무 심했네. 오늘 완패를 당했음을 시인하네. 그러나 다음에 만나면 오늘처럼 쉽게 당하지 않을 걸세. 아무튼 체면을 살려줘서 고맙네.

삼학 도장으로부터 전음이 날아왔다.

—무승부가 되어 조금 아쉽지만, 선배님 덕분에 검술에 대해 개안을 하게 되었습니다. 그 점 정말로 감사를 드립니다.

—자네는 사람을 놀래키는 재주가 탁월하군. 자네 덕분에 내가 초심을 잃고 얼마나 게으른 생활을 하였는지 반성하게 되는군. 그 점도 고맙네. 다음에 만나면 정말로 좋은 승부가

되도록 노력할 테니 자네도 노력을 게을리 하지 말게.

─진심으로 그날을 손꼽아 기다리겠습니다.

이심전심.

장랑과 삼학 도인 모두 이백여 초를 싸우는 동안 서로에 대해 탄복을 하였고 서로의 마음에 대해 이해하게 되었다. 때문에 비무가 끝난 후에도 볼썽사나운 모습을 보이지 않고 격려할 수 있었다.

이윽고 두 사람은 비무대의 중앙으로 이동한 후 마주 보고 각자 포권으로 인사를 하였다.

第四章

용호장(龍虎莊)

張郎
行路

間哺此最為賜其福佑
汝迎請神真老君演此真妙經竟
音降臨速得正一
道吉廣奉
至大改元四月佛冶為
日弟子趙孟頫敬

비무대에서 제법 거리가 떨어진 구릉 지대.

어디에서나 흔히 볼 수 있는 평범한 모양의 사두마차 한 대가 서 있었다.

마차 지붕 위에는 다섯 명의 사내가 나란히 앉았다.

그들의 손에는 집 한 채 값과 맞먹는다는 귀하디귀한 천리경(千里鏡)이 하나씩 들려 있었고 한쪽 눈은 그 안을 들여다보고 있었다.

"저건 십중팔구 일부러 무승부를 만들려고 조작한 것 같은데."

"그런 것 같아. 나이는 어려 보이는데 무척 영악한 놈이야."

“그렇지만 좋은 승부였어. 삼학 도인이야 잘 알려진 인물이라지만, 저 가짜 도사 놈은 뭐지? 도대체 어디 있다가 갑자기 툭 튀어나온 거야?”

“누가 알아. 공동파는 저런 놈을 키워낼 만한 능력이 없을 텐데? 길거리에서 주워왔나?”

네 명의 사내가 천리경으로 멀리 떨어진 비무대를 바라보면서 한마디씩을 하였다. 그런데 그들의 목소리에는 진지함은 없었고 장난기만 가득하였다.

“조금 더 진지할 수는 없나?”

다섯 번째 목소리의 주인공은 앞선 네 명과 달리 딱딱하고 무미건조한 가운데 약간의 짜증이 섞여 있었다.

네 명의 사내는 천리경을 접어 가슴에 품으며 다섯 번째 사내에게 시선을 돌렸다.

“진지해야 할 때는 조금은 진지한 모습을 보이도록 해. 저 놈 이름은 장랑이야. 몇 달 전까지 옥하라는 도호를 썼지.”

다섯 번째 앉은 사내 남궁병의 표정은 씁쓸했지만 눈빛은 분노로 인해 불타오르고 있었다.

“그래요? 역시! 남궁 형의 정보력은 대단합니다. 그 정보력, 인정합니다.”

“달리 남궁세가인가? 검술, 권법, 장법, 거기다 정보력까지 타의 추종을 불허하잖아.”

“뭐, 인정할 건 인정해야지.”

사내들은 진지한 구석이라고는 찾아볼 수 없었다.

"장난은 이제 그만."

남궁병의 목소리에 힘이 들어가 있었다.

남궁병은 장랑이 비무대에 오르는 순간 평상심이 흔들리는 자신을 발견하였다.

공동파와 장랑이라는 애송이를 생각하면 치가 떨렸다. 한때는 공동파의 '공' 자만 들어도 화가 났고, 심지어 자다가도 벌떡 일어날 정도로 미움과 증오심이 컸다.

장랑의 부친이라는 살수 놈에게 남궁세가의 식솔들이 꽤 많이 죽거나 다쳤다.

때문에 남궁세가의 식솔들은 아직도 그 일로 인해 마음의 상처를 입었다.

지금도 가끔 생각나는 사촌 형 남궁유학.

그는 명일 도장의 잔인한 칼날 아래 목숨을 잃었고, 얼마 전 사촌 아우 남궁생은 팔병신이 되어 돌아왔다. 비단 팔만 못쓰게 된 것이 아니라 거의 폐인지경에 이르러 왔는데, 그 짓을 한 원흉이 바로 장랑이었다.

사람 살 곳이 못 되는 열악한 사막의 한가운데에서 몇 달간 죽을 고생을 하면서 겨우 성사 단계에까지 이끌었던 전비와 그 일당을 끌어들이는 일이 한순간에 물거품이 되었는데, 따져 보면 원흉은 고패랑이 아니라 장랑이라는 놈이었다.

"남궁 형, 염려 놓으십시오."

황보영(皇甫英)이 밑도 끝도 없이 큰소리를 쳤다.

남궁병은 황당한 생각이 들어 물었다.

"뭐를 염려 놓으라는 소리인가?"

"이번 임무가 끝나면 저놈을 최우선으로 잡아오겠소. 저놈을 잡아다 남궁 형의 화가 풀릴 때까지 자근자근 밟아주고, 피똥 싸며 살려달라고 싹싹 빌게 만들 테니 그때 고맙다고 하시오."

"에이, 피똥은 더럽잖아. 하지만 뭐, 그것도 재미는 있을 것 같아. 거기에 나도 끼워주는 거지?"

제갈명조(諸葛銘造)가 슬그머니 끼어들었다.

"난 옷이 더러워지는 일감은 딱 질색이야."

모용문(慕容雯)은 귀찮다는 표정을 지어 보였다.

"……."

당전(唐電)은 말없이 그들 세 사람만 바라보고 있었다.

남궁병은 얼마전 취오당으로 자리를 옮겼다. 그러자 당주(堂主)가 어디서 굴러먹다 온 놈인지도 모를 새로운 조원을 배속시켜 주었다.

겉으로는 멀쩡한 놈들이라 그냥 그러려니 했다. 하지만 그들의 신상명세를 받아 들고는 조금 난감해졌다.

놈들은 모두 오대세가의 자손들이었다. 멀쩡해 보이지만 성격적으로 결함이 많고 행동에도 문제가 많은 놈들이었다.

놈들은 성씨만 오대세가에서 물려받았을 뿐, 가문에서 내놓은 자식 취급을 받는 존재였다. 적통이 아니라 방계였기에 푸대접을 많이 받아 모난 구석을 보였고 그로 인해 내쳐진 놈들이었다. 하나 유전적으로는 좋은 혈통을 물려받아 개개인이 가진 자질과 실력, 그리고 재주는 무척 뛰어난 편이었다.

"자신감을 보이는 건 좋은 일이다. 그러나 정말로 저자와 붙어 이길 자신이 있는 사람이 있나?"

질문을 던진 남궁병은 예리한 눈빛으로 네 사내의 반응을 관찰했다.

자신감은 좋지만 삼학 도인은 절정고수였다. 여기 있는 누구도 혼자 감당해 내기 어려운 상대였다. 그런데 장랑은 그러한 삼학 도장을 상대로 시종일관 여유를 잃지 않았고 주도권마저 쥐고 흔들었던 놈이다.

장랑을 어린아이 장난감처럼 취급하는 태도가 남궁병은 마음에 들지 않았다.

"일 대 일로 싸운다면야 약간의 애로 사항이 생기겠지. 그러나 난 혼자 싸우질 않아. 한 개의 손으로 열 개의 손을 막지 못하는 법. 명예와 자존심 따위만 버리면 저따위 애송이쯤은 별로 힘든 상대 축에 끼지도 못해."

모용문이었다.

제갈명조도 고개를 끄덕이더니 한마디 거들었다.

"머리가 안 돌아가고 미련한 놈들이나 일 대 일 싸움을 고집하는 겁니다. 치사하다거나 비겁하다고 말하는 건 사치스런 짓이고. 수단과 방법을 가리지 않고 싸워 이기면 되는 겁니다. 최후 승리자! 마지막까지 남아 웃을 수 있는 사람! 그걸 위해서라면 약간의 편법쯤이야.”

“맞아. 요즘 세상에 누가 일 대 일로 싸워? 멍청한 놈들이나 그런 짓거리를 하지.”

그들은 장랑을 안중에 두지 않고 있었다. 그들의 사고방식은 간단했다.

수단과 방법을 가리지 않고 이기고 살아남으면 그뿐이었다.

무공의 높고 낮음은 중요하지 않았다. 아무리 대단한 고수일지라도 다수의 인원과 암격 앞에서는 버티지 못한다고 믿고 있었다.

“자, 구경은 여기까지요. 이제 밥값 하러 가야지 않겠어요?”

마차 안에서 흘러나온 맑고 투명한 그러면서도 앳된 여인의 목소리였다.

“…….”

남궁병을 제외한 네 명의 사내는 아무 소리 없이 마차에서 내려섰다. 그리고는 곧 군웅들 틈으로 섞이는가 싶더니 종적을 감추었다.

남궁병은 마부석으로 자리를 옮겨 앉았다.

그가 마차를 몰아 산 아래로 움직이자 조금 전 그 앳된 목소리가 다시 흘러나왔다.

"나도 개인적으로 저자에게 관심이 가는데, 남궁 공자께서 내게 양보할 의향은 없나요?"

"……."

"대답이 없다는 건 양보 못하겠다는 뜻인가요?"

재촉이 이어지자 대답하지 않을 수 없었다.

"그 문제는 신중하게 생각하고 판단해야 할 거요."

"아! 그렇군요. 알았어요. 그 문제는 나중에 다시 이야기하도록 하죠."

*　　　*　　　*

장랑과 삼학 도장의 비무를 끝으로 첫날의 구비회는 끝이 났다.

공동과 종남의 비무는 종남의 승리였다.

두 번 이기고 한 번은 무승부였으니 당연하였다. 그런데 패한 공동파의 분위기는 나쁘지 않았고 종남파의 도사들은 모두 풀이 죽은 모습이었다.

날은 진작 어두워져 있었다. 공동파의 도사들은 장랑을 남겨두고 보리암으로 향했는데 그들은 모두가 즐거운 표정이었다.

공동의 도사들과 헤어진 장랑은 주기옥 일행과 더불어 산 아래로 이동하였다.

함께 움직이고 있지만 실은 장랑과 운마행이 움직이는 경로에 주기옥 일행이 바싹 붙어 따라간다는 표현이 옳았다.

"열빈루?"

운마행의 목소리가 조금 커졌다.

"네. 열빈루요."

"거참 우연의 일치치고는 묘하네."

운마행이 신기한 듯 장랑을 바라보았다.

"묘하다니 뭐가 묘하다는 겁니까?"

"막가 그 계집아이가 머물고 있는 곳도 열빈루야."

"네에?"

순간 장랑은 걸음을 멈추고 말았다.

막소미와 얼굴을 마주치고 싶지 않았다. 그녀가 특별히 싫다거나 좋거나 그런 문제가 아니었다. 단지 지금은 그녀를 피하고 싶었다.

눈치 백단(百段)인 운마행은 단번에 장랑의 마음을 읽어냈다.

"왜? 막가 계집이 있다고 하니까 두렵냐?"

운마행은 장난스럽게 말을 했지만 장랑은 심각하였다.

"부탁 하나 드려도 되겠습니까?"

"뭔데?"

"다른 곳에 가 있을 테니 노선배님께서 호 당주 일행에게 연통을 넣어 제가 있는 곳을 알려주십시오."

"……."

운마행은 장랑의 얼굴을 뚫어져라 쳐다보았다. 그러더니 제법 심각한 표정으로 장랑에게 으름장을 놓듯 말했다.

"너, 진짜 문제가 뭐야? 솔직하게 불어."

"불어요? 뭘 불라는 말씀이세요?"

"이놈아, 공자님 앞에서 문자 쓰지 말라는 말이 있어. 몇 번이야? 몇 번이나 손을 댔어?"

"몇 번? 손을 대다니요?"

장랑은 갸웃하였다.

그러다 운마행의 말뜻을 알아차리고는 황당함을 감추지 못하였다.

"노선배님, 저를 어떻게 보고? 지금까지… 대실망입니다."

"실망은 무슨? 이놈아, 사내가 계집에게 끌리고 또 손을 대는 일은 자연스러운 일이야. 야, 너. 이리 와봐."

운마행은 고개를 돌려 뒤처져 걷고 있던 주기옥 일행 가운데 엽진숭을 불렀다. 그가 인물로는 제일 반반한 탓이다.

쭈뼛거리며 다가온 엽진숭을 향해 운마행이 입을 열었다.

"너, 계집하고 몇 번이나 자봤어?"

"……."

너무 뜻밖의 질문이라 엽진숭은 대답도 못하고 그저 얼굴

만 붉혔다. 함께 잠을 자고 싶어도 잘 수 없는 처지라고 말할
수도 없고.

"사내자식이… 너 혹시 고자는 아니겠지?"

"……."

이때 주기옥이 엽진숭을 대신하여 나섰다.

"이놈은 아직까지는… 숫총각입니다."

"그래? 에휴! 인물만 반반하면 뭐 하느냐? 멍청한 놈. 너는
어때?"

운마행은 주기옥을 가리켰다.

"나는… 흠, 집안 어른들의 강요에 따라 일찍 성혼을 했습
니다. 그리고 가풍에 따라 후실도 두 명이나 두고 있습니다."

주기옥은 대수롭지 않다는 식으로 대꾸했다.

"뭐, 뭐라? 후실까지 있어? 햐! 어린 놈이 계집을 무지하게
밝히는구나. 에라이, 도둑놈."

운마행은 약이 오르는지 펄쩍 뛰었다.

"노선배님, 말을 삼가주십시오."

진회팔이 인상을 쓰면서 나섰다. 그는 주기옥을 함부로 대
하는 사람은 지위고하를 불문하고 누구라도 용서하지 못하겠
다는 표정이었다.

"진 대인, 괜찮습니다. 이런 기회가 아니면 언제 또 그런
말을 입 밖으로 내보겠습니까."

주기옥이 빙그레 웃으며 만류하자 진회팔은 그때서야 물

러섰다.

"팔자가 좋은 놈이로구나. 이마빡에 피도 안 마른 것이 벌써 장가를 간 것도 모자라 첩실이라니……. 에휴."

운마행은 겉으로는 화를 내고 있지만 속으로는 꽤 부러워하는 눈치였다.

"저기, 제가 제안 하나 하겠습니다."

주기옥이 장랑을 바라보며 말했다.

"뭔데?"

운마행이 장랑의 대꾸를 가로챘다.

"보아하니 장 소협의 처지가 곤란한 것 같은데 괜찮다면 지금 내가 머물고 있는 곳으로 가면 어떨까요?"

"가깝냐?"

"여기서 멀지 않습니다. 깨끗하고 아담하며 조용한 장원입니다. 그곳으로 가시죠."

*   *   *

용호장(龍虎莊).

밖에서 볼 때는 그리 크다는 느낌이 들지 않는 평범한 규모처럼 보였다.

그런데 안으로 들어가 중문을 넘어서면 사정이 달라진다. '크다!' 라는 느낌이 아니었다. 단번에 눈을 사로잡을 정도로 화려하고 아름다운, 그러면서도 엄청난 규모의 전각 십여 채가 줄을 이었다. 그 모습이 아담한 장원이라는 말을 무색하게 만들었다. 대문과 전각과의 거리가 꽤 되기에 전각들이 외부로 노출되지 않아 그런 듯하였다.

주기옥의 말대로 몇 명의 숙수와 침모, 그리고 경비무사로 추정되는 십여 명이 전부였다. 수백 명이 머물고 있어도 서로 얼굴을 마주치기 어려울 정도로 큰 규모였기에 장원은 너무도 한적하고 조용한 느낌이 들었다.

어전(御殿)이라고 불러도 손색이 없을 정도로 크고 넓은 대전의 안쪽에 장랑과 주기옥이 나란히 앉았다.

고대동은 주기옥의 지시를 받은 후 문 앞에서 헤어졌고, 운마행은 막소미를 위로한답시고 잠시 객잔을 다니러 가버렸다. 엽진숭은 호덕현 일행을 안내하기 위해 운마행을 따라나섰으며 진회팔은 방금 총관으로 보이는 건장한 체격의 중년 사내와 함께 대전을 벗어났다.

장랑은 실내를 한 번 쭈욱 둘러보았다.

옥평 도장을 통해 주기옥이 공동파에 매년 정기적으로 거금을 후원하기로 결정했다는 소식은 들었다. 그 소리를 들을 때만 해도 단순히 큰 부자인 줄 알았지만 대전에 들어서고 난 이후 그 생각마저 조금 바뀌었다.

벽면에 걸린 그림이며 글씨, 그리고 조화롭게 잘 배치된 가구 등등.

그들 장식품들이 하나같이 예사롭지 않은 물건이었다.

호화롭거나 값이 많이 나가는 물건이라는 점은 둘째로 치고, 꾸며진 장식품들이 단순히 돈이 많다고 소장 가능한 물건이 아니었다.

장랑은 단도직입으로 물었다.

"주 공자, 진실한 신분이 뭡니까?"

"어감이 묘한 것을 보니 장 소협에게 내가 많이 수상한 사람처럼 비춰진 모양이군요."

예상을 하고 있었던 것일까? 주기옥은 무척 여유로운 모습이었다.

밖에서 행동할 때는 다소 경박하다는 느낌이 들었는데 마주 앉아보니 분위기가 많이 달라 보였다.

"수상하다기보다 의문점이 생긴 탓입니다. 나는 평범한 사람이기에 안목이 높지 않습니다. 그런데 나 같은 문외한이 보기에도 놓인 가구 하며 그것들의 배치, 벽면을 비롯한 구석구석의 장식물들이 여느 평범한 집안과 많은 차이가 있습니다. 특히 저쪽 벽에 걸린 족자의 화제와 그 옆의 화폭에 눈길이 끌립니다. 나란히 걸린 두 폭의 그림과 세 점 화제는 동파(東坡) 소식(蘇軾)의 진본 같은데 맞습니까?"

주기옥이 뜻밖이라는 듯 눈을 크게 떴다.

"상당한 안목을 지니셨군요. 유명한 작품이긴 해도 알아보는 사람이 별로 없었는데……. 맞습니다. 오른편 작품은 소동

파 선생께서 해남도로 유배 떠나기 직전에 그렸다는 삼소도
찬(三笑圖贊)이고 왼쪽은 선생께서 예부에 봉직하던 시절에
남기셨다는 적벽회고(赤壁懷古) 발문(跋文)입니다. 그리고 옆
은……."

장랑은 주기옥의 설명에 고개를 끄덕였다. 소동파는 도문(道
門)의 선각자 가운데 한 사람이었다.

세간에는 대시인이며 대학자이고 예부상서까지 지낸 고관
으로 알려져 있지만 그가 청성파 출신의 도사였다는 사실은
도가 계열의 제자라면 누구나 다 알고 있었다.

만약당 시절 명해 도장에게 동파 거사(東坡居士)가 새롭게
해석한 장자론(莊子論)을 공부한 바 있었다.

한대(漢代) 이후로 많은 학자들과 도가의 선각자들이 도덕
경과 장자론 사이의 유사점과 차이점을 연구하였다. 그 연구
자료 가운데 많은 부분이 도가의 사상에 접목되어지기도 했
다. 하지만 동파 거사의 이론만은 정식으로 받아들여지진 않
았다.

하나 공동파의 전전대 장문인 상소자(常素子)께서 청성파
조차 배척하다시피 한 동파 거사의 신장자론(新莊子論)을 도
론회를 통해 이론으로 정립시켰고 그 이론의 일부를 채용한
바 있었다.

장랑이 큰 관심을 가지고 관찰한 것은 삼소도찬이다. 그것
은 동파 거사가 도연명(陶淵明)의 호계삼소(虎溪三笑)의 일화

를 소재로 그린 그림이기 때문이었다.

사부 명해 도장은 동파 거사의 시와 그림을 무척 좋아하였다.

시가(詩歌)는 세간에 많이 떠돌기에 구하기 쉽지만 그림은 그렇지 않았다.

명해 도장은 입버릇처럼 늘 삼소도찬을 보고 싶다는 말을 하였고 실제로 구하기 위해 다방면으로 수소문도 하였다. 그러나 홍무제 때 황실로 진상되었다는 사실을 확인한 이후 꽤 아쉬워하며 구하기를 중단하였다.

그런데 남경의 원궁이나 대도의 수장고에 놓여 있어야 할 동파 거사의 진본 작품들이 등봉 땅 한 장원의 벽에 걸려 있었다.

"주 공자는 혹시 황실과 깊은 연관이 있습니까?"

장랑의 질문은 조심스러웠다.

주기옥이 빙그레 웃었다.

"관련이야 있지만 그건 어디 나만 그런가요? 장 소협 또한 이 나라의 백성이니 연관이 없다고 말할 수 없고, 나 또한 이 나라의 백성이니 당연히 관련이 있지요."

"그렇군요."

장랑은 입을 닫아버렸다. 억지스런 비유를 들이댄다면 더 이상 물어도 입만 아플 뿐이다. 말하기 싫어하는 사람에게 강요하는 짓은 성격상 맞지 않았다.

"웬 놈이냐?"

이때 갑자기 밖에서 커다란 고함 소리와 함께 소란스러워졌다.

간간이 고함 소리가 들리고 곧이어 여러 사람이 무리지어 뛰어다니는 기척도 느껴졌다.

"수상한 놈들이다! 어서 쫓아!"

멀지 않은 곳에서 진회팔의 고함 소리가 들렸다.

"이쪽이야! 야! 저쪽으로 간다!"

"뭐 해? 빨리, 빨리 뛰어!"

진회팔 말고도 낯선 인물들의 다급한 목소리도 들려왔다.

장랑과 주기옥의 이목은 문밖으로 쏠렸다. 장랑이 일어서려 하자 주기옥이 손을 들어 말렸다.

"진 대인이 잘 알아서 처리할 겁니다."

"……."

주기옥은 태평스런 모습이었다.

장랑은 이상한 생각이 들었지만 꾹 눌러 참았다. 그러나 암암리에 청력을 돋우어 주변의 인기척을 살폈다.

백오십 장 이내에 수상한 발자국 소리나 특이한 기척이 들리지 않았다.

주기옥이 슬그머니 자리를 털고 일어서더니 대전 문을 향해 움직였다.

"진 대인, 무슨 일입니까?"

주기옥은 큰 소리로 진회팔을 불렀다. 그러나 돌아오는 진회팔의 대꾸는 없었다.

"뭐지?"

주기옥은 대전 문을 활짝 열어젖혔다. 문밖에는 아무도 없었다.

그는 의아한 표정을 감추지 못하고 몸을 돌리려다 어둠 속에서 시커먼 그림자가 어른거리는 느낌을 받았다.

"거기 누구냐?"

대답은 없었다.

주기옥이 재차 어둠 속을 향해 소리를 지르려 할 때 어둠 속의 그림자가 움직였다. 오래지 않아 대전에서 새어 나온 희미한 불빛에 비추어진 시커먼 물체의 모습이 조금씩 드러났다.

야행복 차림에 복면으로 얼굴을 가린 세 명의 사내.

그들은 대전을 향해 천천히 움직여 왔는데 긴박함이 전혀 느껴지지 않는, 마치 여유롭게 산책을 즐기는 사람들 같았다.

주기옥은 흠칫하였다.

"뭐 하는 작자들이냐?"

일갈을 내질렀지만 복면인들은 일체의 대꾸가 없었다.

스악!

선두에 선 복면인이 검을 뽑아 들었다.

그는 다른 두 명의 복면인보다 두어 걸음 앞서 움직였는데 차갑게 가라앉은 두 개의 눈빛이 주기옥의 얼굴에 고정되어 있었다.

"저놈이? 네 이놈! 뭐 하는 놈인지 물었다!"

뜻밖으로 주기옥의 음성은 힘이 있고 위엄까지 실려 있었다.

야심한 시간에 시커먼 복면을 뒤집어쓴 괴한들이 갑자기 검을 뽑아 든다면 어지간한 강심장이 아니라면 대개 겁을 집어먹어야 옳았다. 그도 아니면 주눅이 든 모습을 보이기 마련이었다. 그런데 주기옥은 전혀 그런 기색을 보이지 않았고 당당하였다.

선두에 선 복면 사내가 어느덧 이 장 앞까지 다가서더니 걸음을 멈추었다.

"제법 배포가 큰 편이로군. 하지만 상황 판단 능력은 형편이 없어."

가운데 복면 사내가 비웃듯 말했다.

"이런 괘씸한. 여봐라! 아무도 없느냐?"

주기옥은 크게 호통 치며 주변의 사람을 불렀다.

"이런, 말귀도 못 알아듣는군. 수하들이 살아 있다면 진작 달려왔겠지. 머리가 그렇게 안 돌아가나?"

"뭐, 뭐라고?"

주기옥은 충격을 받고 잠시 비틀하였다.

"자, 반항하지 말고 조용히 따라나서. 나는 흠집난 물건을 싫어할뿐더러 흠집 내는 일도 무척 싫어해."

가운데 복면 사내는 유들유들하였다.

주기옥은 모욕감으로 얼굴이 붉어졌다.

"이런 괘씸한 놈. 누구 앞에서 감히 그런 천박하기 그지없는 협박을 하느냐?"

"자식, 거참 말이 많네. 주둥아리를 확 뭉개뜨리기 전에 입 다물어."

오른쪽의 복면 사내였다. 그는 가운데 사내보다 입이 거칠었다.

"이, 이……."

주기옥은 화가 머리끝까지 치솟았고 그 화를 주체하지 못해 온몸을 부들부들 떨었다.

'아! 이런! 내가 어리석었구나.'

주기옥은 진회팔을 비롯한 금의위 소속 열 명 호위들의 안위가 걱정되었다.

진회팔이 도착하는 날, 용호장 주변에 몸을 숨기고 있던 오백여 명의 호위무사들을 강제로 철수시켜 돌려보냈다. 너무 많은 인원이라 귀찮기도 했고 진회팔과 그가 데리고 온 열 명의 금의위 호위무사들의 실력을 철석같이 믿었기 때문이다.

주기옥은 고개를 돌려 장랑을 바라보았다.

"장 소협."

장랑은 주기옥의 뒤에 서 있었다.

불의를 보면 물불 가리지 않고 무조건 뛰어들고 보는 열혈의 성격은 아니었다. 그러나 눈앞에서 벌어지는 불의한 사건을 보고도 모른 체할 만큼의 철면피도 아니었다.

장랑은 세 명의 복면인들을 차례로 바라보았다.

절정의 벽을 넘지 못했지만 그 직전에 도달해 있는 초일류 고수였다.

장랑과 눈이 마주친 왼쪽의 복면인이 입을 열었다.

"홍, 노려보는 눈빛이 제법인데?"

빈정거리는 말투였다. 어떻게 보면 일부러 장랑을 자극하려는 의도로도 보였다.

"잠깐. 내가 처리한다."

오른쪽 복면 사내는 급히 왼쪽 복면 사내를 말렸다. 왼쪽 복면 사내의 강한 호승심을 누구보다 잘 알기 때문이었다.

"애송이 친구, 아까 보니 대단한 활약을 하더군. 그런데 원래 그 옆 주가 놈의 호위무사였나?"

"……."

왼쪽 복면 사내는 오른쪽 복면 사내의 만류를 들은 척도 하지 않았다. 더 노골적으로 장랑을 깔아뭉개려 하였다.

오른쪽 복면 사내의 이름은 당전, 왼쪽 복면 사내의 이름은 모용문이었다.

당전은 냉철한 성격인 반면 모용문은 자존심이 강하고 짜릿한 승부를 즐기는 인물이었다.

모용문은 장랑과 삼학 도인의 비무를 멀리서나마 지켜보았다. 지켜보는 내내 검을 한번 맞대보고 싶은 욕심이 생겨났다. 잃어버렸다고 생각했던 무인으로서 예전 자신의 모습이 떠오른 탓이었다.

지금 장랑과 눈빛을 교환하자 가슴속에 억누르고 있던 무인으로서의 호승심이 불타올랐다.

"이자는 내가 처리하겠다."

그는 일단 당전의 양해를 구했다. 동등한 입장이라지만 오늘의 책임자는 당전인 까닭이었다.

"그건 곤란해. 나도 저자에게 볼일이 있어."

잠자코 있던 또 다른 복면 사내, 황보영도 나섰다.

"너희들?"

일종의 하극상이었다.

당전은 화가 치밀었다. 모용문과 황보영은 늘 제멋대로였다. 도무지 중요한 것과 중요하지 않은 것의 구분이 없는 인간들이었다. 그렇다고 우격다짐이나 협박이 통하는 인간들도 아니었다.

그런데 달리 생각하면 나쁜 일이 아니었다. 장랑은 어차피 죽여 없애야 할 놈. 자신이 주도하는 가운데 삼인일조로 움직여야 하지만 가끔은 직접 손에 피를 묻히기 싫은 날도 있는 법이다.

"좋다. 저놈을 죽이든 살리든 너희 둘이 알아서 처리해라.

비밀만 새어나가지 않으면 그만이니까. 하지만 너희 둘 다 내게 한 가지씩 빚을 졌다는 사실을 잊지 마라."

"……."

"빚? 겨우 이런 걸로?"

"왜, 싫어?"

"오랜만에 손맛을 보고 싶기는 한데… 까짓것. 그러자."

모용문은 별다른 대꾸를 하지 않았고 황보영은 마지못해 동의하였다.

"너는 왜 말이 없지?"

당전은 모용문을 향해 눈썹을 치커 올렸다.

"알면서 왜 그래? 나는 누구에게 빚지고 사는 성격이 아니야."

"그렇다면 나는 조장으로서 너의 독자적인 행동을 허락할 수 없다."

당전은 단호히 잘라 말했다.

취오당은 당주를 제외한 모두가 동일한 신분이었다.

나이 불문, 경력 불문, 명성 불문 모든 것이 불문인 가운데 맡겨진 임무에 따라, 그 중요도에 따라 적절한 대가를 받는 조직이었다. 따라서 취오당에서는 신분의 고하는 존재하지 않았다. 오로지 당주만이 절대적인 권한을 가졌을 뿐이고 당주의 모든 명령과 지시만 따르면 그만이었다.

그러나 임무에 투입될 때, 매번 바뀌기는 해도 당주가 한

명의 조장을 지정한다. 따라서 그 임무에서만큼은 조장의 지
시를 따르는 것이 또한 취오당의 불문율이기도 했다.

"오늘따라 꽤 까칠하게 나오네."

"까칠하지 않아. 난 원칙을 말했을 뿐이야."

당전은 못을 박았다.

"……"

"어때, 신세 한 번 진 걸로 생각해도 괜찮나?"

"……"

모용문은 말없이 고개를 끄덕였다.

"자, 시간이 별로 없다. 서두르자."

당전의 말이 끝나자마자 모용문과 황보영이 장랑 쪽으로
움직여 갔다.

이때 주기옥은 겁먹은 표정으로 장랑의 뒤쪽에 숨으려 했
다.

"차―아―!"

모용문이 장랑을 향해 맹렬한 기세로 달려들었다. 그의 검
은 한줄기 검광(劍光)과 함께 장랑의 얼굴을 노리고 날아왔
다.

"으아―!"

주기옥은 사색이 된 얼굴로 그 자리에 주저앉았고, 장랑은
주기옥 때문에 어쩔 수 없이 앞으로 두 걸음 달려나가며 일장
을 날렸다.

펑!

모용문의 검은 장랑과 반 장 거리를 남겨둔 상태에서 장랑의 일장에 의해 방향을 잃고 잠시 주춤했다. 멀리서 볼 때에는 그다지 큰 위력이 없어 보였던 장랑의 장력이 막상 겪어보니 생각 이상으로 강맹했다.

모용문은 튕겨 나가려던 검을 재빨리 수습하여 연속으로 삼검을 찔러댔다.

슈슈슉!

매서운 바람 소리와 함께 날아온 모용문의 검의 위력 또한 장랑의 예상을 휠씬 웃돌았고 빠르기와 날카로움은 첫 일검에 비해 배 이상 되었다.

장랑은 급히 세 걸음을 물러서며 모용문의 공세를 벗어남과 동시에 고개를 돌려 주기옥의 안위를 살폈다.

주기옥은 바닥에 털썩 주저앉아 겁먹은 얼굴로 사방을 둘러보고 있었다.

그의 정면에는 장랑과 모용문. 왼쪽과 오른쪽에는 황보영과 당전이 지키고 섰는데 형태가 삼각형의 모양으로 포위된 형국이라 온전히 빠져나갈 구멍은 없어 보였다.

장랑이 뒤를 돌아보는 순간, 모용문은 좋은 기회를 잡았다고 생각했다. 그리고 그 기회를 놓치고 싶지 않았다. 그는 우렁찬 기합 소리와 함께 맹렬한 속도로 장랑에게 달려들었다.

"차―압!"

위에서 아래로 검을 빠르게 그어 내려지는 모용문의 검은 그 속도와 날카로움이 가히 살인적이라 해도 과언이 아니었다.

쐐액!

장랑은 별수없이 연속으로 다섯 걸음을 물러설 수밖에 없었다. 하지만 그냥 물러선 것은 아니었다. 왼팔과 오른팔을 엇갈려 휘저으며 연속으로 이장을 날리는 것을 잊지 않았다.

모용문은 은근히 화가 났다. 장랑의 능숙한 대응으로 인해 연속되는 기습의 이점을 전혀 살리지 못하였다. 오히려 심상치 않은 기운이 자신의 가슴을 향해 빠르게 다가오는 느낌 때문에 더 이상 전진하지 못하고 황급히 서너 걸음 물러설 수밖에 없었다.

'어떻게? 어떻게 물러서는 와중에 장력을 날린단 말인가?'

모용문은 자신이 직접 당했지만 믿기지 않았다.

"합ㅡ!"

장랑의 뒤쪽에서 짤막한 기합 소리가 들려왔다. 뒤쪽에 서 있던 황보영이 기습적으로 장랑의 어깨를 베어내려 했던 것이다.

파파파!

장랑은 측질보(側跌步)로 세 걸음 옆으로 빠져나가며 황보영의 검을 피하면서 몸을 빙글 돌려 일장을 내질렀다.

팍!

그러나 장랑의 일장은 허공을 가로질러 가다가 미약한 파

얼음과 함께 스러져 버렸다. 장랑이 몸을 빙글 돌리는 순간 황보영은 벌써 검을 회수하여 뒤로 빠져나갔기 때문이었다.

쾌에엑―!

날카로운 파공성이 장랑의 귀청을 때렸다. 잠시 물러섰던 모용문이 다시 검을 휘두르며 달려들었다.

협공이었다. 모용문과 황보영은 지금 협공을 펼치고 있었다. 누가 시키거나 연습을 통해서 익힌 것이 아닌 오랫동안 함께 싸워온 사람끼리 손발이 맞아 자연스럽게 나타나는 그런 종류의 협공이었다.

'이런 식이라면?

장랑은 싸움을 오래 끌 이유가 없다고 생각했다. 되도록이면 상처 하나 남기지 않고 깨끗하게 사로잡을 생각이었으나 그 생각을 포기하였다.

장랑은 한 걸음 물러서며 모용문의 검을 옆으로 비껴나도록 하였다. 그 상태에서 오른발을 축으로 몸을 한 바퀴 회전시키자 자연스럽게 모용문의 손목을 낚아채기 쉬운 자세가 되었다.

피하며 물러설 줄 알았던 장랑이 도리어 자신의 손목을 잡으려 하자 모용문은 어처구니가 없었다.

'미친놈!'

모용문은 장랑을 비웃으며 검의 방향을 틀어 다가오는 장랑의 손목을 베어버리려 했다. 하지만 장랑이 펼치는 분월도와 복마대력수는 그가 일찍이 경험해 보지 못한 엄청난 빠르기의 보법이었고, 여느 공동파의 제자들이 펼치는 금나수와 달리 한 치의 오차도 없는 정확한 금나수였다.

'제길! 뭐가 이리 빨라.'

모용문은 다급한 생각에 일단 물러선 연후 다시 기회를 노리려 하였다. 그러나 그건 혼자만의 생각이었다.

우드드득!

"아악―!"

모용문은 커다란 비명을 토해내고 말았다.

그의 손목은 이미 장랑에게 움켜잡힌 상태였다. 그 상태에서 몸을 빼내려 하자 팔을 구십도가량 비틀었다. 하나 장랑은 손목을 더욱 힘있게 잡아챘고 빠져나가려는 모용문의 힘과 결합되어 결과적으로 어깨가 완전히 탈골이 되고 만 것이다.

모용문은 이를 악물었다. 고통도 고통이지만 억울하고 분한 생각으로 견딜 수 없었다. 순간, 뻘겋게 충혈된 그의 두 눈 사이로 무방비 상태인 장랑의 겨드랑이 아래 옆구리 부위가 보였다.

"개새끼!"

모용문은 망설이지 않았다. 엄지를 중심으로 힘껏 말아쥔 왼손 주먹을 장랑의 옆구리를 향해 발작적으로 날려 보냈다.

하지만 주먹에 제대로 힘을 실어낼 수 없었다.

퍽! 퍽!

옆구리와 하복부에서 거대한 쇠망치로 두들겨 맞는 커다란 충격이 느껴졌고 전신의 힘이 빠져나갔다. 숨이 턱하고 막히면서 현기증도 일어났다. 순간적으로 정신을 잃은 모용문은 그의 의지와 상관없이 축 늘어진 채 그대로 주저앉으며 앞으로 무너져 내렸다.

모용문이 주먹을 꽉 쥐는 모습을 발견한 장랑의 주먹과 무릎이 반 박자 빠르게 모용문의 옆구리와 복부에 박혀 버린 것이었다.

황보영은 모용문이 변변한 저항도 못하고 너무나 급작스럽게 쓰러지자 오싹하는 전율이 느껴졌고 일말의 두려움도 생겨났다. 모용문은 자신보다 더 뛰어난 고수였다. 뇌리에서는 빨리 물러서라는 신호를 보내왔지만 몸은 벌써 움직였고 검은 이미 장랑의 등짝을 향해 날아가고 있었다.

등 쪽에서 살기가 느껴졌다.

뒤를 돌아보지 않고 그대로 고개를 앞으로 숙여 엎어지듯 공중제비를 넘어 몸을 한 바퀴 회전시켰다. 신형을 바로세우기 전 허공에서 황보영을 향해 쌍장을 교차하며 일장을 내지르며 바닥에 내려섰다.

슈아아!

두 줄기 장력이 장랑의 손을 떠나 날아가다가 중간에서 하나로 합쳐졌고 그 강맹한 기세는 달려들던 황보영을 기겁하게 만들었다.

“허어억?”

황보영은 대경실색하여 기성을 토해내며 죽을힘을 다해 검과 함께 옆으로 몸을 쓰러뜨려 피하려 했다. 하지만 장랑의 일장이 워낙 쾌속하고 급작스럽게 날아온 탓에 완벽히 피하지 못해 옆구리 일부에 스치듯 얻어맞고 말았다.

펑—!

황보영의 얼굴은 한순간에 흙빛이 되었다. 기울어진 상태로 일 장 넘게 날아가 떨어진 그는 억지로 몸을 세웠다.

“으으윽!”

폐부를 찌르는 짜르르한 아픔.

스치듯 얻어맞았지만 장랑의 장력이 워낙 강렬하였기에 늑골 몇 개가 부러져 그중 일부가 내부의 장기를 찔렀던 것이다.

“응—!”

잠시 정신을 놓았던 모용문이 눈을 떴다. 몸을 일으키려 했지만 이상하게도 일어설 수가 없었다.

‘개새끼. 죽여 버린다!’

장랑에 대한 분노가 한순간에 뇌리를 감싸고 돌았다.

모용문은 자신의 몸이 정상적이지 않음을 깨닫고 몸을 세우는 것을 포기했다.

“끄으—응!”

이를 악물어 고통을 참아내며 힘겹게 옆으로 두 바퀴 굴렀다. 아직 멀쩡한 왼손으로 바닥에 널브러져 있던 자신의 검을 꽉 움켜잡았다.

그 상태에서 다시 몸을 굴리려는 찰나 황보영에게 일장을 날리고 바닥에 내려서는 장랑의 모습이 눈에 들어왔다.

"죽어라!"

모용문은 장랑의 종아리를 노리고 발작적으로 몸을 날리면서 검을 횡으로 휘둘러 베어갔다.

"응?"

장랑은 혀를 내둘렀다. 모용문이 휘둘러 오는 검은 위력은 없었다. 하나 그러한 행동을 해낼 수 있는 모용문의 의지력은 높이 살 만했다.

"대단한 의지력이로군."

장랑은 그 자리에서 반 장 높이로 살짝 뛰어올랐다. 내려서면서 한쪽 발로 모용문의 검을 쥔 왼손을 걷어찼다.

파악—!

"으윽!"

모용문은 손목이 끊어져 나가는 듯한 끔찍한 고통을 맛보았다. 하나 장랑이 힘을 조절하여 걷어찼기에 고통만 느껴질 뿐 뼈가 부러지거나 손목이 탈골되는 정도는 아니었다.

모용문은 극심한 고통 속에서 자신의 손을 벗어나 멀찍이 날아가 버리는 장검을 바라보다가 갑자기 누운 채로 몸을 새우처럼 구부렸다.

모용문은 왼손으로 품속을 뒤졌다.

있었다. 만약의 사태를 대비해 늘 가슴에 품고 다니던 반 자 길이에도 못 미치는 짤막한 비수. 당주가 동귀어진용으로 나누어 준 부시독(腐屍毒)을 비수 끄트머리에 몇 번이고 덧발 라 놓았다. 살짝 스치기만 해도 누구나 일각 이내에 목숨이 끊어진다.

모용문의 얼굴에 희심의 미소가 떠올랐다. 그는 주춤, 주춤 거리며 억지로 몸을 일으켜 세우면서 장랑을 노려보았다.

오른팔은 완전히 탈골되어 너덜거렸고, 늑골은 서너 개 부 러졌으며 왼쪽 손목의 고통도 심할 터이다. 그럼에도 전혀 굴 하지 않고 비수를 꺼내 드는 동작은 아무나 할 수 있는 행위 가 아니었다.

장랑은 내심 모용문의 오기에 탄복을 하였다.

'독종이로군!'

이때 고통스러움 때문에 얼굴을 잔뜩 찌푸린 모용문이 돌 연 장랑의 품속을 향해 죽기 살기로 달려들었다. 그건 누가 봐도 같이 죽자는 뜻으로 보였다.

장랑은 모용문을 어떻게 처리할까 순간적으로 고민을 하 다가 마음의 결정을 내렸다.

장랑은 그 자리에서 몸을 숫구쳐 올려 모용문의 머리를 타 고 넘었다. 허공에서 몸을 백팔십도 회전시켜 발바닥으로 모 용문의 등짝을 내리 찍었다.

모용문은 호락호락한 인물이 아니었다. 그는 장랑이 몸을 띄우는 그 순간 급히 몸을 뒤집어 하늘을 향하면서 자신에게 다가오는 장랑의 발바닥에 비수를 들이댔다.

장랑은 급히 양손을 휘저어 떨어지는 속도를 줄이면서 상체를 앞으로 숙였다.

그러자 중심이 앞으로 쏠리면서 장랑의 신형은 자연스럽게 공중제비를 돌며 원래 자신이 서 있던 자리로 되돌아 내려선 격이었다.

모용문은 장랑의 움직임 궤적을 따라 몸을 돌렸다.

이때 장랑은 땅을 박차고 오르며 발등으로 모용문의 턱을 힘있게 걷어 올렸다.

뻐억!

모용문의 두 눈은 뒤집혔다.

단 한 방에 다시 기절하여 정신을 잃고 이 장가량 날아가 바닥에 떨어졌다.

꿍!

모용문은 완전히 기절을 하고 말았다.

이때 황보영도 고통스런 표정을 감추지 못한 채 옆구리를 부여잡고 일어섰다. 그 또한 모용문 못지않은 독종이었다.

그는 옆구리가 결려 걸음조차 걷기 힘든 상태임에도 양손으로 검을 잡고 장랑을 향해 천천히 걸어왔다.

의도는 뻔했다. 초식이고 뭐고 필요없다는 뜻이었고, 죽을 때 죽더라도 검이라도 힘차게 휘둘러 보고 죽겠다는 의미였다.

‘휴우…….’

장랑은 속으로 한숨을 내쉬었다.

막소미를 만나기 껄끄러워 잠시 몸을 피하려 했던 것뿐이었다.

그런데 일이 엉뚱하게 꼬여 생각지도 않게 여러 사람을 상하게 만들고 있는 것이다.

주기옥을 보호한다는 명목은 있지만 괜한 일에 말려들고 있다는 느낌을 지울 수 없었다.

장랑은 황보영을 향해 마주 움직여 갔다.

한편, 당전은 너무나 급작스럽게 전개된 상황으로 인해 정신을 차릴 수 없었다.

자신은 모용문이나 황보영과 입장이 달랐다. 그들은 가문에서 쫓겨나다시피 하여 갈 곳 없는 처지였지만 자신은 무슨 일이 있어도 반드시 가문으로 돌아가야만 했다. 아직도 가노(家奴)의 신분에서 벗어나지 못하고 있는 어머니를 위해서라도 꼭 돌아가야만 했다.

당전은 옆구리에 매달린 작은 주머니를 열고 손을 넣었다.

어린아이 주먹만 한 크기의 물건이 만져졌다.

절체절명의 위기에 닥쳤을 때 사용하려고 수년 동안 아끼고 또 아끼던 물건이었다. 지금 같은 상황에서 사용하기는 아깝다는 생각이 들었다.

그러나 주기옥을 데리고 무사히 빠져나가는 임무를 완수

하려면 어쩔 수 없는 선택이었다.

이때 장랑과 황보영의 거리가 일 장 이내로 좁혀졌다.

당전은 주머니 속 물건을 꽉 쥔 상태로 내력을 끌어올리다가 재빨리 꺼내 들었다.

'호기다.'

당전은 들고 있던 물건을 힘껏 집어 던졌다.

피이―잉!

굳이 결과를 확인할 필요는 없다. 효과 하나만큼은 확실한 물건이니.

당전은 혈도를 제압한 주기옥을 어깨에 둘러맸다. 폭발의 위험에서 완전히 벗어나려면 서둘러 담장을 넘어야 했다.

장랑은 시커먼 무언가가 자신을 향해 곧장 날아온다는 느낌을 받았다.

'암기?'

암기치고는 꽤 묵직하다는 느낌이 들었다. 깊게 생각하지 않았다. 장력으로 날려 버리면 그만이었다.

그런데 자신도 모르게 가슴이 덜컥 내려앉으며 '어? 시간이 멈추었네?' 하는 엉뚱한 착각이 일어났다.

꽈아앙!

동시에 고막을 찢어버릴 듯한 엄청난 굉음이 장랑의 전신을 마구 뒤흔들었다.

어떻게 말로 설명할 수 없었다.

구태여 표현하라고 한다면, 하늘이 무너지고 땅이 갈라지는 충격이라고 말할 수 있을까?

"으아악!"

뒤늦게 누군가의 입에서 흘러나온 처절한 비명 소리가 마비되어 제 기능을 발휘 못하는 고막을 통해 아련한 메아리 소리처럼 머릿속을 헤집고 들어왔다.

"크윽―!"

그리고 뒤늦게 스스로가 내뱉은 고통스런 비명 소리를 들을 수 있었다.

매캐한 화약 연기가 콧속을 간질였다. 변화된 환경에 적응을 하지 못해 재채기가 나오려 하였다. 하지만 생각으로만 그쳤고, 장랑은 눈을 돌려 주위를 살폈다.

주변 반경 삼 장 이내에는 엄청난 대폭발의 영향으로 인해 완전히 초토화되었다.

목불인견.

아직도 뜨거운 열기가 훅훅 달아오르는 움푹 패인 커다란 구덩이 속에 넝마가 되다시피 한 큰 고깃덩이 하나가 꿈틀거렸다.

믿을 수 없었다. 현실로 받아들여지지 않았다.

삭신이 쑤신다는 말이 있다.

그 말의 액면 그대로 지금 삭신이 쑤시고 있었다.

장랑은 자신의 몸을 내려다보았다.

흙먼지를 잔뜩 뒤집어쓰고 있어 도저히 사람의 몰골이라
고 할 수 없었지만 큰 부상은 입지 않은 것 같았다.

장랑은 시커멓게 그을려 볼썽사나운 고깃덩이를 향해 한
걸음 움직였다.

'으…….'

걸음을 걸을 때마다 왼쪽 어깨와 옆구리에서 뭐라 표현하
기 힘든 통증이 느껴졌다.

장랑은 마지막까지 자신에게 검을 겨누던 흑의 복면인, 황
보영의 처참한 몰골을 바라보았다.

피부 곳곳을 뚫고 나온 희끗한 물체들이 눈에 거슬렸다.

미약한 신음 소리조차 없는 것을 보아 이미 숨이 끊어진 모
양인데, 몸통에 뚫린 구멍 곳곳에서 여전히 붉은빛이 선명한
핏물이 흘러나오고 있었다.

'즉사로군.'

장랑은 너무나도 참혹한 광경 때문에 치를 떨었다.

"으윽!"

조금씩 통증이 느껴지던 왼쪽 어깨 주변이 어느 틈에 피범
벅이 되어 있었다.

콩알보다 더 잘게 부서진 쇠 조각 십여 개가 드문드문 어깨
에 박혀 있었다.

부러진 황보영의 장검 조각 하나가 옆구리를 스치고 지났
는데 제법 깊은 상처를 남겼다.

이 정도의 엄청난 위력을 가진 벽력탄은 오직 한 가지밖에 알려져 있지 않았다. 어린아이 주먹만 한 크기임에도 너비가 일 장이 넘는 거대한 바위덩이조차 산산조각 낼 수 있다고 알려진 화탄.

천뢰벽력탄(天雷霹靂彈).

장랑은 복면인 당전이 사라져 간 방향으로 몸을 날리기 위해 내력을 끌어올렸다.

울컥!

핏물이 역류해 올라왔다. 내상은 예상외로 깊었다.

그나마 호신강기라도 있어 다행이었다. 그마저 없었더라면 처참한 몰골로 한쪽 구석에 처박혀 있는 복면인과 같이 비참한 모습이었을지 모른다.

장랑은 핏물을 꿀떡 삼켰다.

"놈!"

장랑의 두 눈은 독기로 가득하였다.

이때였다.

"으으으으. 사, 사, 살려줘."

죽은 줄 알았던 모용문이 미약한 음성으로 장랑에게 손짓을 하였다.

第五章
세가연맹과 남궁창

淸月此書者賜其祥伏
斬近請神眞老君演此眞妙經竟
嘉降臨速得正一
道吉廣奉
至大改元四月佛浴爲
日弟子趙孟頫敬

천뢰문의 화탄은 신뢰할 수 있다.

특히 천뢰벽력탄의 경우는 절대적인 신뢰를 받았다. 화신(火神)이라 일컬어지는 천뢰문의 초대문주 왕당육(王堂六). 그가 말년에 개발한 천뢰벽력탄은 여러 차례에 걸쳐 그 가공할 위력이 증명된 물건이었다.

주원장이 강남의 절대 패권을 한 손에 거머쥐게 된 결정적 계기는 당시 강남의 절반 이상을 지배하고 있던 진우량과의 한판 승부였다. 정확히 말하면 주원장과 진우량 간에 벌어진 건곤일척의 승부, 포양호 해전이었다.

그 해전에서 진우량은 그가 자랑하는 대규모 중선단(重船

團)을 끌고 나왔는데, 그때까지 진우량의 수군은 무적불패의 신화를 자랑하고 있었다.

반면 주원장은 진우량의 수군에 비해 보잘것없는 경선단(輕船團)을 이끌고 나왔다. 그건 삼척동자라 할지라도 진우량의 완승을 점칠 정도로 큰 전력의 차이였다.

하지만 결과는 놀랍게도 진우량 수군의 처참하다 싶을 정도의 대패.

당시 주원장 승리의 결정적 요인이 바로 천뢰문에게 조달받은 화탄인데, 특히 오십 개의 천뢰벽력탄이 절대적 역할을 한 바 있었다.

소명왕 한림아가 남으로 도망칠 때, 당시 가장 빠르고 견고하다고 알려진 구구호(九龜號)를 타고 있었다. 그러나 가로 십 장, 세로 삼십 장에 달하는 거대한 중갑선인 구구호가 단 두 발의 천뢰벽력탄에 의해 박살나면서 장강의 지류 과주강(瓜州江)에서 수장되었다.

"괴물 같은 놈!"

당전은 뒤를 쫓는 장랑을 바라보면서 치를 떨었다. 천뢰벽력탄의 직격을 받고도 살아난 장랑이 도저히 인간으로 보이지 않았다.

문득 어떻게 천뢰벽력탄의 직격을 받고도 살아남을 수 있을까 하는 의문에 빠졌다. '불량품이었을까?' 하는 생각도 해보았지만 그럴 가능성은 없었다.

천뢰문은 화탄에 관한 한 중원제일의 종가로서 독보적인 존재였다.

군부와 관청에서 사용하는 막대한 분량의 화탄의 절반 이상을 수십 년 동안 독점 납품하고 있지만, 아직까지 문제를 일으킨 적은 없었다.

게다가 천뢰벽력탄은 오직 문주에게만 전승되어지는 비전으로 문주가 직접 만들어내기에 불량품이 나올 수 없었다.

살상력으로 따져 당문(唐門) 최고의 자랑 만천화우보다 몇 십 배나 강력하고 뛰어난 물건이다. 때문에 만에 하나 운 좋게 살아남았다 해도 만신창이나 다름없는 중상일 것이 뻔했다.

"아! 이, 이런……."

생각이 거기에까지 도달하자 당전은 당혹스런 표정을 감추지 못하였다.

"바보 같은 놈."

당전은 자신의 아둔함을 탓하며 달리던 것을 멈추었다.

도저히 살아날 수 없는 엄청난 폭발 속에서 살아남았다는 점, 그것 하나만으로 갑자기 두려움을 느껴 꽁지 빠지게 내달린 자신이 한심스러웠다.

장랑이라는 놈이 멀쩡한 상태라면, 그 정도의 신위를 가진 인물이라면 한 사람을 어깨에 메고 달리는 자신을 진작 추월해야 옳았다.

"젠장! 내가 왜 이렇게 머리가 나빠진 거지? 그놈이 지금 온전할 리 없잖아."

갑자기 조급한 마음도 들었다. 당전은 스스로에게 화를 토해내며 주기옥을 신경질적으로 길옆 풀숲에 집어 던졌다.

"놈, 어디서 감히……."

당전은 일정 거리를 두고 뒤를 따라오는 장랑을 향해 검을 뽑아 들었다.

장랑은 모용문이 부들부들 떠는 손으로 애절한 목소리로 부를 때 잠시 갈등을 하였다. 죽든 살든 상관없어야 했고, 주기옥을 납치한 당전의 뒤를 쫓는 일이 더 급했다.

그런데 살려달라고 도움을 청하는 모용문을 못 본 척하기가 어려웠다.

박애(博愛)주의를 신봉하거나 남들보다 인정이 많아서가 아니었다.

모용문이 악인인지 여부는 일단 논외였다. 그가 보여준 독기와 끈질김에 마음이 움직였다고 봐야 했다.

그래서 시기적절하게 달려와 준 운마행과 막소미는 참으로 고마운 존재였으며, 호덕현 일행도 반갑기 그지없었다.

몇 군데 혈도를 제압하여 지혈과 통증을 줄여준 다음 치료는 운마행과 막소미에게 떠넘겼다.

반 각 전에 북쪽으로 사라진 진회팔 일행을 수소문하는 일은 호덕현 형제에게 부탁하였으며 장원의 뒷수습은 엽진숭에게 당부하였다.

막소미의 원망 가득한 눈빛이 부담스러웠지만 그건 친조손과도 같은 사이로 발전한 운마행이 처리할 일이었다.

당전의 흔적을 발견한 것은 장원을 나선 지 이각이 지난 무렵이었다. 당전은 개봉 쪽으로 이어진 작은 소로를 따라 달리고 있었다. 그리고 한 시진 남짓 조용히 뒤만 따랐다.

죽을 등 살 등 꽁지 빠지게 앞으로 내달리기만 하던 당전이 갑자기 멈추어 섰더니 주기옥을 풀숲으로 집어 던졌다.

“……?”

장랑은 속도를 줄여 천천히 걸으며 청력을 돋우었다.

사방 이백 장 안쪽에는 스산한 바람 소리뿐 인기척은 없었다.

장랑은 갸웃거리며 당전을 향해 접근해 갔다.

*   *   *

문설루 뒤편으로 아담한 크기의 장원 두 채가 연달아 붙어 있었다.

오른쪽 장원을 화원장이라고 부르는데 화원장의 대전에는 여섯 명의 인물이 가운데 빈 공간를 두고 마주 보고 앉아 있었다.

남궁창은 깊은 생각에 잠긴 사람처럼 심각한 표정으로 정면을 바라보고 있었다.

제갈세가의 가주인 제갈수천이 남궁창을 향해 빙긋 웃으며 말을 걸었다.

"무슨 생각을 그리 깊게 하는가?"

"이쪽 지역의 음식들은 생각보다 불필요한 기름기가 너무 많이 들어 있군요. 담백하고 깔끔한 음식에 익숙한 탓인지 속이 거북합니다."

남궁창은 엉뚱한 소리를 하였다.

느닷없이 음식 이야기를 꺼내자 모두가 갸웃하였다. 그들은 남궁창이 솔직한 자신의 마음을 빗대어 말을 했다는 사실을 알지 못하였다.

남궁창의 나이는 이제 마흔셋.

어려서부터 학문과 무공 양쪽 방면에서 그 누구보다 뛰어난 오성과 자질을 지녔다고 평가받았고, 또 그만큼의 성취를 보여주었다.

어린 시절, 장차 남궁세가를 빛낼 재목으로 크게 각광을 받기도 하였다.

하지만 자질이 훌륭하고 아무리 뛰어난 실력을 가졌더라도 장자 승계 원칙은 결코 넘어설 수 없는 거대한 장벽이었다.

더구나 장벽이 이 세상에서 가장 존경하고 사랑하는 친형이었기에 누구에게도 하소연하지 못하고 가슴앓이를 해야 했다.

부친 창천일룡 남궁민은 강남무인들의 절대적 존경을 받았던 분으로 무림의 대소사에 빠지는 일이 거의 없을 정도로 공사다망하였다.

일 년의 절반 이상을 밖에서 머물렀기에 열두 살 나이 차가 있는 친형 남궁명(南宮明)이 아버지의 역할을 대신하여 주었다.

아버지와 다름없는 존재.

남궁창은 주변 사람들의 칭찬이 많아질수록 꿈을 크게 키웠고 나아가 부친 남궁민의 명성을 뛰어넘는 것은 물론이요, 최종적으로는 강호를 호령하는 절대자의 위치에 서고 싶었다.

그러기 위해서는 발판이 되는 남궁세가의 가주가 되어야 했다. 하지만 세가의 가주는 세상에서 가장 존경하고 가장 사랑하는 형의 몫이었다.

남궁창은 자신의 욕망을 애써서 숨겨야만 했다.

머리가 굵어진 열여덟 살 나던 해부터 집 밖으로만 나돈 이유도 거기에 있었다. 세인들에게 불량배, 파락호라고 손가락질받았지만 상관없었다.

누구의 도움도 없이 혼자 힘으로 삼백 명 가까운 수하들을 끌어 모았고, 그들과 함께 소호(巢湖) 인근에 삼락방(三樂幇)

을 개파하였다.

그런데 개파식 다음날 형 남궁명이 돌연 세상을 뜨고 말았다.

갑작스런 형의 죽음 때문에 의제인 방건지(方建志)에게 삼락방을 맡기고, 세가에 돌아와 당당히 가주 자리에 올랐다.

벌써 십 년 전 일이다.

십 년이면 강산도 변한다고 한다.

남궁세가에서는 부친 창천일룡과 버금가는 무소불위의 권력자가 되었고, 안휘는 물론 강소와 절강의 일부 지역까지도 남궁세가의 세력권 안에 들어오도록 만들었다.

오대세가의 가주들, 아니, 이십 년 전에 독립하였던 당문이 돌아왔으니 육대세가가 되어버린 세가연맹.

세가연맹 가주들의 머릿속에는 파락호 청년이었으며, 뜻을 펼치지 못하고 일찍 세상을 등진 친우의 가련한 동생일 뿐이었다. 그들의 사고방식을 이해 못하는 것은 아니지만 더 이상 용납할 수는 없었다.

세가연맹의 가주 가운데 나이가 제일 적은 사람이 제갈세가의 가주 제갈수천으로 쉰세 살이다. 모용세가의 모용편(慕容遍)이 쉰네 살, 황보세가의 황보중(皇甫仲)이 쉰다섯, 팽창의(彭昌義) 또한 쉰다섯, 그리고 가장 나이 많은 당문의 가주 당종(唐鍾)이 예순 하나였다.

당종을 제외한 네 명의 가주는 어려서부터 형 남궁명과 절친한 친구 사이였고 형의 친구로서 대우를 해주었다. 하지만 이제 사정은 달라졌다.

"남궁가주, 얼마 전에 둘째 설린(雪潾)이 그 아이에게 좋은 소식이 있다고 들었는데, 늦었지만 축하하네."

모용편이 언제나처럼 친근한 말투로 덕담을 건네왔다.

하나 남궁창은 그 소리가 덕담으로 들리지 않았다. 도리어 귀에 거슬리기까지 했다. 아무래도 명확한 선을 그어야 할 시점 같았다.

"모용 대협을 비롯한 여러 가주님들께서 보여주시는 깊은 관심 감사드립니다. 남궁설린 그녀는 제 딸이지만 정식으로 첩지를 받아 귀빈의 신분이 된 탓에 저도 이름을 함부로 부르지 못하고 있습니다."

모용편의 얼굴은 잘 익은 사과처럼 붉어져 갔다.

"허, 이 사람!"

이야기를 듣는 순간에는 머쓱하였지만 생각해 보니 은근히 기분이 나빴다.

하나 남궁창의 말도 틀리지 않기에 반박할 말이 얼른 떠오르지 않았다.

귀빈(貴賓)의 위치는 공경대부(公卿大夫)와 비교해도 낮은 지위가 아니었다. 주례(周禮)와 당률(唐律)을 그대로 따르는 내정(內廷)의 체계는 일후(一后), 삼부인(三夫人), 구빈(九嬪), 이십칠세부(二十七世婦), 팔십일여어(八十一女御)의 체계였다.

귀빈은 삼부인[貴妃, 貴嬪, 貴人]의 두 번째 서열에 해당되는데 삼부인은 황후와 정실부인 취급을 받았다.

아무리 관부와 담을 쌓고 사는 무림인이라지만 황제의 정실부인 이름을 함부로 부르면 곤란하였다. 따지고 보니 남궁창은 국구(國舅), 황제의 장인이 되는 셈이다.

'딸내미를 황실에 진상하다시피 한 주제에 이제 와서… 가만?'

생각해 보니 최근 들어 세가연맹의 가주들이 하나같이 남궁창의 눈치를 보고 있었다.

제갈수천이 자존심도 버리고 남궁창에서 반존대로 은근히 비위를 맞추는 이유를 알 것 같았다.

'썩을!'

"제갈가주, 아이들이 지루해하겠소."

당종이 제갈수천에게 눈치를 주며 재촉하였다.

제갈수천은 소리없이 미소를 지으며 고개를 끄덕였다. 그의 시선은 곧 문밖으로 옮겨졌다.

"모두 안으로 들어오너라."

제갈수천의 말이 끝나자마자 건장한 체격을 가진 두 명의 삼십대 중반 사내가 먼저 대전 안으로 들어섰다. 그 뒤를 문사 차림의 사내와 검객의 분위기가 풍기는 사내가 들어섰다. 그들 또한 삼십대 중반의 나이로 보였으며 마지막으로 분홍

빛 면사로 얼굴을 가린 키가 크고 날씬한 궁장 차림의 여인이 뒤를 따랐다.

"서로 구면이고 잘 아는 사이겠지만 지금은 공식적인 자리이니만큼 정식으로 자신의 소개를 하도록 하게."

제갈수천의 주선으로 네 명의 사내와 한 명의 여인은 세가의 가주들에게 일일이 장읍을 하며 자신의 이름을 밝혔다.

당철(唐喆), 팽비용(彭飛龍), 황보무유(皇甫舞遊), 모용승(慕容昇), 그리고 제갈담희(諸葛潭姬).

모두가 젊은 시절 후기지수의 대명사인 세가오룡(世家五龍)에 속했던 전력을 소유한 인재들이었으며 각 가문의 적장자로 부친의 뒤를 이어 차기 가주가 될 인물들이었다. 그들은 인사가 끝나자 각기 자신의 부친 뒤쪽으로 자리를 옮겨 섰다.

"당 선배님하고 나는 결심을 굳혔네. 당 선배님."

제갈수천의 표정은 진지하였고 당종을 바라보는 눈길 또한 그랬다.

당종은 고개를 끄덕이면서 말문을 열었다.

"제갈가주를 통해 남궁가주의 의견을 처음 접했을 때 나는 이란격석(以卵擊石)이라는 말이 가장 먼저 떠올랐소. 하지만 제갈가주가 돌아가고 며칠이 지났음에도 이상하게도 제갈가주를 통해 들었던 남궁가주의 제안이 머릿속에서 떠나지 않았소. 그래서 남궁가주의 제안을 진지하게 생각하게 되었소. 구대문파가 언제부터 지금처럼 강성해졌고 강호무림에 어떻게 해서 큰 영향력을 발휘하게 되었을까? 생각은 거기에서 출발하였소."

당종의 얼굴은 언제나처럼 전혀 가식이 없었다. 평소 말수가 적기로 잘 알려진 당종이며 남궁창과 사이가 그다지 좋지 않다고 알려졌기에 그가 입을 열자 실내의 모든 사람들의 시선은 당종의 얼굴에 고정될 수밖에 없었다.

잠시 숨을 돌린 당종은 다음 말을 이어갔다.

"불과 이백 년 전만 해도 구대문파라는 말은 존재하지 않았소. 다들 아시겠지만 이백 년 전에 강호무림은 오대문파와 사도연맹 간의 대립 구도였소. 지금은 세력이 많이 약해진 사도연맹에 관한 이야기는 빼고 오대문파만 살펴보면, 당시 오대문파는 소림, 화산, 종남, 곤륜 그리고 장백파를 지칭했고 그 다섯 문파만이 강호인들 사이에서 대문파로 인정받았소. 무당, 점창, 청성, 공동, 아미 등은 당시에 우리 세가연맹의 어느 한 세가와 비교해도 격이 한참 떨어지는 신생문파이거나 문도 수가 고작 수십 명에 지나지 않은 중소문파에 불과하였소. 아는 사람도 많겠지만 소림은 당시 아미파와 무당파를 꽤 적극적으로 밀어주었소. 그리고 오래지 않아 아미와 무당은 대문파가 되었소. 이에 자극을 받은 화산은 멀리 떨어진 운남의 점창파를 선택하였는데, 점창이 운남 일대의 패자가 될 수 있는 바탕에는 화산파의 지원이 무척 컸소이다. 그러자 이번에는 종남이 화산파를 견제하기 위해 청성파를 후원하였고,

곤륜도 가만있을 수 없었는지 사상의 뿌리가 같다는 이유로 공동파의 위상을 높이는 데 많은 기여를 하였소. 그렇게 하여 지금의 구대문파가 형성되었고 그 구대문파 체제가 지금까지 이어져 내려오고 있소. 그래서 결심했소. 조금 늦은 감은 있지만 남궁가주의 제안대로 노력하고 힘을 같이한다면 우리도 구대문파와 같은 결과를 얻지 말라는 법은 없다. 그런 생각을 하게 되었소."

회합은 자시가 되어서야 끝이 났다.

모두 돌아가고 남궁창과 제갈수천이 남았다.

"오늘 수고가 많으셨습니다."

"수고는 무슨? 나는 남궁가주가 시키는 대로 했을 뿐이네."

"아닙니다. 저는 의견만 냈을 뿐이지만, 그것을 구체적으로 풀어서 계획을 세우고 발로 뛰면서 모두가 만족할 만한 결과를 이루신 분은 형님입니다. 정말로 고생 많으셨습니다."

"고맙네. 자네의 칭찬하는 재주는 당해낼 수 없구만."

제갈수천은 사적인 자리에서는 예전처럼 꼬박꼬박 형님 대접을 해주는 남궁창에게 만족스런 표정을 지었다.

이십 년 전, 사천의 당가는 이름을 당문으로 바꾸고 오대세가의 대열에서 빠져나가면서 독립을 하였다. 그 당시 당가는 오대세가연맹 전력의 삼분지 일을 차지하고 있었기에 당가가 빠져나가면 오대세가연맹의 입장에서는 큰일이었다.

이때 당문을 대신할 가문으로 세가연맹에서는 황보가를 선택하였고 황보가는 그 이후 세가연맹의 한 축으로 자리하게 되었다.

황보가는 세가연맹 전력의 절반 가까이를 차지하고 있던 남궁세가의 도움을 받았다. 남궁세가의 덕으로 비약적 발전을 한 황보가는 불과 오 년 만에 당문의 공백을 메울 정도로 크게 성장하였다.

황보가에서 세가로 이름을 바꾼 황보세가는 활발한 강호 활동을 하면서 황보세가의 이름이 아닌 오대세가연맹의 이름을 내세웠다. 이는 황보세가의 이름을 높이는 데 결정적인 역할을 하였고 세가연맹 내부에서도 황보세가의 입지를 넓히는 데 크게 기여를 하였다.

당문이 이십 년 만에 다시 오대세가연맹에 합류를 하겠다는 의사를 밝혀왔을 때, 세가연맹의 가주들은 당혹스러웠고 깊은 고민에 빠질 수밖에 없었다.

이미 오대세가연맹의 핵심이 되어버린 황보세가를 물리치기 어려웠고, 강호에서 막강한 전력을 보유한 당문의 합류 제안도 거절하기 곤란한 문제였다.

그 진퇴양난의 상황에서 남궁창이 나섰다.

남궁창의 주장과 논리는 간단하였다.

형식에 연연하지 말자. 고루한 사고방식, 고정관념에서 탈

피해야 한다.

남궁창의 주장은 고정관념과 틀에 박힌 사고방식에 갇혀 있던 여러 가주들로 하여금 갑론을박, 논쟁을 촉발시켰다.

그러나 언제나 그렇듯이 논쟁은 결론이 나지 않았다.

거수(擧手)를 통해 당문의 재진입을 허용하고 남궁창의 주장대로 오대세가연맹의 이름을 버리고 새로이 육대세가연맹(六大世家聯盟)이라는 명칭을 받아들였다.

오대세가라는 명칭이 육대세가라는 명칭으로 바뀌는 것은 상당한 의미가 내포되어 있었다.

기존 오대세가의 의미는 다섯 개의 가문 이외에는 누구도 인정을 하지 않겠다는 폐쇄적인 사고관(思考觀)이었다면, 육대세가는 그 닫혀진 세계가 깨져 열려진 사고관으로의 전환을 의미했다. 즉 지금의 육대세가는 얼마든지 칠대세가로 바뀔 수 있고, 나아가 팔대세가, 구대세가 등으로 커질 수 있다는 말이었다.

또 하나, 기존의 오대세가연맹은 상호 친목과 유대를 위한 느슨한 결속력이었다면, 남궁창이 주장하는 육대세가연맹은 강력한 단결력과 협동심을 가지는 진정한 의미의 연맹이었다.

그런 일련의 과정을 주도한 사람이 남궁창이었다. 그리고 그런 남궁창의 곁에서 지켜보면서 남궁창의 효웅(梟雄)적인 기질을 발견한 사람이 제갈수천이었다.

제갈수천은 남궁창이 그 어느 누구보다 상황 판단이 빠르고 대세의 흐름을 재빨리 읽어내는 탁월한 감각의 소유자임을 알았고 기꺼이 그를 돕기로 결정하였다.

그것이 삼 년 전이었다.

지난 삼 년 동안 남궁창과 제갈수천, 그리고 새로운 협력자가 되기로 결심한 팽창의 등 세 명은 정말로 바쁘고 부지런히 움직였다. 그렇게 차근차근 준비해 온 일들이 오늘로서 끝을 보았다.

제갈수천은 남궁창을 존경스런 눈으로 바라보았다.

남궁창은 더 이상 불쌍하게 세상을 등진 친우의 코흘리개 동생이 아니었다.

미래를 함께 설계하는 동료이며 보좌하며 모셔야 할 상전이며 나이를 떠나 존경할 만한 위인이었다.

강남에서 가장 많은 문도 수를 자랑하는 삼락방의 방주이며 강남무맹(江南武盟)과 대립각을 세우고 있는 강남무련(江南武聯)의 련주 철연각(鐵連脚) 방건지, 그는 남궁창의 충성스런 수하였다.

이는 결국 남궁창이 강남무련의 실제 련주라는 뜻이며 강남무림의 절반가량을 지배하는 실질적 권력자라는 뜻이었다.

지난해 초, 남궁창은 자신에게 우호적인 모습을 보였던 왕력을 비롯한 황궁 세력의 일부를 자신의 영향권 아래로 끌어 들였다.

육 개월 전에는 십이무가(十二武家)의 가주들이 남궁창과 뜻을 함께하고 싶다는 의사를 전해왔다.

삼 개월 전에는 산동과 하북, 그리고 산동 지방에서 유력 문파들인 천검산장(千劍山莊), 부령방(斧翎幇), 서가보(徐家堡), 대원방(大圓幇) 등 십여 개 문파로 구성된 일월련이 합류한다고 연락해 왔다.

오늘, 육대세가연맹의 차기 가주들이 남궁창의 지휘를 받겠다는 서약을 하였다.

이로써 남궁창이 말하는 육대세가연맹이 핵심이 되어 강호무림을 주도하는 새로운 무맹의 탄생 준비가 끝이 났다.

"구비회가 끝나기 전까지 십이무가의 가주들과 강남무련의 련주를 비롯하여 일월련의 련주와 그 산하 문주 서너 명이 차례로 제갈 형님을 찾아갈 겁니다. 그들과 상의해서 다음 달에 출범할 천화맹(天華盟)의 조직과 그에 따르는 세부 계획을 설명해 주세요."

남궁창의 말이 끝나자 제갈수천의 얼굴은 활짝 피었다.

"드디어 기다리고 기다리던 천화맹의 출범인가?"

"그렇습니다. 모든 준비가 완료된 마당에 더 미룰 이유가 없어요. 참, 천화맹의 본단은 지난번에 말했던 강소제일의 부

호 유은상 노인이 기증한 소주의 사자림(獅子林)입니다. 유
대인에게서 사자림의 개축과 보수가 이달 말에 끝이 난다는
연락이 왔습니다."

"사자림! 짐작은 하고 있었지만… 알았네."
제갈수천은 자신도 모르게 마음이 들떠 흥분하고 있었다.
천화맹이 세상 밖으로 나오면 무림의 판도가 바뀔 것이다.
천화맹에 참여하는 문파 가운데 굵직한 문파만 추려도 사
십여 개에 이르고, 중소문파의 숫자는 그 배가 넘는다.
천화맹의 영향권 아래 들어올 무인의 숫자를 얼추 계산해
보면 삼만 오천 명이 넘는다. 그 정도면 중원 최고, 최대의 집
단이라고 할 수 있다.
이제는 더 이상 구대문파의 눈치를 볼 필요가 없으며, 구대
문파의 지원을 받고 있는 원무림맹 정도는 발아래로 굽어볼
수 있을 것이다.
무림은 조만간 재편될 것이다. 그 재편의 중심에는 천화맹
이 있고, 천화맹의 핵심은 육대세가연맹이 될 것이다.
천화맹의 부맹주.
제갈수천은 남궁창에게 약속받은 부맹주의 자리에 대한
기대가 커졌다.

*   *   *

허장성세(虛張聲勢).

당전은 신중한 발걸음으로 접근해 오는 장랑의 모습을 그렇게 해석할 수밖에 없었다. 넝마와 별다름없을 정도로 심하게 찢긴 옷은 그렇다 치고 어깨 부위와 옆구리의 상처가 눈에 띄었다. 겉모습이 그런 정도라면 내상을 입은 것이 분명하였다.

당전은 멈춰 서기 잘했다는 생각이 들었다.

"생각보다 생명력이 질긴 놈이로구나. 폭발과 함께 조용히 세상과 이별을 했더라면 구태여 내 손에 직접 피를 묻히는 일은 없었을 것을……."

"……."

장랑은 대꾸하지 않았다. 대꾸할 가치조차 없는 인간이었다.

백번 양보하여 자신을 죽이려 한 시도를 귀찮은 방해물을 제거하려는 행동으로 이해할 수 있다. 그러나 부상당한 동료를 구해주기는커녕 함께 날려 버리려는 행위는 인륜마저 저버린 파렴치한 행동이었다.

"그래. 쓸데없이 말을 섞을 필요가 없다는 건가? 좋아. 그러면 조용히 보내주도록 하지."

당전이 먼저 장랑을 향해 한 걸음 다가서며 한 손을 유난히 크게 휘저었다.

어찌 보면 별것 아닌 동작처럼 보였지만 장랑은 그 순간 무언가 이상한 느낌을 받았다.

아무런 소리는 없으나 바람을 타고 분명히 무언가 다가오고 있었다.

'암기?'

장랑의 발끝을 가볍게 하면서 안력과 청력을 동시에 높였다. 하나 날아오는 암기는 없었다.

'독?'

혹시나 하는 마음으로 급히 호흡을 멈추었다. 그리고는 한 달음에 복면인 당전 바로 앞에까지 다가섰다.

"이, 이놈이?"

당전은 느닷없이 다가서는 장랑 때문에 조금은 당황하고 말았다.

방금 뿌린 체미향(替靡香)은 한 번의 호흡만으로도 손발이 떨리기 시작하고 곧이어 전신의 힘이 한꺼번에 빠져나가게 하는 효과가 있었다.

극독은 아니지만 상대를 무력화시키는 데 있어 상당한 효과를 발휘하기에 강적을 상대할 적에 곧잘 사용해 오던 독이었다.

'제길!'

당전은 손바닥에 땀이 났다. 그러나 검을 고쳐 잡을 마음의 여유가 없어 그저 검을 잡은 손아귀에 힘만 잔뜩 주었다.

"죽어!"

당전은 고함을 치며 앞으로 한 발 내디디면서 장랑의 가슴을 향해 급하게 검을 찔러 넣었다.

장랑은 물러서지 않았다. 몸을 반쯤 틀어 비켜서며 당전의 검을 쥔 손목을 움켜잡으려 했다. 하나 당전은 그저 그런 삼류무사가 아니었다. 장랑이 아무리 당전보다 뛰어난 무공을 지니고 있더라도 실전 경험으로 따지만 당전에 비해 어린아이 수준에 불과했다.

당전은 손목을 비틀어 검날을 뉘어 장랑의 복부를 갈라 버리려 했다.

장랑은 급히 손을 거두어들이며 오른쪽으로 한 걸음 움직이며 신형을 한 바퀴 회전시키며 다시 세 걸음 움직였다. 그러자 두 사람의 자세는 순간적으로 우스꽝스럽게 되었다.

한 팔을 옆으로 길게 뻗고 엉거주춤 서게 된 당전과 장랑은 그런 당전의 등 쪽에 서게 되면서 뒤에서 끌어안는 자세와 비슷하게 되었다.

“엇?”

당전은 장랑의 신속한 몸놀림에 깜짝 놀라 그 상태에서 한 팔을 접어 팔꿈치로 뒤편 장랑의 얼굴을 후려쳤다. 그러나 장랑은 이미 옆으로 반보가량 자리를 옮겼으며 목덜미를 채가던 동작을 급히 멈추고 손바닥으로 당전의 팔꿈치를 비껴냈다.

팍!

“윽!”

당전은 팔꿈치에서 전해져 오는 짜르르한 전기적 충격으로 인해 순간적으로 주춤하였다. 당전은 앞으로 고꾸라질 듯하면서 장랑의 손아귀에서 벗어나려 했다.

하지만 장랑은 당전의 주춤하는 그 잠깐 동안의 무방비 상태를 그냥 간과하지 않았다. 당전의 상완(上腕)은 그의 의지와 상관없이 이미 장랑의 손에 의해 단단히 잡힌 상태라 자유롭게 몸을 빼낼 수 없었다.

“이런 개 같은…….”

당전은 당황하여 욕설을 뱉으려 했지만 그마저도 쉽지 않았다.

장랑은 당전의 상완을 꽉 움켜잡은 상태로 바깥쪽으로 한 바퀴 빙 돌려 내동댕이쳤다.

뜨드득!

당전의 얼굴은 고통으로 인해 크게 일그러진 채 풀숲에 나동그라졌다.

장랑이 움켜잡은 힘이 너무 거센 탓에 당전의 상완 쪽의 뼈에 금이 갔다.

“흐흡.”

당전은 고통스러웠지만 신음 소리를 내지 않으려 일부러 숨을 크게 들이마셨다.

그건 당전이 독종들만 모였다는 취오당(聚惡堂)의 정예인 무정구귀(無情九鬼) 가운데 한 사람이라는 자부심 때문이었다.

"개새끼. 가만 안 둔……."

당전은 악을 쓰며 벌떡 일어나 재차 장랑에게 달려들었다. 하나 장랑은 한 발을 옆으로 빼내며 몸을 비틀어 피했다.

다시 한 번 헛손질을 한 당전은 순식간에 검을 거꾸로 잡으며 뒤도 돌아보지 않은 채 등 쪽에 위치한 장랑의 복부를 노려 검을 찔러 넣었다. 하지만 장랑은 이미 그 자리에 없었다.

당전은 거듭된 헛손질에 당황하여 그 상태에서 뒤로 구르며 장랑의 위치를 파악하려 했다. 그런데 그 순간 무언가 시커먼 것이 날아와 손등에 묵직한 충격을 주고 지나갔다.

퍽!

"큭!"

당전은 부지불식간에 짤막한 비명성을 토해내고 말았다.

퍽! 퍽!

옆구리와 복부에서도 각각 일격을 당한 당전은 숨을 쉬기 어려워졌다.

'제기랄! 어떻게 이런 일이…….'

삼학 도인과 비무하는 모습을 멀리서 보면서 이삼백 초 이상은 충분히 견뎌낼 자신이 있었다. 하지만 장랑은 자신을 어린아이 다루듯 하고 있었다.

'나를 비롯한 취오당에서 이놈에 대해 잘못 알고 있다.'

당전은 그 소식을 전하고 싶었다.

＊　　　＊　　　＊

이른 새벽이었다.

자리에 누운 지 채 한 시진이 지나지 않았다. 늘 수면 부족에 시달리는 남궁창이지만 그는 짜증을 내거나 인상을 쓰지 않았다. 담담한 표정으로 침상에 걸터앉으며 잠을 깨운 조카뻘 되는 남궁호에게 시선을 돌렸다.

"누구라고?"

"제갈담희라고 합니다."

"가보자."

남궁창은 오래지 않아 제갈담희 앞에 모습을 드러냈다.

"남궁 숙부님."

궁장 차림에 면사로 얼굴을 가린 제갈담희는 남궁창을 반갑게 맞이했다.

"미인은 잠꾸러기라고 하던데, 너는 잠도 없는 것이냐?"

두 시진 전 헤어질 때와 다르지 않은 모습이기에 남궁창은 설익은 농담으로 그녀의 긴장을 풀어주려 하였다.

면사에 비록 얼굴이 가려져 있지만 그녀가 몹시 흥분한 상태라는 정도는 직감적으로 알 수 있었다.

남궁창은 쉽게 흥분하는 인물이나 흥분한 상태의 사람과

이야기를 주고받는 것을 싫어했다. 대화 자체가 객관성이 없고 감정적으로 흐르기 때문이며, 원하는 답을 얻어내기까지 시간이 많이 허비되는 것이 싫었다.

그런 의미에서 제갈담희는 남궁창의 입장에서는 이야기하기 편한 상대였다.

"시간이 없으니 빨리 말씀드리겠습니다."

남궁창은 입을 다문 채 고개만 끄덕였다.

"저의 개인적인 관심으로 인해 한 가지 실수를 저지르고 말았습니다."

"실수?"

남궁창은 조카인 남궁병의 모습이 얼른 떠올랐다.

한 달 전 감숙의 계획이 실패하자 낙심하여 돌아온 남궁병. 그에게 한 번의 기회를 더 주기 위해 강남무련으로 가라고 하였다.

방건지를 도와 와해 직전까지 몰려 있는 강남무맹의 세력을 흡수하는 데 능력을 발휘하라는 의미였다. 그런데 남궁병은 뜻밖에 취오당으로 보내달라고 했다.

남궁창은 내심 크게 놀라고 말았다.

취오당은 그가 오 년 전에 은밀히 만들어놓은 비밀 조직이었다.

드러내 놓고 처리할 수 없는 문제는 모두 취오당이 맡아서 처리하였다. 그러다 보니 취오당은 애초 의도와 달리 강남 일대에 가장 악랄하다는 소문이 났고, 결성되고 일 년 만에 새로 탄생된 신흥사파(新興邪派) 무리로 낙인찍히고 말았다.

때문에 취오당은 남궁세가와 조만간 출범할 천화맹과 관련되어 있다는 사실이 알려지면 안 되었고, 또한 존재 자체가 극비에 속하는 일이었다.

취오당과 남궁세가가 연관되어 있다는 사실을 아는 사람은 제갈수천과 자원하여 취오당의 당주 역할을 하는 제갈담희, 그리고 초대당주이자 파락호 시절 알고 지내던 친구 최홍(崔鴻)밖에 없었다.

최홍은 근거지를 옮겨 저 멀리 광동과 해남도를 오가며 활동하며 근 사 년 동안 그곳을 떠나지 않았기에 비밀이 새어나갈 리 없었다.

제갈수천은 워낙 입이 무거운 사람이니 남는 사람은 제갈담희밖에 없었다.

이백 명에 달하는 취오당의 당원들조차 자신들이 남궁세가와 연관되어 있다는 사실을 모르는데 남궁병이 안다는 점은 심각한 문제였다. 하나 짐작은 할 수 있었다.

남궁병과 제갈담희는 어려서부터 오누이처럼 지내온 사이였고, 남궁병은 제갈담희를 마음속에 담아두고 있었기에 제갈담희가 스스로 밝히지 않았더라도 그녀의 일거수일투족을 하나도 놓치지 않는 남궁병의 집요함이 취오당의 존재를 알아차리게 했을 가능성이 높았다.

남궁창은 남궁병에게 몇 번이나 비밀 유지를 하라는 당부를 하여 취오당으로 보냈다.

"병이와 연관된 문제더냐?"

지난 사 년 동안 간결하고 깔끔한 일솜씨로 신뢰를 얻었던 제갈담희였다. 그녀가 남궁병 말고는 취오당 문제로 실수할 리 없었다.

그런데 제갈담희는 고개를 저었다.

"전혀 관계없다고 말할 수 없지만, 방금 말한 대로 저의 개인적 호기심 때문입니다."

남궁창은 잔잔하게 고개를 끄덕였다.

"흠, 인간이라면 누구나 실수를 할 수 있지. 자초지종을 말해보거라."

"어제 오후에 잠시 짬을 내 중악묘에 올라갔습니다. 꽤 많은……."

제갈담희의 이야기는 반 각도 되지 않아 끝이 났다. 그러나 그 길지 않은 시간 동안 일의 경과는 물론이요, 향후 대책과 그에 따르는 파장에 대한 분석까지를 일목요연하게 설명하였다.

역시 천화맹의 총군사로서의 자질이 충분하였다.

"알았다. 너의 의견을 최대한 존중하도록 하마."

제갈담희는 조금 전에 돌아갔다.

남궁창은 서서히 떠오르기 시작하는 동녘의 붉은 해를 바라보며 생각에 잠겼다. 꼭두새벽부터 달려올 만한 사건은 분명하였다.

계획대로 하자면 성왕(成王) 주기옥은 제남으로 가는 길목인 동평산(東平山) 영고채 인근에서 산적들의 습격으로 인해 죽어야 한다. 그리고 주기옥의 사망 소식을 전해 들은 애국충정의 무림인들이 발끈하며 나서야 한다.

인근의 일월련 소속 부령방과 서가보가 일차로 영고채를 쓸어버리고, 육대세가연맹에서 파견된 젊은 무인들이 그 마무리를 해야 한다.

그것이 동창의 영반 태감 왕력과 약속하였던 내용이고 계획도 그렇게 세워놓았다. 그런데 약간의 차질이 생겨 버린 것이다.

남궁병이 장랑에게 분노감을 표출하는 마음은 이해되었다.

제갈담희가 장랑에게 관심을 가지는 부분은 조금 의외였지만 아직은 청춘남녀이다 보니 그럴 수도 있다. 하지만 그것만으로 설명되지 않는 부분이 많다.

남궁병이나 제갈담희는 둘 다 남들이 보았을 때 지나치다싶을 정도로 신중한 성격이었다. 젊기에 아직 혈기가 왕성하다는 말로 그냥 넘겨 버릴 정도로 경솔하게 행동할 아이들이아니었다.

더구나 두 사람 모두는 현재 주기옥이 천화맹의 출맹과 얼마나 깊은 연관이 있고 얼마만큼의 중요도를 가졌는지를 잘 안다.

납치?

계획적이든 우발적이든 결코 있어서는 안 되는 일이다. 납치를 하려면 차라리 죽여 버려야 한다.

경솔한 행동이었다고 치부하고 그냥 넘길 사안이 아니었다. 물론 조금 전 제갈담희가 취오당을 옹호하려는 해명에도 나름대로의 논리와 타당성이 있었다.

그녀 말대로 주기옥을 납치했다가 풀어주면 좋은 명분거리를 만들 수 있다.

황실과 왕부, 그리고 관부 전체가 발칵 뒤집힐 것은 불문가지였기에, 온갖 핑계를 들이대며 소림을 압박하여 궁지에 몰아넣을 가능성이 충분했다.

소림뿐 아니라 구대문파 전체를 상대로 큰 압력을 행사할 수도 있다.

그렇기에 효과는 있다. 하지만 장점보다 단점이 많았고, 안아야 할 위험 부담이 컸다. 그렇더라도 취오당의 무정구귀 가운데 다섯 명이 나섰으면 성공을 해야 하는데 그렇지 못했다.

문책이 따라야 한다. 하지만 그보다 우선인 것은 확실한 뒷단속이 먼저였다.

"안곤상(安坤尙)과 정천계(丁阡桂) 그 두 사람에게 전해라.

당분간 제갈담희를 도와주라고 해라."

"그렇게만 전하면 되겠습니까?"

"……."

남궁창은 조용히 고개만 끄덕였다.

그는 창밖으로 부지런히 달려가는 남궁호의 뒷모습을 바라보았다.

*　　　*　　　*

펙! 펙! 펙!

당전은 극도로 흥분한 상태의 주기옥에게 무차별적인 발길질을 당하고 있었다.

벌써 이각이 넘었다. 그 정도면 무쇠처럼 단단한 신체를 지녔다 한들 견뎌내지 못하고 한두 번쯤은 기절하고도 남아야 했다. 그런데 당전은 꽉 다문 입술 밖으로 작은 신음 소리조차 내보내지 않았다.

장랑은 이쯤에서 주기옥을 말릴까 하였다.

그런데 때마침 제풀에 지쳐 기진맥진한 주기옥이 거친 숨을 몰아쉬며 털썩 주저앉았다.

"독한 놈."

주기옥은 이각 넘도록 당전을 두들겨 팼지만 알아낸 정보는 전무하다시피 하였다.

당전이라는 이름, 억양이 강남 쪽이라는 것, 그리고 청부를 받고 움직였다는 점을 시인한 것뿐이었다.

장랑은 주기옥에게 다가갔다.

"주 공자, 그만하고 돌아갑시다."

"아, 아니, 그냥 갑니까?"

주기옥은 눈을 동그랗게 뜨면서 벌떡 일어섰다.

장랑은 고개를 끄덕였다.

"저자의 눈빛을 보니 가벼운 매질이나 어설픈 고문 따위에 굴복할 위인 같지 않소."

주기옥도 그 말에는 공감을 하였다.

"무림인들은 기본적으로 고문하는 기술을 서너 가지쯤은 알고 있다고 하던데, 장 소협께서 직접 나서보는 것은 어떻소?"

주기옥은 아직 흥분이 가시지 않은 목소리였다.

장랑은 쓴웃음을 보였다. 일반인 사이에 그러한 낭설이 폭넓게 퍼져 있다는 소리를 들은 적 있다.

주기옥도 어디서 주워들은 그런 낭설을 진짜처럼 믿고 있는 모양이었다.

물론 진짜로 고문하는 기술을 가진 무림인도 있을 것이다. 하나 대다수의 무인들이 그렇지 않았다.

무림인들은 일반인에 비해 혈의 정확한 위치나, 잘 알려져 있지 않은 인체에 숨겨진 여러 취약한 부분들을 조금 더 많이 알고 있을 뿐이다.

"저자의 입을 통해 직접 듣지 않는다 해도, 이름과 사용했던 무공, 그리고 지니고 있던 소지품 몇 가지는 충분한 단서가 됩니다. 견문이 넓은 사람이라면 저자의 소속과 의도를 알아내는 것은 어렵지 않으니 일단 돌아가도록 합시다."

"네? 설마?"

주기옥은 믿지 못하겠다는 표정이었다.

장랑도 당전의 입을 통해 배후가 누구이고 사건의 전말을 알고 싶은 생각이 컸다. 고문 정도가 아니라 아예 자근자근 밟고 짓이겨, 뼈도 못 추릴 정도로 만들어서라도 그렇게 하고 싶었다.

하지만 관림당에서 요양하는 동안 많이 반성했던 기억을 떠올리며 스스로를 자제시켰다.

사실 녹림맹주 팽가원을 통하면서 많은 것을 배웠다.

원인이야 어찌 되었던 많은 수하들이 다치고 부상당했음에도 무력을 통한 해결보다는 먼저 대화를 먼저 시도하는 태도는 나쁘지 않았다.

신(神)이 아닌 이상 절대강자는 존재하지 않는 법이다.

힘의 우위에 섰을 경우, 우선 먼저 이해심을 갖추어야 하고 아량을 베풀려는 자세가 있어야 한다.

간단하게 생각해서 영웅(英雄)과 마두(魔頭)의 차이는 바로 그런 것이 아닐까?

그렇다고 당전이라는 인물의 죄를 용서한다거나 덮어두려는 생각은 전혀 없다. 인간은 원래 선한 존재라는 개념을 믿지 않는다.

다만 폭력과 고문을 통해 정보를 얻어내기보다 그에 앞서 합리적으로 판단하고 행동하는 마음이 우선이라는 뜻이다.

강한 자는 언제든지 무력을 쓸 수 있다. 때문에 늘 여유로워야 한다는 것이 관림당에서 얻은 결론이었다. 그런 연후에 무력을 사용해도 늦지 않는다는 생각이었다.

장랑은 혈도가 제압된 당전을 어깨에 걸쳐 메었다.

주기옥은 오라를 지어 개 끌 듯이 끌고 가고 싶어 못마땅한 표정을 짓지만 조금이라도 빨리 왔던 길을 되돌아가려면 그것이 최선이었다.

第六章
불편부당(不偏不黨)

張郎
行路

酒脯此最為賜其福佑
新迎請神真老君演此真妙經竟
善降臨速得正一
　　　　道言廣奉
聖大政元四月佛浴為
日弟子趙孟順敬

　주기옥은 북직예에 한 개, 그리고 남직예에 한 개, 이렇게 두 개의 왕부를 가지고 있었다.

　그뿐 아니라 산서 태원과 하국(夏國)의 수도였던 열하에도 별궁을 소유하고 있었다. 또한 중원각지 이름난 명승지에도 하나씩의 장원을 보유하였는데 그 숫자가 스물여섯 개나 되었다.

　봉토까지 포함한 재산으로 따지자면 주기옥은 중원의 십대갑부가 부럽지 않을 정도로 엄청난 재산을 가지고 있었다.

　용호장은 주기옥이 보유한 스물여섯 개 장원 가운데 하나로 본래 황실의 열후들이 소림사 예불나들이 때 사용할 목적으로 지어진 일종의 관사였다.

주기옥의 모후 현비(賢妃) 오씨가 용호장을 자주 이용하게 되자 선황은 용호장을 오후에게 하사하였고 주기옥이 성혼을 하자 오후가 소유권을 주기옥에게 넘겨주었다.

용호장의 구조는 황궁의 내정의 별궁 형식을 그대로 따랐다.

다른 점은 대문과 중문 사이에 꽤 긴 거리의 큰 빈 공간이 존재하는 점이었다.

대문과 중문 사이의 거리는 어림짐작으로 최소 이십여 장은 넘었는데, 그 커다란 빈 공간에 유일한 건물은 담장을 따라 낮게 지어진 일자형 숙소로 행렬을 따라나선 호위 군사들을 위한 잠자리였다.

혈도가 제압된 당전을 어깨에 메고 정문을 들어서던 장랑은 갑자기 눈앞에 펼쳐진 색다른 광경으로 인해 당혹스러웠다.

정문과 중문 사이의 텅 비었던 공간에 훨훨 타오르는 수십 개의 불기둥이 세워져 있었고, 오와 열이 잘 맞춰진 무장한 병사들이 가득 차 있었다. 어림잡아도 삼백 명은 넘어 보이는 인원이었는데 그들의 태반은 문을 열고 들어서는 낯선 인물 장랑에게 즉각적으로 검과 창을 겨누었다.

장랑은 걸음을 멈추고 의아한 눈빛으로 뒤를 따라 안으로 들어서는 주기옥의 얼굴을 바라보았다.

"어? 이, 이런!"

주기옥 또한 전혀 예상하지 못한 상황에 꽤 당황하는 모습을 보였다.

이때 갑주를 차려입은 장수 한 명이 중문을 열고 밖으로 나서고 있었다. 그는 일렁이는 불빛 사이로 어리둥절한 표정으로 서 있는 주기옥과 장랑을 발견하고는 갑자기 고함을 치면서 달리기 시작했다.

"멈춰! 멈추어라!"

장수 차림의 사내는 고대동이었다. 그는 황망한 표정으로 주기옥 앞에 무릎을 꿇고 머리를 조아렸다.

"왕야, 무사하셨군요. 다행입니다. 정말 다행입니다."

고대동의 목소리는 격동으로 인해 잘게 떨리고 있었다.

"공연히 걱정을 끼쳐 드렸군요."

"걱정이라니요. 아닙니다. 오히려 왕야의 안위를 제대로 보살피지 못한 소신의 불찰입니다."

"고 대인의 잘못은 없습니다."

주기옥은 침착함을 되찾고 있었다.

"소신이 안목이 낮고 불민하여 왕야께 수모를 당하게 하였습니다. 죽을죄를 지었습니다."

"그만 하고 일어서세요."

주기옥의 말투에는 힘이 있었다. 서 있는 모습에는 위엄도 있어 보였다.

장랑은 그 점이 신기했다. 자신과 함께 있을 때의 주기옥은 열두어 살 어린아이 같은 모습을 보이거나 세상 물정 모르는 철없는 부잣집 도련님이었다. 그러나 아랫사람을 다루는 모습을 볼 때면 과연 같은 사람이 맞을까 하는 생각이 들 정도로 다른 모습이었다.

"왕야를 제대로 보필하지 못한 점 죽어 마땅합니다. 소신을 벌하여 주십시오."

고대동은 지나치게 진지한 모습을 보였다.

장랑은 갑자기 터져 나오려는 웃음을 억지로 참아내고 있었다. 머리를 조아리는 고대동의 모습이 우습기도 했지만, 벌을 내려달라는 그 말투가 어딘지 모르게 상투적이라는 느낌이었다. 너무 지나쳐 도리어 거짓으로 반성을 하는 것이 아닐까 하는 생각까지 들었는데 정작 본인은 그런 사실을 모르는 듯했다.

"고 대인, 피곤합니다. 그만 일어서세요."

주기옥의 목소리에 짜증이 섞여 나오자 고대동은 마지못해 일어섰다.

그러다 곁에서 웃고 있는 장랑과 눈이 마주쳤다.

'저 자식이?

고대동은 괜스레 심통이 났다.

다른 사람이라면 그냥 넘어갈 수 있지만 장랑이 공을 세운 것은 왠지 기분이 나빴다. 속 좁게 굴고 싶지 않지만 장랑이 나타난 이후로 일이 잘 풀리지 않았다.

주기옥의 눈에 들어 중앙관계로 복귀하는 데 도움을 얻고자 함인데, 자신이 있어야 할 주기옥의 옆 자리에 장랑이 서 있으니 짜증이 나는 것은 당연지사였다.

자신이 동원한 호위무사들은 모두가 물리쳐지고 그 자리를 진회팔이 차지하는가 하면, 어제 오후에 출발 예정이었던 인근 명승지 순례는 길어진 비무대회 관람으로 인해 중단되고 말았다.

거금을 들여 미리 전세를 내어 준비하였던 청량사(淸凉寺) 앞 객잔과 백사강변(白沙江邊)의 찻집 천일루의 방문은 그렇다고 쳐도, 큰 기대와 함께 따로 준비한 연회는 주기옥이 납치되는 바람에 음식만 잔뜩 만들어놓은 채 무산되고 말았다.

그 모든 것들이 장랑이 등장한 이후 꼬이기 시작한 일이었다.

주기옥이 납치되리라는 생각은 꿈에도 못했다. 하지만 납치되었다면 그 구출에 나설 사람은 당연히 자신이어야 했다.

그런데 수색 준비를 마치고 막 나가려던 찰나에 장랑이 주기옥과 모습을 드러냈으니 두어 시진 동안의 노력, 새벽 시간에 흩어져 자던 병사들을 끌어 모아 수색대를 만들고 주변의 경비를 강화하는 등 동분서주하였던 자신의 노력이 수포로 돌아가니 허무하다는 생각이 들었다.

고대동은 속에서 우러나오지 않지만 주기옥이 곁에서 지켜보고 있으니 겉치레 말이라도 치하의 한마디는 해야 했다.

"장 소협, 고생이 많았소."

"고생은 제가 아니라 여기 주 공자가 했습니다. 참, 이자를 잠시 부탁드립니다. 도망치지 못하게 혈도를 제압해 놓았으니 조사를 시작할 때까지 창고 같은 곳에 가두어두는 것이 좋을 것 같습니다."

장랑은 어깨에 메고 있던 당전을 고대동 앞에 내려놓았다.

고대동은 땅바닥에 길게 가로누운 당전의 모습을 바라보았다.

퉁퉁 부운 얼굴, 주저앉은 콧대, 그리고 전신에 크고 작게 피멍 든 곳도 여럿 되었다.

'한때 도사였다는 놈이 손 한번 매섭구나. 어떻게 사람을 이 지경으로 만들어?

고대동은 눈살을 찌푸렸다. 그는 당전을 만신창이로 만든 인물이 장랑이라고 생각하였다.

"장 소협, 조금 심했소이다."

"……."

"아무리 중죄인이라 할지라도 사사로운 매질은 국법으로 금하고 있습니다. 아무리 화가 많이 나더라도 참았어야 옳았소."

고대동의 목소리에는 장랑에 대한 빈정거림이 섞여 있었다.

"고 대인, 이자에게 이 정도 매질은 절대로 심한 것이 아닙니다. 나는 고작 이런 정도의 상처만으로 국법을 운운하는 고 대인의 착하고 어진 심성이 참으로 부럽습니다."

주기옥은 농담처럼 말했다. 하나 장랑의 짓이라 확신한 고대동은 정색을 하고 있었다.

그는 어떻게 해서든 장랑에게 조그만 흠집이라도 남기고 싶었다.

"왕야, 죄는 미워하되 사람은 미워하지 말라는 말이 있습니다. 제가 보기에는 장 소협이 분명 손을 과하게 썼습니다."

"그런가요?"

주기옥의 얼굴에서 미소가 사라졌다.

"그렇습니다. 만일 왕야께서 관련된 일이 아니고 다른 사람의 사건이었다면 장 소협도 징계를 받아야 할 만큼 심합니다."

"그렇다면 이자를 이 지경이 되도록 만든 사람을 처벌하겠다는 뜻입니까?"

"그건, 원칙이 그렇다는 뜻입니다. 너무 신경 쓰지……."

순간적으로 이상함을 느낀 고대동은 말끝을 흐리고 말았다.

장랑의 표정은 별다른 변화가 없는데 주기옥의 말투는 벌써 차가워져 있었다.

'뭐야? 잘못 짚었나?'

고대동의 이마에서 생땀이 솟아났다.

"고 대인, 한 가지 묻고 싶은 것이 있습니다."

"말, 말씀하십시오."

"나는 분명히 용호장 주변에 머물고 있는 병사들을 돌아가도록 명을 내린 걸로 기억합니다. 내 기억이 잘못되었습니까?"

주기옥은 일체의 미동도 없이 부동자세로 앞만 바라보고 서 있는 삼백 명의 병사들을 가리켰다.

"그, 그것이……."

고대동의 이마에서는 연신 식은땀이 흘러내렸고 전신은 땀으로 푹 절어가고 있었다.

병사들이 출동한 이유를 잘 알면서 지적하여 묻는다면 그건 경고에 해당되었다.

코에 걸면 코걸이, 귀에 걸면 귀걸이인 황실 인물의 습성이 원래 그랬다.

고대동은 별수없이 다시 무릎을 꿇고 부복하고 말았다.

"왕야, 재차 발생될 불미스러운 일을 방지하기 위해서입니다. 부디 소신의 충정을 헤아려 주십시오."

주기옥의 차갑던 얼굴은 조금도 풀어지지 않았다.

"고 대인의 충정은 알았습니다. 하나 번거롭습니다. 나는 진 대인과 그가 이끄는 금의위, 그리고 여기 장 소협이면 충분합니다."

고대동은 깜짝 놀라 고개를 번쩍 치켜들었다.

"왕야, 소신에게도 기회를……."

주기옥은 귀찮다는 듯 손사래를 쳤다.

"고 대인에게 미안한 말이지만, 나는 지금 이 순간 세상 그 누구보다 장 소협을 신뢰하며 믿습니다."

"……."

고대동은 아무런 말도 하지 못했다.

이때 장랑이 나섰다. 장랑의 얼굴에는 고소(苦笑)가 어려 있었다.

"주 공자는 대단한 신분이었군요. 처음부터 내가 나설 필요가 없었습니다."

장랑이 보기에 고대동은 자신의 생각을 굽히지 않았던 것뿐이었다. 생각이 잘못되었으면 지적하면 그만이다. 이런저런 평계로 사람을 괴롭히는 모습은 보기 싫었다.

"장 소협, 오해하지 마십시오. 신분을 속이려 했던 것은 아니고 어찌하다 보니 일이……."

주기옥은 장랑의 말뜻을 이해하지 못하고 엉뚱한 설명을 하려 했다.

그러나 장랑은 조용히 고개를 가로저었다.

"동원된 인원이 상식의 수준을 넘어서기는 합니다. 그러나 돕겠다고 달려온 사람들입니다. 물리치려는 이유를 알 수 없군요."

"나는 많은 사람들 속에 둘러싸인 번거로움을 싫어할 뿐입
니다."

"번거로움이 싫다면 어쩔 수 없는 일이지만 만일을 대비해
경비 인력을 배치한 여기 고 대협의 조치는 나쁘지 않았습니
다."

장랑은 고대동의 조치를 옹호하였다. 물론 장랑은 고대동
을 옹호하려는 의도는 아니었지만 고대동은 그렇게 받아들였
다.

"그래요? 장 소협이 그렇게 생각한다면… 장 소협의 의견
에 따르겠습니다."

주기옥은 잠시 망설이는가 싶더니 이내 수긍하는 모습을
보였다.

고대동은 두 사람의 대화를 듣고 있자니 수그러들었던 은
근한 질투심이 다시 살아나면서도 장랑이라는 존재를 다시
보게 되었다.

'도대체 무슨 일이 있었던 거야?

*   *   *

어느덧 날은 밝아 묘시가 되었다.

밤사이 용호장에 모인 수백 명 가운데 가장 부지런하고 적
극적으로 움직인 사람은 뜻밖에도 호덕현 형제들과 막소미

였다.

특히 열심히 움직였던 인물은 구판기와 동초경이었다.

구판기는 정오품 동지 벼슬의 관리답게 일 처리가 매끈하였다. 고대동과 진회팔이 신경 쓰지 못하는 부분의 일은 거의 다 구판기의 지시에 따라 이루어졌다.

창고를 손질하고 보강하여 당전과 모용문을 감금할 임시 옥(獄)을 만들었고, 그 옆에 별도로 죄인을 심문하는 공간도 마련하여 두었다.

주기옥의 지시에 따라 낙양과 북직예로 보낼 서신과 장계(狀啓)도 작성하여 파발을 띄웠으며, 천성에 맞지 않는다며 뒤로 빼는 조위를 설득해 삼백 명 병사와 어울리며 수발을 들도록 조치하였다. 또한 당전을 심문하는 진회팔 옆에서 심문 내용을 기록하는 서기의 역할도 하였다.

동초경은 장랑의 처방문에 따라 모용문의 치료를 위한 탕약을 준비했으며, 호골산(虎骨酸)과 같은 금창약으로 당전과 모용문의 상처를 치료하였다. 게다가 막소미와 함께 차를 끓여내고 간식을 준비하는 등 무림의 여협답지 않은 모습을 보였다.

아무도 손대려 하지 않아 거적에 덮여 방치되어 있는 황보영의 시신을 세심하게 검시하고 수습한 사람은 호덕현이었다. 작은 문파에 불과하지만 소문주의 위치에 있는 사람이 보일 수 있는 행동은 아니었다.

옆구리의 상처가 터져 출혈이 멈추지 않았던 모용문의 상세는 장랑으로 하여금 신경을 곤두세우게 만들었다.

장랑은 모용문이 깨어나면 꼭 묻고 싶은 내용이 있었다. 그렇기에 장랑은 모용문의 곁을 떠나지 않고 있었다.

옆 전각에 있던 주기옥에게 다녀온 구판기가 돌아왔다.

"장 형, 고생이 많습니다."

"고생은요. 저보다는 구 소협께서 고생이 더 심하지 않습니까."

"아닙니다. 목숨을 노린 적일지라도 혼신의 힘을 다해 치료하는 장 형의 모습이 참 보기 좋습니다."

"……."

구판기는 별생각없이 내뱉은 말에 불과했지만, 장랑은 그 순간 스스로에게 부끄러움을 느꼈다. 모용문을 치료하는 일은 구판기가 생각는 것처럼 순수한 의도만은 아니었다.

사부 명해 도장은 늘 강조하였다.

"의원도 사람이다. 개인적 감정에 쉽게 휘둘리는 나약한 존재지. 그래서 가슴은 뜨거워도 머리는 냉정해야 한다는 말이 가장 적합한 존재가 바로 의원이다. 치료를 함에 있어 적아의 구분은 아무 의미가 없다. 적아를 구분하는 순간 너는 더 이상 의원이 아니다. 사심과 편견을 버려라. 고통으로 신음하는 인간만을 보아라."

귀에 못이 박히도록 듣고 또 들었던 이야기였다. 당시에는 별로 어렵지 않은 일이라 생각했지만, 막상 닥쳐 보니 그렇지 않았다.

사심이 있기에 모용문을 치료하는 것이요, 사심이 있기에 당전을 직접 치료하지 않고 동초경에게 맡긴 것이다.

"장 형, 어디 불편하십니까? 안색이 안 좋아 보입니다."

"구 소협의 말을 듣고 보니 한 가지 반성을 하게 되는군요."

"반성이라니요? 무슨?"

"아무리 몹쓸 죄를 지었다고 해도 생명은 존귀한 것이 아닙니까? 싸울 때는 저도 모르게 손속이 매서워져 버립니다. 고쳐야 한다고 마음을 먹었지만 쉽지가 않습니다."

"참으로 어려운 부분입니다."

"그렇죠."

"인간에게는 누구나 그런 종류의 내재된 폭력성이 존재하는가 봅니다. 저도 간혹 그런 경우를 겪습니다. 처음에는 적당히 혼만 내주려는 생각이었는데, 결과를 놓고 보면 이미 과하게 손을 쓴 이후더군요. 그럴 때마다 꽤나 곤혹스러움을 겪습니다."

"그렇군요. 하지만 저는 얼치기였지만 한때 도사였습니다. 십 년간 수행 아닌 수행을 한 몸으로서 부끄럽기 그지없습니다."

"괜한 자책입니다. 신이 아닌 이상 싸움에 돌입하면 누구
나 예외없이 흥분하게 됩니다. 남송 말엽 대장군 유원(劉源)
이 남긴 천주통기(天柱通記)에 그 답이 자세히 쓰여 있습니
다."

"천주통기? 유원 장군은 얼핏 들어본 기억이 있지만 견문
이 짧은 탓에 천주통기의 존재는 잘 몰랐습니다."

구판기가 빙그레 웃었다.

"그다지 알려진 서책은 아닙니다. 병법, 특히 심리를 이용
한 전술을 깊이있게 다룬 서책입니다. 어려서 읽었지만 최근
에 와서야 천주통기가 손무(孫武) 선생님의 병법서에 결코 뒤
지지 않는 훌륭한 실전적 병서임을 깨닫게 되었습니다."

"손무 선생의 병서와 버금간다면 대단한 서책일 텐데 알려
지지 않았다고 하니 유감이로군요."

장랑과 구판기의 대화는 엉뚱한 곳으로 번져 갔다.

"천주통기는 유원 장군이 십만의 군사로 천주산에서 원(元)
의 대군과 맞서 십팔 년 동안 싸웠던 내용을 꼼꼼히 기록한 병
영일지를 토대로 하여 만든 서책입니다. 서책을 읽다 보면 전
쟁에 임하는 인간들의 다양한 심리 상태가 가감없이 세밀하
게 묘사되어 있음을 발견하게 됩니다. 저는 특히 잠심폭열(潛
心暴悅)편이 제일 기억에 남습니다. 내용은 이렇습니다. 평소
에 양처럼 순하고 조용하며 얌전하던 사람이 생사를 건 일전

을 앞두게 되거나 실제로 싸움에 돌입하게 되는 순간, 갑자기 늑대보다 더 거친 성정을 지닌 사람으로 바뀐답니다. 부연 설명에는 일종의 생존본능 같은 것이라 하는데 아무튼, 그렇게 성정이 거칠게 변한 것, 그것이 뜻밖에 커다란 큰 희열을 느끼게 만든다는 주장입니다."

"생사의 갈림길에 서게 되니 희열을 느낀다는 말이죠?"

"그렇습니다. 긴장감이 극도로 고조되어 절정에 달하는 순간 엄청난 쾌락을 느낀다는 주장입니다."

"얼핏 법가(法家)에서의 주장과 일맥상통한다는 느낌이 드는군요."

"맞습니다. 순자와 한비자의 주장을 적당히 섞어놓은 이론입니다. 얌전하던 사람이 간혹 난폭한 성격으로 바뀐다 해도 그건 자연스러운 현상입니다."

이 말에 비로소 장랑은 얼굴에 미소가 돌아왔다.

구판기 말이 옳고 그름을 떠나 그가 생소한 고전(古典)까지 들먹이며 위로해 주려는 마음 씀씀이에서 큰 고마움을 느낀 것이다.

"감사드립니다. 구 소협 덕분에 조금이나마 마음이 안정되는 느낌이군요. 구 소협, 기회가 닿는다면 그 천주통기라는 책 한번 빌려 읽고 싶습니다."

"말씀만 하십시오. 얼마든지 빌려 드릴 용의가 있습니다."

이야기를 하면서 모용문의 치료를 마친 장랑은 수혈을 지

그시 누른 후에 자리에서 일어섰다.

"참, 심문 결과는 어떻습니까?"

"아! 장 소협의 말씀대로 그자는 정말 독한 인물이더군요. 이름과 나이를 제외하고 지금까지 어떠한 질문에도 입을 열지 않습니다. 아무래도 형구(刑具)를 사용해야 되겠습니다."

"주 공자는 생각이 달라졌는지 이번 사건이 크게 확대되는 것을 바라지 않는 눈치더군요."

"그러기에는 이미 늦은 듯싶습니다. 고 대인의 지시로 등봉에 주둔한 관병과 포리(捕吏)들이 몽땅 용호장에 동원되어 있습니다. 오시쯤이면 낙양부 사람들이 우르르 몰려들 테고, 수일 내로 북직에서도 꽤 많은 인원이 달려올 겁니다."

"그렇군요."

장랑은 구판기의 의견에 동의하여 고개를 끄덕였다.

일국의 황제(皇弟)가 납치될 뻔한 사건이었다. 쉬쉬하며 조용히 넘어갈 문제가 아니었다.

만일 밝혀지는 배후 가운데 조정이나 황실과 연루된 인물이 한 명이라도 나온다면, 그것은 곧 피비린내나는 권력 투쟁으로 발전될 가능성이 높았다.

그렇게 본다면 고대동의 행동은 성급했고, 주기옥이 내린 조치도 신중하지 못하였다.

측근들을 동원하여 좀 더 은밀하고 확실한 내사를 진행시켜야 옳았다. 사건의 공개는 전체적 윤곽과 배후를 밝혀내고 확실한 증거까지 확보한 이후까지 늦춰야 하지 않을까 했다.

*   *   *

남궁창의 은밀한 지시를 받고 길을 나선 장년인과 초로인.

그들은 등봉을 벗어나 낙양 쪽 관도에 발을 들여놓았다. 이야기를 주고받으며 걷는 그들의 표정은 그다지 밝은 편이 아니었다. 관도에 들어선 지 얼마 되지 않아 왼쪽의 초로인이 우뚝 멈춰 섰다.

"형님, 돈이 썩어납니까? 아니, 돈 문제가 아니죠. 이건 뭐 애들 장난도 아니고. 전 반대입니다."

그의 이름은 안곤상. 남궁창이 수년 전부터 은밀히 운용하는 다섯 개의 비조직 가운데 하나인 신응팔령(神鷹八靈)의 여섯째 안곤상이었다.

"말이 심하구나."

다섯째 정천계는 걸음을 멈추지 않았지만 기분은 썩 좋아 보이지 않았다.

"심하지 않습니다. 어디 가십니까? 이야기를 끝내고 가십시오."

정천계는 마지못해 걸음을 멈추었다.

그는 나이가 마흔을 갓 넘겼지만 아직도 십대 소년과 같은 순진함과 우직함을 고스란히 간직한 안곤상을 바라보았다.

타고난 천성은 변하지 않는 법인가.

안곤상은 도무지 사파의 인물, 그 가운데에서도 특히 마도의 인물로는 절대 어울리지 않는 성품을 지녔다. 패도(覇道)를 추구하는 백도무림인으로 딱 적합한 성격이었다.

냉하곡 인근 산촌에서 태어나지 않았다면, 자신의 눈에 뜨이지 않았다면 지금처럼 음지에서 활동하지 않고 대협 소리를 듣는 당당한 무림인이 되었을 것이다.

"형님, 우리가 언제부터 시시한 암계나 쓰는 천박한 무리로 전락했습니까? 냉하곡(冷河谷)에서 온갖 굴욕과 인내로 버티고 있는 형제들에게 부끄럽지 않습니까?"

"천묘야, 나는 오 년 전 냉하곡을 나설 때 이미 혈검당주 일지금마(一指金魔) 반유(潘琉)라는 이름을 버렸고, 너 또한 월락도귀(月落刀鬼) 천묘의 이름을 포기했다. 우리가 왜 그래야만 했지? 원수와 다름없는 남궁창 그자 밑에서 왜 수족 노릇을 하고 있을까? 그토록 어처구니없는 황당한 굴욕을 감수하는 이유가 뭘까? 벌써 잊었느냐?"

정천계가 이름을 잊었다는 말을 들먹이자 안곤상은 움찔하였다.

"잊, 잊을 리가요. 우리 백마천이 화려한 부활과 함께 세상에 나오기 위해 기꺼이 희생하기로 결심한 형님과 형님을 뜻을 본받으려는 저의 충심이……."

"남궁창은 야심이 많은 인물이다. 그자는 십 년 가까이 노

력한 끝에 지금의 세력들을 포섭하는 데 성공했다. 하나 그자
의 세력은 아직도 구대문파와 구대문파를 따르는 모든 전력
의 삼분지 이를 조금 상회하는 수준이다. 즉 천화맹이 발족한
다고 해도 당장은 구대문파와 맞서지 못한다.”

“겨우 그 정도인가요?”

안곤상은 믿지 못하겠다는 표정이었다.

“너는 구대문파의 저력이 어느 정도라고 생각하느냐?”

“그야……”

안곤상은 대답을 하지 못하였다.

“물론 천화맹의 규모는 상당하지. 우리가 노리는 것은 구
대문파와 천화맹의 정면충돌이야. 두 세력이 부닥쳐 둘 다 공
멸하거나, 최소한 각자 가진 전력의 반 이상이 깎여 나가기를
바라는 거야.”

“그거야 저도 잘 알고 있습니다.”

“조만간 출범할 천화맹은 구대문파의 입장에서 보면 경계
의 대상은 될지언정 자신들의 입지를 뒤흔들 정도의 호적수
로 보진 않을 거야. 때문에 우리는 조금 더 천화맹이 힘을 키
우는 데 일조를 해야 하고 천화맹과 구대문파가 정면으로 충
돌하는 시기를 앞당기는 데 노력을 기울여야 하는 거야.”

“압니다. 저도 잘 압니다. 그런 어부지리를 얻고자 함을 잘
알지만 그건 우리 백마천이 추구하는 방식이 아닙니다. 왜 그
렇게 복잡한 방법을 쓰는 겁니까? 그리고 만약에, 천화맹이

힘을 키운 다음 구대문파와 충돌하지 않고 상호 공존하는 방법을 선택하면 그때는 어떻게 됩니까?"

"내가 아는 한 남궁창은 그런 식의 상호 공존하는 방식을 선택하지 않는다. 만약 충돌하지 않는다면 충돌하도록 만들어야지."

"형님."

안곤상이 따지듯 묻자 정천계는 대답을 미루고 잠시 동안 안곤상을 똑바로 쳐다보았다. 인피면구로 가려졌기에 본 얼굴은 아니지만, 너무나 정교하게 만들어진 인피면구인지라 감정의 변화 하나하나를 고스란히 느낄 수 있었다.

"믿지 못하겠다면, 아니, 나의 투쟁 방식이 마음에 들지 않는다면 이대로 냉하곡으로 돌아가라."

"형님."

"너는 지금 천주님께서 정하신 방향에 문제가 있다고 말하고 있다. 아느냐?"

"아닙니다. 그렇지 않습니다. 다만 남궁창의 측근의 위치까지 힘들게 접근했는데 여기서 또다시 신분의 변신을 하다가 들통이라도 난다면 그동안 노력해 왔던 것들이 수포로 돌아갈까 염려되어 그렇습니다."

"으음."

정천계는 안곤상의 고민이 무엇인지 알고 있었다. 하지만 그건 단순한 사고 구조를 가진 사람의 한계였다. 구구하게 설명을 해보았자 입만 아플 뿐이었다.

"복잡하게 생각 말자. 지금까지는 이중의 신분을 가졌지만, 앞으로는 삼중의 신분을 가진다고 생각하면 그뿐이다."

"삼중의 신분이라……. 정말 어렵군요."

"복잡하게 생각 말고 일을 즐기면서 하자."

"말은 쉽지만 그것이 어디 쉽습니까?"

천생 무인의 체질인 안곤상의 입장에서 환관 노릇은 달갑지 않았던 것이다.

"아무튼 남궁창 그자가 황궁, 특히 환관 조직을 확실히 장악한 듯 보이는데……. 딸내미를 팔아 얻은 권력이지만 아무튼 능력은 있는 인물이야."

"……."

안곤상이 계속 뚱한 표정을 지었다.

"정말 환관 노릇을 하기 싫으냐?"

"형님, 올해로 제 나이가 마흔하나입니다. 그런데 서른 살 남짓의 애송이 환관 노릇을 해야 합니다."

"하하하. 이놈아. 나는 올해 쉰이야. 쉰 살 먹은 늙은이가 서른 살 먹은 아이(?)의 역할을 한다. 너는 나보다 나아."

"……."

*　　　*　　　*

주기옥보다 오히려 진회팔의 반대가 더 극심했다.

그렇지만 장랑은 모용문을 넘겨달라는 요구를 철회하지 않았다. 그만큼 장랑에게는 중요한 문제였다.

"장 소협, 상처를 치료하겠다는 설명만으로는 부족합니다. 치료는 이곳에서도 얼마든지 할 수 있습니다. 또한 근동에서 제법 명성을 얻고 있는 의원 세 명을 급하게 초대했습니다. 장 소협의 의술이 미덥지 않아서가 아니라 만일의 사태를 대비한다는 생각이니 양해를 바랍니다."

진회팔은 주기옥의 입장을 고려해 나름의 예의를 갖춘 상태에서 거듭 사양을 했고, 명의까지 초빙하였다고 하니 더 이상 고집을 피우기 어려운 상황이었다. 장랑은 안타까운 심정으로 주기옥과 진회팔을 향해 포권으로 인사를 건넸다.

"알겠습니다. 제가 혼자만의 생각으로 무례를 범했습니다. 그럼 저는 이만."

장랑은 몸을 돌려세웠다.

그런데 장랑 특유의 무표정한 얼굴이 주기옥에게는 화난 표정으로 비추어졌다.

"장 소협!"

주기옥은 급히 장랑을 불러 세웠다. 장랑은 잠시 걸음을 멈추고 고개만 돌려 주기옥을 바라보았다.

"화나셨습니까?"

염려가 섞인 물음이었다.

장랑은 고개를 저었다.

"그럴 리가요. 이곳에서의 저의 역할은 끝이 난 것 같아 이제 산으로 돌아가려는 겁니다."

"하고 싶은 말은 아직 시작도 않았는데 벌써 돌아가면 어떻게 합니다. 섭섭하군요. 그리고 왜 모용문을 이곳이 아닌 다른 장소에서 치료하려는지 이유를 명확히 밝히지 않습니까? 왜 저를 속 좁은 인간으로 만들려고 합니까? 정말 밝히기 곤란한 문제입니까?"

주기옥은 자신의 속마음을 그대로 드러내었다.

"조금 전에도 말씀드렸듯이 지극히 개인적인 문제입니다. 저의 개인적 문제로 주 공자께 심려를 끼쳤다면 그 점은 다시금 사과를 드립니다."

장랑은 모용문의 상처를 치료하다가 예전에 장만덕의 몸에서 보았던 비슷한 모양의 흉터를 발견하였다.

혈도에 관해 모르던 시절에는 그냥 상처거니 하며 넘길 수 있겠지만 지금은 아니었다.

대추혈은 독맥(督脈)의 정중앙에 위치한 혈도로 일반에 잘 알려지지 않은 한 가지 특이한 묘용을 가지고 있었다.

강호잡기총요에 따르면, 대추혈 부근에 큰 상처를 입거나 심한 자극을 받게 되면 갑자기 진기의 흐름이 수배나 빨라진다고 했다. 때문에 내공이 부족하여 독맥의 타통이 어려울 경우, 일부러 대추혈 주변에 상처를 내거나 적당한 자극을 주어진기의 빠른 흐름을 억지 유도하는 경우가 있다고 하였다.

독맥의 타통과 유사한 효과를 내도록 한다는 것이다.

임맥과 독맥이 함께 타통되어 얻어지는 효과에는 절대적으로 못 미치지만 속성으로 쾌검을 배우려는 사람에게는 충분히 매력이 있는 수법이었다.

단점은 대추혈이 손상되기에 향후 독맥 타통 자체가 불가능하게 된다는 점인데 그런 문제에 신경을 쓰지 않는 인물에게는 항상 존재하는 법이다.

알려진 바에 의하면 살수 집단이 단시간에 특급살수를 만들어내기 위해 간혹 사용했다는 기록이 있었다.

시술이 무척 까다롭기 때문에 시술 도중 기혈이 역류하여 폐인이 되거나 목숨을 잃는 경우도 다반사인 위험한 시술법이지만 자질이 평범한 인물이 단기간에 초일류고수가 되기 위해서는 그 정도의 위험은 얼마든지 감수한다는 것이다.

부친 장만덕의 갈매기 날개 형상의 흉터나 모용문의 갈매기 날개 모양의 흉터가 대추혈을 자극하여 기혈의 흐름을 빠르게 하는 시술법의 흔적인지 아닌지 불분명했다. 하나 대추혈을 중심에 두고 각기 두 치 반이나 되는 제법 큰 흉터가 남겨진다는 것은 달리 해석할 여지가 별로 없어 보였다.

그런데 그러한 저간의 속사정을 주기옥이나 진회팔에게 털어놓을 수 없었다. 그저 누구의 방해도 받지 않고 모용문의 갈매기 날개 모양의 흉터를 면밀히 관찰하고 의식이 깨어나

면 아무도 모르게 그와 진지한 대화를 나누고 싶었을 뿐이었
다.

"장 소협, 사과할 필요 없습니다. 생명의 은인이신 장 소협
의 부탁을 들어주지 못하는 내가 오히려 미안할 따름입니
다."

"이르면 오늘 저녁 아니면 내일쯤 다시 한 번 들르도록 하
겠습니다."

장랑은 고개를 돌리고 한 걸음 움직였다.

"자, 잠깐만."

주기옥은 말 그대로 나는 듯이 달려와 장랑의 손목을 덥석
잡았다.

"……."

"장 소협께 긴히 할 말이 있습니다. 잠깐 짬을 내서 그 이
야기만이라도 듣고 가도록 하세요."

"죄송합니다. 주 공자께서 곤란한 처지에 놓인 것을 모르
지 않습니다. 하나 저에게는 반 시진 뒤에 열릴 비검회도 무
척이나 중요합니다. 무정타 원망은 마십시오."

"장 소협, 섭섭하군요."

주기옥은 자신의 감정을 그대로 드러내었다.

장랑은 주기옥이 왜 이토록 자신을 붙잡아두려는지 이해
할 수 없었다. 이야기할 기회는 많았다. 그리고 앞으로도 기
회가 있을 것이다.

하지만 주기옥의 얼굴을 물끄러미 바라보다가 문득 그의 그늘진 얼굴 한쪽에서 묻어나는, 뭐라 표현 못할 슬픔 같은 것을 발견하였다. 딱 꼬집어 말할 수 없지만 굳이 표현하자면 고독에 물들어 홀로 방황하는 그것.

원인과 방식은 다르지만 장랑도 겪어보았던 그런 느낌이었다. 장랑은 동병상련의 아픔 같은 것이 느껴지는 주기옥의 팔을 뿌리칠 수 없었다.

"저에게 꼭 해야 할 말이 있다고 하니… 그럼 저녁나절에 다시 오도록 하겠습니다."

"최대한 빨리 오도록 하세요. 기다리고 있겠습니다."

장랑은 얼굴에 아쉬움이 가득한 주기옥의 배웅을 받으며 용호장을 나와 중악묘로 향하는 발길을 재촉하였다.

*　　　*　　　*

진회팔이 펄쩍 뛰었다.

"저는 반대입니다."

"반대하는 이유가 뭡니까?"

주기옥은 따지듯 물었다. 그건 주기옥의 평소 모습과는 사뭇 달랐다.

지금까지 진회팔의 충고라면 거의 무조건적으로 수용했지만 이번은 아니었다.

진회팔은 당혹스러웠다.

그는 감정을 밖으로 드러내지 않는 것이 습관화된 사람이었지만 이번에는 주기옥을 위해, 또 그 자신을 위해 어느 때보다도 솔직한 생각을 말해야 했다.

"장 소협은 구대문파 가운데 하나인 공동파의 속가제자이고, 나이에 비해 뛰어난 실력을 가지고 있습니다. 그 점은 저도 인정합니다. 왕야께서 수하로 거두거나 벗으로 사귄다고 해도 적극적으로 말리지 않겠습니다. 하지만 그건 안 됩니다. 장 소협은 무공과 의술을 제외하면 특출난 구석은 없습니다."

"진 대인……."

"왕야께서 납치되었던 문제는 일견 간단해 보입니다. 범인 가운데 두 명이 사로잡혀 있으니 금방 종결될 것 같아 보입니다. 하지만 실제로는 아주 중대하고 꽤나 복잡한 상황이 내포되어 있는 사건입니다. 경륜이 일천한, 약관을 겨우 넘긴 백수(白首) 청년이 감당하기 버거운 사건입니다."

"진 대인, 몇 번을 이야기합니까? 나이 따위는 중요하지 않습니다."

주기옥은 진회팔이 들이대는 잣대가 마음에 들지 않았다. 그렇지만 충직한 수하이며 외척이지 않은가? 주기옥은 답답할 노릇이었다.

속이 터지기는 진회팔도 마찬가지였다.

"왕야, 나이가 아니라 경륜을 말하는 겁니다. 장 소협은 종친부(宗親府)나 수십 년 권력 투쟁에서 살아남은 노회한 환관들을 당해낼 재간이 없다고 판단됩니다. 때문에 책임자는 누구에게나 인정되는 고위관료이며, 능력을 갖춘, 그러면서도 공평무사한 인물이어야 합니다."

"그렇다면 진 대인은 이번 사건의 배후에 조정의 유력 인사가 포함되어 있다고 확신하는 겁니까? 때문에 명망 높은 조정중신 가운데 한 사람을 책임자로 내세워야 한다는 뜻입니까?"

"그렇습니다."

진회팔은 단정적으로 말했다.

"잠깐만요. 조정의 유력 인사라고 말했습니까? 그렇다면 형부(刑府)를 통해야만 한다는 말입니까?"

"구태여 형부의 손을 빌 까닭은 없습니다."

이때 주기옥의 머릿속에 스치듯 지나는 무언가가 있었다.

"가만, 도감(都監)? 형인도감은 어떤가요?"

느닷없는 소리였기에 잠시 어리둥절하던 진회팔은 곧 의미를 깨달았다.

"형인도감? 가능합니다. 종친 가운데 친왕과 번왕(藩王)의 신변에 관련된 중대한 이상이 생길 경우 종친부가 주관이 되는 종무형인추정도감(宗務刑人推正都監)을 설치할 수 있습니다. 왕야께서 정말 좋은 생각을 해내셨습니다."

"그런데 아직까지 종무형인추정도감이 설치된 예는 없지 않았습니까?"

"개국 이래 딱 한 번 있었습니다."

"그럼 그것으로 합시다."

주기옥은 들뜬 표정이었으나 진회팔은 신중하였다.

"저는 솔직히 이번 사건의 배후에는 사례감 왕진이 있다는 생각이 듭니다. 왕야께서 듣기에는 거북할는지 모르나, 앉아 있는 황제는 현 황상이요, 서 있는 황제는 왕진이라는 풍문이 나돌고 있습니다. 그런 왕진을 견제하기 적당한 곳은 종친부가 되겠지요. 실권은 없지만 종친부를 등에 업고 종무형인추정도감을 설치한다면 공경대부는 물론 조정의 실권을 장악하고 있는 환관의 무리들도 함부로 설치지 못할 겁니다."

"왕진이라… 으음."

주기옥은 왕진의 이름이 거론되자 불쾌한 감정이 치솟아 미간을 찌푸리고 말았다.

분봉(分封)한 번왕이나, 성년이 되어 별도의 부(府)를 세워 독립하는 친왕의 경우 원칙적으로 무조건 종친부에 소속되어야 한다.

종친부의 발단은 영락제의 둘째 황자 한왕 주고후의 반역에서 출발하는데, 선덕제로 하여금 조카가 숙부를 팽형(烹刑)시키는 패륜적인 사건을 벌이게 만들었다. 이후 황자들의 잘못된 권력욕을 다른 곳으로 발산시키려는 의도로 종친부의 역할을 강화시켰다.

때문에 종친부 소속의 황자들은 황족이 누릴 수 있는 모든 특권을 다 누릴 수 있었다. 하지만 조정대신들과 고위관리 가운데 일부는 종친부의 권력을 이용하려 들거나 심하게 견제하려 하였다. 그 대표적인 인물이 바로 왕진이었다.

"죽일 놈."

"왕야, 왕야의 생각대로 진행하십시오. 왕야께서 직접 황상께 종무형인추정도감의 설치를 주청드리는 것도 좋은 방법입니다. 저희들도 적극 돕도록 하겠습니다."

"생각해 보니 지금 황실에는 왕진의 패거리가 절반을 넘는군요. 왕진에게 한눈이 팔린 황제에게 내가 만나고 싶다는 뜻을 전한다 해도 제대로 전해지겠습니까?"

"그런 것은 심려할 필요가 없습니다. 저희 금의위가 있지 않습니까? 동창의 지휘를 받는 것은 어디까지나 명목일 뿐입니다. 왕야, 며칠 전 제가 이곳으로 출발하기 전에 북진무사 이궐(李闕)을 만났습니다. 그의 조사에 따르면, 백스물여섯 명 태감 가운데 왕진의 독주를 눈꼴시어하거나, 여러 가지 이유로 왕진과 반목하는 태감의 숫자가 오십 명 가까이 됩니다. 특히 병필태감 장중립과 통정태감 원방화 등이 왕진에게 등을 돌리려는 조짐을 보인다고 합니다."

"그럼 우선 병필태감 장중립부터 우리 쪽으로 끌어들어야 하겠군요."

주기옥이 씁쓸한 표정을 지었다.

"잘 생각하셨습니다."

"진 대인, 나는 그래서 황실이 싫습니다. 황실의 혈통인 내가 어찌하여 환관 나부랭이의 눈치를 봐야 합니까? 무엇 때문에 그들 사이에 벌어진 힘 다툼을 지켜봐야 하고, 그들이 던져 주는 자잘한 이권이나 챙기는 가여운 존재가 된 겁니까? 정말 화가 납니다."

주기옥은 오랫동안 참아왔던 분노가 폭발할 것만 같았다.

"왕야, 환관들의 득세는 어제오늘 이야기가 아닙니다. 수천 년을 이어져 내려오면서도 풀리지 않은 어려운 문제입니다. 이런 말씀 드리기 꺼려집니다만, 왕야의 주변도 살펴보십시오. 가장 믿는 충직한 신하 엽진숭만 해도 직전감(直殿監) 아래 있던 환관 출신입니다. 나이도 어린 그가 벌써 종사품 좌소감(左小監)이지 않았습니까? 평생을 환관으로 봉직하고도 정육품 관직도 수여받지 못한 채 세상을 떠나는 환관이 열 명 가운데 아홉 명이 넘습니다."

"……."

"왕부를 이끌고 지탱하는 세 명의 총관 가운데 유소지와 심규난, 그들 두 사람은 어떻습니까? 그들은 신궁감(神宮監) 소속으로 향불이나 피우고 청소나 하던 환관이었습니다. 그들 또한 왕부로 자리를 옮긴 후 종오품의 품계를 얻었습니다. 모시는 분에 따라 득세하거나 실각하는 것은 어찌하지 못하는 일입니다."

"알겠습니다. 그만 하세요."

주기옥으로서는 듣기 거북한 말이었다. 어쩌면 눈치 빠른 진회팔이 지금 선수를 치고 있는지도 몰랐다.

＊　　　＊　　　＊

장랑은 용호장을 나섰다. 오늘의 구비회는 사시(巳時) 무렵 시작된다.

시간 안에 중악묘에 도착하려면 조금 서둘러야 했다.

운마행과 막소미, 그리고 호덕현의 형제들 모두 장랑의 뒤를 따라 움직였다. 그 바람에 하나의 행렬이 되었다.

대문을 벗어나 얼마 걷지 않았다. 삼십여 장가량 걸었을까?

바로 뒤에서 크지 않은 목소리로 누군가 말을 걸어왔다.

"이거 섭섭합니다."

이때까지 별말이 없이 엷은 미소를 지우지 않은 채 시키지도 않은 일을 스스로 찾아 하던 호덕현이었다. 장랑은 걸음을 멈추지 않은 채 고개만 옆으로 돌렸다.

"무슨 뜻으로……?"

"내 기억이 잘못된 걸까요? 나는 장 형의 벗이라 철석같이 믿고 있었는데 장 형은 아닌가 봅니다."

호덕현은 엷은 미소와는 별개로 섭섭함이 담겨진 눈빛이 었다.

"좋은 벗이 맞습니다."

"그런데 왜 그랬습니까?"

장랑은 선뜻 답하지 못하였다. 왜 그랬을까?

부담을 주기 싫었다는 말은 핑계일는지 모른다.

"제가 남 잘되는 꼴을 못 보는 속 좁은 인간이라 그렇습니다."

장랑은 자신이 인격적으로 성숙하지 못함을 시인하는 쪽으로 이야기의 가닥을 잡았다.

"아닙니다. 내가 그동안 겪어본 장 형은 절대 그런 사람이 아닙니다. 솔직한 생각을 말해주시겠습니까?"

"……."

너무도 뜻밖이라 장랑은 자신도 모르게 슬며시 뒤를 돌아보게 되었다.

"저는 원래 주변의 눈길을 별로 의식하지 않는 편입니다."

장랑은 조금 망설여졌지만 솔직하게 말하는 편이 나으리라 생각하였다.

"호 당주님은 비천문의 소문주입니다. 의협심도 좋고 남의 어려움을 그냥 지나치지 않는 모습도 좋습니다. 하지만 너무 깊숙이 개입하면 호 당주님 개인뿐 아니라 비천문에까지 안 좋은 영향이 미치게 됩니다. 제가 강호의 경험이 일천하여 상

황을 제대로 파악하고 있는지 여부는 모르지만 아무튼 제 생
각은 그렇습니다."

"그건……."

"어이, 너희들. 사내자식들이 바싹 붙어 뭐 하냐?"

운마행이 두 사람의 대화를 방해하고 나섰다.

인시(寅時) 경에 얼굴 본 것이 마지막이었는데 초췌한 몰골
의 다른 사람들과 달리 옷도 깔끔하고 표정도 밝았다.

호덕현은 운마행이 다가오자 살짝 미간을 찡그렸다. 그도
그럴 것이 운마행은 호덕현을 볼 때마다 '덩치만 큰 미련한
곰탱이'라고 하거나 '미련탱이'라면서 놀렸다. 호덕현의 평
소 성격으로 보자면 그 정도의 농담은 가볍게 웃어넘길 수 있
으련만, 이상하게도 운마행 앞에서만큼은 주눅이 들어 아무
런 말도 못하고 얼굴만 붉혔다.

"장 형, 운 노선배님은 도저히 감당이 되지 않으니 잠시 후
다시 이야기합시다."

호덕현은 그 한마디를 남긴 채 장랑의 대꾸도 듣지 않고 몸
을 돌려 급히 조위 쪽을 향해 움직여 갔다.

"미련탱이 녀석! 이제 피할 줄도 아는군."

하면서 운마행이 호덕현의 자리를 대신 차지하였다.

"내가 손을 조금 과하게 썼나? 다 제놈 좋으라고 한 짓인
데. 에휴 못난 놈! 참, 너 말야. 솔직하게 부는 게 어때?"

"네? 불다니요?"

“녀석이 갑자기 멍청한 척하네? 너 방금 저 미련탱이와 내욕 안 했어?”

“…….”

“에휴. 그 멍한 표정은 뭐냐? 너도 저 미련탱이처럼 눈치가 없기는 없구나.”

“…….”

“그래, 밥은 제대로 챙겨 먹었냐?”

“입맛이 없어서요.”

“한참 클 나이에 한심하기는. 자, 이거라도 먹어.”

운마행이 슬며시 건네주려 한 것은 벽곡단이었다. 말이 벽곡단이지 어지간한 영약과 비교해 효능 면에서 큰 차이가 없는 대단한 효능을 지닌 물건이었다.

장랑은 사양하고 싶은 마음은 없었다. 하나 손이 얼른 나가지 않았다. 운마행에게 미안한 마음이 들기도 하였고 지켜보는 사람들이 많았다.

그렇다고 염치도 없이 운마행에게 모두에게 한 개씩 나누어 주라고 부탁할 수도 없는 일이었다.

“왜?”

“저만 먹을 수 없지 않습니까? 여유가 되시면 몇 개 더 부탁드려도 되겠습니까?”

장랑은 용기를 내서 부탁을 하였다.

“이놈의 돌머리야! 너 의원이 맞긴 맞아?”

"의원이라고 불릴 만한 수준은 아니지만 가벼운 병증의 처
치는……."

운마행이 눈을 부라리며 소리를 버럭 질렀다. 그 바람에 장
랑은 그만 입을 다물고 말았다.

"몇 번을 이야기해야 알아들어?"

"……."

장랑이 의아한 눈빛을 보내자 운마행이 언성을 낮추고 조
용히 말하였다.

"이 벽곡단은 태음진결을 익히지 않으면 별 효과를 발휘하
지 못해. 일반인에게는 그저 평범한 벽곡단에 불과해. 그렇게
알고 잔말 말고 어서 받아."

장랑은 마지못해 벽곡단 두 개를 받아 들었다.

이때 뒤에서 두 사람이 티격태격하는 모습을 곁눈질로 살
피던 동초경이 막소미와의 대화를 중단하고 부리나케 달려와
운마행 옆에 섰다.

"노선배님, 뭡니까? 저도 하나만 줘보세요."

애교가 섞인 그녀의 말에 운마행은 화난 표정을 풀어버렸
다.

"쳇. 계집들이란……."

"으응. 그냥 벽곡단 같지 않아 보여요. 그러지 말고 저도
하나 주세요."

동초경이 애교 섞인 목소리로 운마행의 팔을 잡고 늘어

졌다.

운마행은 잠시 망설이는 모습을 보였다.

그러나 얼굴은 장난기가 가득한 얼굴이었다.

"좋다. 밤새 고생한 것 같으니 하나만 줘볼까?"

하면서 운마행은 품속에서 벽곡단 한 개를 꺼내 동초경의 손바닥 위에 살짝 올려놓았다.

"감사합니다."

동초경은 여인답지 않게 입을 함지박만 하게 벌리며 눈웃음을 쳤다. 그녀는 망설임없이 벽곡단을 입 안에 털어 넣었다. 그런데.

"까아아악! 에퉤퉤!"

동초경이 화들짝 놀라 비명을 지르며 입속 벽곡단을 마구 뱉어냈다.

잠시 후.

"이, 이게 뭡니까?"

동초경은 자신이 소리를 질렀다는 사실이 부끄러운지 얼굴에 홍조가 어린 상태로 운마행에게 눈을 치켜뜨며 따졌다.

"뭐긴? 벽곡단이지."

운마행은 태연스러웠다.

"무슨 벽곡단이 이렇게 맛이 없어요? 시큼털털하면서도 쓴 맛이 나잖아요."

"맞아. 하수오와 솔잎 가루, 그리고 제채(薺菜:냉이)를 섞어 만든 거야. 물론 제채가 절반 넘게 들어가 맛은 별로지만…
그래도 몸에는 아주 좋아."

"그래요? 맛이 영……."

동초경은 여전히 입 안이 쓰고 텁텁한지 찡그려진 인상을
펴지 못하였다.

장랑은 운마행의 장난기에 두 손을 들고 말았다.

하수오와 솔잎을 주재료로 해서 만드는 벽곡단을 도문에
서는 흔히 자강단(姿康丹)이라 부른다. 하수오는 정력제로 쓰
이기도 하지만 백발을 흑발로 바꾸어줄 정도로 기력을 보강
하는 효능이 탁월하였다.

때문에 나이 많은 도사들은 노화를 방지하고 기력을 충전
시키기 위해 가끔씩 만들어 먹는 벽곡단이었다.

"계집애야, 그래도 그 제채는 향기가 좋기로 소문난 곤륜
산 제채야. 세간에서 흔히 보는 제채와는 근본적으로 질이 달
라. 이놈에게 물어봐. 곤륜산 제채가 얼마나 좋은지."

운마행은 그 말을 남기고 갑자기 쌩하니 움직여 순식간에
저만치 앞서 걸었다. 동초경의 시선은 장랑에게 고정되었
다.

"장 공자, 무슨 말인가요?"

"그게… 알겠지만 대산(大蒜:마늘)은 냄새가 독한 편입니
다. 아마 그 뜻으로."

"뭐, 뭐죠? 자세히 좀 말해봐요."

동초경은 궁금증을 참지 못하는 예닐곱 어린아이처럼 장랑의 팔에 매달려 버렸다. 장랑은 뿌리쳐 보려 했지만 너무 꽉 달라붙어 그도 쉽지 않았다.

"노인들은 대체로 소화 기능이 약한 편입니다. 그래서 벽곡단을 만들 때 건위(健胃)에 도움이 되라고 흔히들 대산을 넣습니다. 그런데 운 노선배님은 구취가 많이 남는 대산 대신에 은은한 향이 오래가는 제채를 썼다는 뜻입니다. 제채는 처음에는 쌉싸름한 맛이 나지만 시간이 지날수록 향기가 은은하게 남아 기분을 좋게 합니다."

"그래요? 그런 것도 있군요. 신기하고 재미있는 이야기로군요."

장랑은 동초경을 뿌리치려 했지만 그녀는 여전히 장랑의 팔을 단단히 붙잡고 놓아주지 않았다.

"장 공자는 아는 것이 참으로 많군요. 잘되었군요. 사실 저는 약초에 관심이 많아요. 이참에 장 공자께 여러 가지를 배우고 싶은데, 괜찮지요?"

"그러니까 그것이……."

동초경은 보통 사람이라면 별로 관심을 기울이지 않는 벽곡단의 제조 과정을 묻는가 하면 종류와 특성까지 일일이 설명하라고 재촉하였다.

장랑은 귀찮기도 했지만 한편으로는 즐거운 마음도 들었다. 벽곡단에 이어 약초에 관한 내용으로 이야기가 옮겨진 까닭이었다.
　두 사람은 중악묘에 이르기까지 다정한 연인처럼 꼭 붙어
걸으며 약초에 대한 이야기를 하였다.

第七章

무산(霧散)

斯迺請神真老君演此真妙經竟

吾降臨遠得正一

道吉廣奉

至大改元四月佛浴為

日弟子趙孟頫敬

장랑은 겨우 시간에 맞추어 공동파의 장막에 도착하였다.

사실 중악묘 입구에는 일각 전에 당도했지만 앞으로 나가기가 용이하지 않았다. 워낙 많은 인파가 몰렸고, 서 있는 간격이 꽤 촘촘하여 비집고 들어갈 만한 공간을 찾기가 어려웠다.

틈을 발견하여 힘들게 조금 전진했나 싶으면 이리 밀리고 저리 떠밀리고 말아 답답하였다. 장랑은 속절없이 밀리고 또 밀려 원래 있던 자리에서 밀려나기 일쑤였는데 조위는 우직해 보이는 모습과 달리 미꾸라지처럼 잘도 파고들었다.

그렇다고 내력을 끌어올린 채 인파 사이를 헤집고 다닐 수 없는 노릇.

이러지도 저러지도 못하는 가운데 몇 차례의 북새통을 겪었다. 그리고 문득 정신을 차려보니 운마행을 비롯한 일행이 어디로 갔는지 보이지도 않았다.

별수없이 소림 승려의 도움을 청하는 수밖에 없었다.

그렇게 어렵사리 장막에 도착한 장랑에게 맨 처음 아는 체를 한 사람은 역시 대사형인 옥평 도장이었다.

"늦었구나."

"오늘은 어제보다 군웅들이 더 많이 몰린 듯합니다. 안으로 들어서기조차 힘이 부칩니다."

"그러게 말이다."

"그런데 아직 시작을 안 했군요."

"사정이 생겼다. 조금 더 기다려 봐야지."

옥평 도장의 답은 어딘지 어색하고 애매한 부분이 있었다. 그러고 보니 공동파 제자들의 표정이 모두 굳어 있었다.

공동파뿐이 아니었다. 바로 옆의 점창파와 그 건너 청성파 제자들의 분위기도 가라앉아 있어 보였다.

"사형, 명우 사백님을 비롯한 여러 사숙들도 보이지가 않습니다. 혹시 무슨 일이라도 생겼습니까?"

장랑은 왠지 모를 불길한 느낌이 들었다.

"으응. 오늘 아침 진시(辰時)가 조금 지난 시간에 소림의 원경 대사께서 상의할 일이 있다고 급히 연락을 해왔다. 우리 공동뿐이 아니다. 이곳에 와보니 다른 문파의 장로급 인물들이 모두 자리를 비웠더구나."

옥평 도장의 얼굴도 편안해 보이지 않았다.

"그렇군요."

장랑은 더 이상 묻지 않았다. 궁금증이 없진 않지만 더 캐물을 분위기가 아니었다.

장랑이 입을 다물고 군웅들에게 시선을 돌리자 이번에는 옥진 도장이 말을 걸어왔다.

"간밤에 잠은 잘 잤느냐?"

"잠이야… 잘 잤습니다."

장랑은 억지로 웃어 보였다.

"사형도 잘 주무셨죠?"

"내 특기가 잠을 잘 자는 거야. 내가 한때는 말이야……."

"옥진."

옥평 도장이 조용한 음성으로 옥진 도장을 불렀다. 실없는 농담을 하지 말라는 의미였다.

"아, 네."

장랑과 옥진 도장은 서로의 얼굴을 바라보며 어색하게 웃어 보였다.

장랑은 구대문파의 수뇌부를 포함한 장로급 인사 모두가 소림에 모여 회의할 만한 일이 무얼까 생각해 봤다. 장랑은 주기옥의 납치 미수 사건을 떠올렸다.

'설마? 아니겠지.'

하지만 금방 고개를 저었다.

주기옥이 친왕이라는 신분이고 납치될 뻔한 위험천만한 일을 당했다고 해도 구대문파의 전 수뇌부와 장로들까지 모인 긴급회의를 열 정도는 아니라고 생각을 했다.

똑같은 시간일지라도 놓여진 상황에 따라 체감 시간이 전혀 다르게 느껴진다.

무언가 한 가지에 열중하게 되면 시간은 금방 지나간다. 반대로, 마음이 내키지 않거나 불안한 심리 상태일 경우 시간은 더디 흐르는 경향이 있다. 그리고 누구나 한두 번쯤은 그런 경험을 한다.

지금 장랑을 비롯한 공동파의 도사들과 각기 배정된 장막에 자리를 차지하고 앉은 구대문파의 인물들의 심정이 딱 그런 식이었다.

사시(巳時)로 예정되었던 구비회의 시작이 이각 이상 지체되자 군웅들 가운데 일부가 짜증 섞인 야유를 하였다.

야유와 욕설은 원래 군중심리를 자극하는 경향이 강하다. 간간이 들려오던 야유가 어느새 비난이 되는가 싶더니 어느덧 듣기 거북한 욕설로 바뀌어갔다. 뒤이어 작은 소동이 일어나고 그 소동은 점점 더 커져 소요로 발전을 한다.

지금 중악묘 일대가 그런 상황에 놓였다.

상황이 급작스럽게 악화되어 가자 소림의 중년 승려 두 명이 군웅들과 비교적 거리가 가까운 비무대에 올랐다.

두 명의 승려는 구비회가 지연되는 사정을 설명하지만 군웅들의 거친 항의로 인해 당황하여 허둥대는 기색이 역력하였다.

"심하군."

옥진 도장이 당황하는 두 명의 소림 승려를 안쓰럽게 바라보았다.

"조금 심하네요."

옥인 도장도 느낌이 비슷한 모양이었다.

"원래 다 그런 거야."

옥진 도장은 고개를 설레설레 저었다.

아무리 배포가 크고 담대한 성품을 가진 인물일지라도 흥분하여 동요하는 수많은 군웅들이 앞에 있다면, 그 앞에서 태연하게 자리를 지키고 있을 수 없는 일이다.

분위기가 너무 가라앉았나 싶었는데 옥진 도장이 다시 또 나섰다.

"이거 이러다가 우리 모두 성난 군웅들에게 몰매를 맞는 거 아닌지 모르겠어."

"그러게 말입니다. 구경하러 왔으면 그냥 구경이나 하면 그만이지 왜 저리 난리를 치는지 모르겠습니다."

옥인 도장이 맞장구를 쳤다.

이를 지켜보던 옥평 도장이 눈을 크게 부릅뜨며 목소리를 높였다.

"무슨 짓들인가?"

옥진 도장은 흠칫하였다. 옥평 도장이 화를 내는 경우는 무척 드문 까닭이었다. 그런데 옥진 도장은 원래 낙천적 성격의 소유자였다.

그는 어색함을 무릅쓰고 빙긋 웃으며 말했다.

"제자들이 긴장하고 있는 것 같아 풀어주려고 그랬습니다."

"아무리 그래도 그렇지. 자네는 할 말과 못할 말도 구분 못하는가?"

옥평 도장은 차갑고 냉정한 일면을 보였다. 사람 좋고 인자하던 평상시의 모습은 눈을 씻고 찾아봐도 볼 수 없었다.

옥진 도장에 의해 조금 풀어지려던 장막 안의 무거운 분위기는 계속 이어졌고 착 가라앉은 기운 속에 긴장감마저 맴돌았다.

장랑은 이런 종류의 딱딱하고 무거운 분위기를 좋아하지 않았다. 이기적인 생각일지 모르나 공동파의 제자들은 늘 화기애애하고 즐거운 분위기였으면 하는 바람이 있었다.

벌떡.

동요하는 군웅들에게 시선을 떼지 않던 장랑이 느닷없이

자리를 박차고 일어섰다. 그의 얼굴은 무언가 결심을 굳힌 듯
한 표정이었다.

"옥인 사형, 지난번에 가리지 못한 승부. 오늘 가리면 어떻
습니까?"

제안은 뜬금없었다.

옥인 도장은 영문을 몰라 어리둥절한 표정으로 장랑을 바
라보았다. 옥인 도장뿐이 아니었다. 이십여 명 공동파 제자들
의 시선이 모두 그랬다.

하지만.

"그래! 그거 좋겠다. 하하하하."

옥진 도장이 환하게 웃으며 말했다.

"사제, 도대체 무슨 소리야?"

그러나 정작 당사자인 옥인 도장은 여전히 의아한 눈빛이
었다.

"오늘은 검 대신 불진(拂塵)을 사용할까 합니다. 불진과 복
마대력수의 조합, 그리고 옥인 사형의 천운검법이 뒤섞여 어
울리면 꽤 그럴듯하게 보일 겁니다."

"응. 맞아. 괜찮은 생각이야."

옥진 도장만이 장랑의 말뜻을 이해하고 기분 좋은 웃음으
로 맞장구쳤다.

"불진과 조합된 복마대력수와 천운검법? 으음, 나쁘지 않
은 생각이야."

조금 늦게 장랑의 말뜻을 알아차린 옥평 도장이다. 그 역시 입가에 미소를 띠며 옥진 도장처럼 한마디 거들었다.

"나는 도무지 무슨 소리인지?"

옥인 도장은 머리를 절레절레 흔들었다.

불진은 문파에 따라 조금씩 다르지만 대개 매끈하게 잘 다듬은 자단목과 백마의 꼬리털인 흰색 말총을 가지런히 붙여 만든다. 불가, 특히 선종 계열의 고승들은 먼지털이로 청빈을 상징하는 불구(佛具)로 사용하거나 권위를 상징하는 데 쓰지만, 도가에서는 법술 시연 시 법력을 높여주는 도구(道具)로 많이 사용하였다.

한 손에 음양검(陰陽劍), 다른 한 손에는 불진.

장랑은 옆구리에 매달린 작은 봇짐을 내려놓고 풀었다.

그 안에는 도덕경과 함께 고이 간직하고 있던 불진이 있었다. 처음 받았을 때는 백설처럼 새하얗던 말총 색이 지금은 누르스름한 기운이 감돌고 있었다.

옥하(玉河).

투박한, 그러나 정성이 가득 담겨 보이는 새끼손톱의 절반 크기에도 못 미치는 작은 크기의 글자 두 개.

장랑은 두 개의 글자로 인해 순간적으로 마음이 짠해졌다. 단단하기가 차돌과 버금간다는 자단목에 그 두 개의 글자를 새겨 넣기 위해 몇 날을 고생했던가?

따지고 보면 십 년 공동산 생활을 증명하는 유일한 물건이 도호가 새겨진 불진이었다.

"흠. 십 년이나 지났는데 아직 쓸 만해 보이는군요."

장랑은 서글픈 마음을 지워 버리려 억지로 미소를 보였다.

"뭐야? 쓸 만한 정도가 아니라 아예 새거잖아."

옥진 도장이 옆에서 괜한 너스레를 떨었다.

"맞아요. 사실 아직까지 제대로 사용해 본 적이 없어요."

장랑이 목검을 두고도 구태여 불진을 사용하려는 이유는 시각적인 효과 때문이었다.

자줏빛과 백색의 조화.

군웅들의 시선을 끌어들이기에 딱 좋았다.

"그럼 장 사제는 불진이 있고… 옥인은? 내 음양검을 쓰도록 하게."

옥진 도장이 붉은색에 가까운 자줏빛 목검을 옥인 도장 앞에 내밀었다.

장랑은 고개를 끄덕이다가 옥인 도장을 바라보았다.

"사형, 가실까요?"

"어, 어딜?"

옥인 도장은 그때까지도 장랑이 무엇을 하려는지 모르고 있었다.

"이 사람이? 언제부터 이렇게 둔해졌어? 저쪽 비무대가 안 보여? 텅 비어 있잖아."

옥진 도장이 고갯짓으로 비무대를 가리켰다.

"아!"

옥인 도장은 그때서야 장랑의 의도를 눈치 챘다.

"사제, 왜 하필 나지? 나를 공개적으로 망신시킬 일 있어?"

"망신이라니요? 절대로 그럴 일은 없습니다. 자, 가시죠."

장랑은 빙긋 웃으며 먼저 비무대를 향해 움직였다.

옥인 도장은 잠시 동안 멍하니 장랑의 뒷꼭지를 바라보았다. 이윽고,

"좋아. 어디 한번 해보지 뭐."

기분 좋은 미소와 함께 장랑의 뒤를 따라 움직였다.

"좋군. 좋아!"

그들 두 사람의 뒷모습을 바라보는 옥평 도장을 비롯한 공동파 제자들의 얼굴에 흐뭇한 미소가 감돌았다. 다른 구대문파의 장막과 달리 공동파의 장막 안에는 따스한 훈기가 감돌았다.

장랑이 비무대에 오르는 이유는 한 가지였다.

시선을 끌어 군웅들의 지금의 혼란스러움을 잠깐 동안이라도 잠재우려는 의도였다. 다만 걱정되는 것은, 군웅들이 보고 싶어하는 무공이 과연 공동파의 무공인가 하는 여부였다.

군웅들은 거칠고 단순하며 패도적 성향이 강한 공동파의 무공보다, 간결하지만 아름답고 멋진 춤사위와 같은 소림과

무당, 그리고 한 폭의 그림을 보는 듯한 화산과 종남파의 검술을 보고 싶어할는지 모른다.

그래서 불진을 선택하였다. 사람들의 시선을 끄는 눈요기용 무공을 펼치는 데 있어 불진만 한 도구는 없다는 판단이었다.

장랑이 아무 거리낌 없이 비무대에 오르자 소림의 승려 두 명은 당황하여 제지하려 했으나, 뒤이어 옥인 도장까지 비무대에 오르자 난처한 표정으로 어쩔 줄 몰라 했다.

장랑은 나이가 조금 더 들어 보이는 중년 승려에게 다가섰다.

"대사님, 개막이 늦어지고 있습니다. 단상의 귀빈들이 모습을 드러낼 때까지 우리 공동파가 잠시 비무대를 사용하도록 하겠습니다."

"시, 시주?"

나이가 더 들어 보이는 중년 승려는 이해할 수 없다는 표정을 지었다. 그러나 또 다른 승려는 눈치가 빠른 편인지 장랑과 옥인 도장의 의도를 금방 알아차리는 듯했다.

"두 분께서는 목적비무를 하실 생각이십니까?"

"목적비무? 소림에서는 그런 식으로 표현하시는군요. 맞습니다."

"좋은 생각이기는 한데……."

중년 승려는 나이가 더 들어 보이는 승려의 얼굴을 바라보았다. 비무대의 사용 여부는 자신들이 결정할 만한 사안이 아니었다. 비무의 주관은 전적으로 나한전주의 소관이었다. 그러나 나한전주는 아직 이곳에 도착하지 않은 상태였다.

"사형, 공동파에게 비무대를 잠시 맡긴다고 해서 손해 볼 일은 없지 않습니까?"

삼십 후반의 중년 승려는 찬성하는 입장을 보였다.

"사제? 무슨 소리야? 이건 우리들이 함부로 결정할 만한 사항이 아니야."

"어차피 비어 있는 비무대입니다. 뭐가 문제입니까? 저는 오히려 공동파의 두 분께 감사를 드리고 싶습니다."

"사제?"

자신의 소관이 아니지만 당장은 어쩔 도리가 없었다.

"흠! 좋네. 자네 의견이 그렇다면 나도 어쩔 수 없지."

두 명의 중년 승려는 합장으로 예를 표한 후 조용히 물러서면서 비무대를 내려갔다.

장랑과 옥인 도장은 마주 섰다.

난데없이 등장한 두 사람으로 인해 군웅들의 시선이 비무대로 모아졌다.

"제가 아랫사람이니 선공은 접니다."

"헛! 이 사람?"

"자, 시작합니다."

장랑은 아무리 시선을 잡아끌기 위한 비무라지만 거짓된

초식으로 눈 가리고 아웅 하고 싶지 않았다. 그건 옥인 도장도 비슷한 것 같았다.

장랑은 양팔을 벌린 후 불진을 쥔 오른손을 하늘을 향해 사선으로 치켜들었다.

옥인 도장은 장랑의 자세를 바라보며 눈을 크게 떴다.

"웅? 공수탈백(空手奪魄)?"

장랑이 선보이려는 초식은 복마대력수의 삼절초(三絶招) 가운데 으뜸인 공수탈백이 분명해 보였다.

"사, 사제, 그 초식은?"

옥인 도장은 당황한 기색을 감추지 못하였다.

장랑은 씨익 웃었다.

"걱정 마십시오. 본파의 절기가 밖으로 새어나갈 일은 절대로 없습니다."

"절대로? 어째서? 저토록 보는 눈이 많은데?"

"두고 보면 압니다. 지금부터 펼치는 초식은 복마대력수이면서 복마대력수가 아닐 수 있으니까요."

일단 비무가 시작되자 장랑의 눈빛은 조금 전과는 사뭇 달라져 깊고 차가운 인상을 풍겼다.

스스스슥!

한순간 장랑의 몸이 미끄러지듯 앞으로 움직여 갔다. 삼 장 거리를 움직였지만 그저 한 발을 내디딘 정도의 느낌이었다.

그렇지만 장랑은 벌써 옥인 도장의 코앞에까지 접근해 있었고 높이 들렸던 불진은 옥인 도장의 목검 쥔 손을 향해 내려쳐지고 있었다.

피—잉—!

단순히 위에서 아래로 내려치는 간단한 동작에 불과했지만 이십여 장 떨어진 곳에서도 똑똑하게 들을 수 있는 날카롭고 큰 파공성이 동반하였다.

"허엇!"

옥인 도장은 헛바람을 켰다. 느린 듯 빠른 불진의 움직임을 가벼이 볼 수 없었다. 옥인 도장은 처음부터 최선을 다해 움직여야 했다.

타타탁!

극성으로 펼친 행운유수의 움직임은 마치 물 찬 제비의 움직임과 별로 다르지 않았다. 경미하게 울려 퍼진 발소리가 아니었다면 땅을 박차고 대붕처럼 뒤로 날아오르는 모습은 흠을 잡을 수 없는 완벽함, 그 자체였다.

"대단하군요."

장랑은 감탄을 아끼지 않았다. 그는 옥인 도장의 그 몸놀림 하나만으로도 옥인 도장이 최선을 다하고 있음을 피부로 느낄 수 있었다.

"이 정도로 감탄하기에는 아직 일러."

바닥에 내려선 옥인 도장은 목검을 가슴께로 세워 들면서 별것 아니라는 식으로 말했다.

장랑은 다시금 옥인 도장에게 달려들어 불진을 휘둘렀다. 그러나 이번에도 옥인 도장은 장랑의 공세를 가볍게 피해 버렸다.

그런데 장랑이 처음부터 너무 서두른 탓일까? 일시적이나마 몸의 균형이 약간 흐트러져 보였다.

옥인 도장은 그 틈을 놓칠 수 없었다. 그는 급히 두 걸음 달려들며 어깨를 슬쩍 비틀면서 장랑의 목덜미와 가슴으로 이어지는 부분을 내리그었다.

스―앗―!

그런데 그 동작은 흔히 말하는 전광석화. 진정한 의미의 전광석화와 같은 동작이었다. 찰나지간 잠깐 보인 장랑의 허점을 교묘히 파고드는 과단성과 그 반응 속도는 너무나 절묘하고 시의적절하였다.

"훌륭해!"

"오오! 대단하다!"

군웅 가운데 상당수가 옥인 도장의 반격을 보면서 감탄과 칭찬을 아끼지 않았으며 순간적으로 옥인 도장의 목검이 장랑의 목덜미를 여지없이 강타하고 그에 따라 장랑이 맥없이 앞으로 꼬꾸라질 것을 믿어 의심치 않았다.

하나 옥인 도장의 공세에 쉽사리 당할 장랑이 아니었다.

따―따악!

불진과 목검이 허공에서 연속 두 번 부닥쳤다. 동시에 그

반발력을 이용한 장랑은 자연스럽게 세 걸음을 뒷걸음쳤다.

방금 전 장랑이 중심을 흐트러뜨린 것은 군웅들의 시선을 잡아끌기 위해 장랑이 일부러 만들어낸 허점이었다.

물러서는 동작도 마찬가지였다. 실전이라면 결코 그렇게 쉽게 물러서지 않는다. 물러서더라도 단번에 물러서지 어정쩡한 자세로 물러설 이유가 없었다.

장랑은 곧바로 불진을 어깨 높이로 쳐들어 허공중에 동그랗고 작은 원의 형태를 만들며 휘저었다.

휘—이—! 휘—이—!

짧은 막대기에 불과한 불진의 끝에서 기묘한 소음이 울려 나왔다. 정확하게 말하면 불진 끝에 매달린 흰색 말총꾸러미에서 장봉(長棒)을 휘두를 때나 나옴직한 바람을 가르는 음향이 울려 나왔다.

"뭐, 뭐야?"

"저건 무슨 소리야?"

군웅들은 신기한 현상에 고개를 갸웃거리면서도 장랑에게서 시선을 놓지 않았다.

불진은 회오리처럼 허공을 맴도는가 싶더니 어느 순간에 벌써 옥인 도장의 목검 끄트머리에 칭칭 감겨 있었다.

핑—!

장랑이 불진을 잡아당기자 난데없이 서로 밀고 당기는 힘겨루기가 시작되었다.

밀고 당기기가 여러 차례.

장랑이 잡자기 손에서 불진을 놓아버렸다.

"엇!"

돌연 힘의 균형이 깨져 버리자 옥인 도장은 한순간에 중심을 잃고 잠깐이나마 주춤하였다. 그 틈이었다. 장랑은 옥인 도장의 품속으로 득달같이 달려들면서 옥인 도장의 가슴을 향해 연속으로 삼권을 내질렀다.

옥인 도장은 절정 초입에 다다른 무인.

장랑과 비교해서 다소 떨어지는 수준이지만 강호 어디를 가던지 귀인 대접을 받을 만한 훌륭한 무공을 지니고 있었다. 옥인 도장이 급히 마주 내지른 장력과 장랑의 주먹이 허공에서 만나 크게 충돌하였다.

팡! 팡! 팡!

장랑은 그 와중에 자신의 불진을 낚아챘고 옆구리를 베어오는 옥인 도장의 목검을 피해 뒤로 훌쩍 물러섰다.

"저 두 사람 비무, 생각보다 재미있는데. 넌 어떠냐?"

"재미는 무슨? 짜고 한다는 느낌이 팍팍 들지 않냐?"

"짜고 한다고? 멍청한 놈. 좋다. 짜고 한다고 치자. 너는 저 정도 수준의 절반이라도 흉내 낼 수 있어?"

"짜식. 괜히 신경질이야. 하지만 서로 동문이잖아."

군웅들은 대개 그런 식으로 두 가지 반응을 보였다.

그러나 중요한 건 장랑과 옥인 도장의 비무가 처음 의도한

대로 군웅들의 시선을 한곳에 집중시키는 역할을 한다는 점
이었다.

＊　　　＊　　　＊

　사십대 초반에서 중반까지의 중년인 십여 명이 나란히 앉
아 있었다.
　"저자들의 놀이가 무척 재미있군요."
　"그러게 말입니다. 이번에 공동파가 단단히 마음먹고 나왔
다고 하던데, 준비는 많이 한 것 같습니다."
　두 사람은 장랑과 옥인 도장의 비무를 흥미롭게 지켜보고
있었다. 그런데 다른 한 사람이 그들의 대화에 끼어들었다.
　"뭐, 대단치는 않지만 눈요깃감은 되겠습니다."
　그는 마지못해 인정한다는 식인데 먼저 이야기를 나누던
두 사람은 썩 달갑지 않은 듯 억지로 고개를 끄덕여 주었다.
그러더니 끼어든 사람을 무시한 채 다시 이야기를 시작하였
다.
　"저 청년의 무공 실력이 상당하군요."
　"그런 것 같습니다. 어제 삼학 도장과의 비무는 정말 볼만
했습니다. 삼학 도장이 내상에서 완전히 회복되지 않은 몸이
라지만, 그래도 그리 호락호락한 인물은 아닌데 말입니다."
　"맞습니다. 참, 그래서 어제 종남파는 난리가 났다고 합

니다."

"왜 아니겠습니까? 아무리 부상 중이라지만 장로 반열에 오른 인물이 공동파의 일개 속가제자에게 완패를 당했으니… 변명거리를 찾기가 쉽지 않을 겁니다."

이야기를 나누는 두 사람은 나란히 앉은 열두 명의 중년인 가운데 오른쪽 끝에서 두 번째와 세 번째 앉은 인물들이었다.

"아! 그리고 보니 양 대협은 과거에 공동파와 조금의 인연을 쌓았던 걸로 기억을 하는데, 요즘도 왕래하십니까?"

끝에서 두 번째 자리에 앉은 사람은 냉량섭선(冷凉摺扇) 황웅원(黃熊源)이고 그와 대화를 주고받는 사람은 낙화여검(洛花麗劍) 양지명(梁智明)이었다.

"지금 비무대에 올라 있는 옥인 도장과 그의 사형 옥진 도장은 젊은 시절 몇 번 어울리며 교류를 나눈 적 있었습니다. 하지만 봉문 이후에는 저들과 연락이 완전히 끊겼습니다. 안면은 있지만 십 년도 더 지났으니 이젠 그들도 내 얼굴을 기억하지 못할 겁니다."

"하긴, 봉문을 선언하고 강호와의 모든 교류를 완전히 끊어버렸으니… 양 대협처럼 정 많고 의리 깊은 분도 기억이 가물가물할 정도라면 공동파가 예전의 위상을 되찾기란 요원한 일이 될는지 모르겠습니다."

"……"

양지명은 그 말에는 가타부타 대답이 없었다.

"양 대협께서 갑자기 입을 다물어 버리니 이 황모 멋쩍습
니다. 하하하하."

남들에 비해 유난히 검은 피부이며 사각턱을 가져 꽤 무서
운 느낌을 주는 중년인 황웅원.

그는 호광 장사(長沙) 북쪽에 근거를 두고 성문 밖 칠십여
리를 실질적으로 지배하는 현소장(玄素莊)의 장주였다.

황웅원은 이십이 년 전 홀연히 강호에 등장하여 한 자루 섭
선을 병기 삼아 활동했는데, 동정호 인근 상음 지방에서 제법
이름이 알려진 수적 장귀채(壯鬼寨)와 시비가 붙은 적이 있었
다. 이때 장귀채의 소두목 여섯 명이 일시에 달려들었는데 그
들을 혼자서 단 일각 만에 박살 냄으로써 강호에 처음으로 이
름을 알린 인물이었다.

황웅원과 이야기를 나누었던 인물 양지명은 하남 땅 대별
산 남쪽 기슭의 당하(唐河) 부근 칠십여 리에서 큰 영향력을
발휘하는 쌍려문(雙麗門)의 문주였다. 그는 열아홉 나이에 출
도하여 오 년 가까이 강호를 유랑하며 협객행을 하며 꽤 높은
협명을 쌓은 후 쌍려문으로 돌아가 가업을 물려받은 사람이
었다.

그들 두 사람은 지금은 강북무림맹과 강남무림맹으로 갈
라져 큰 힘을 발휘하지 못하는 원무림맹 소속이었다.

원무림맹의 원래 이름을 강남북무림맹인데 오 년 전 완전
히 세 갈래로 조각이 난 후, 새로 생긴 강북무림맹과 강남무

림맹, 그리고 강남북무림맹을 구분 짓기 위해 강남북무림맹을 원무림맹으로 부르게 되었다.

원무림맹은 십 년 전부터 조금씩 이탈하기 시작한 소속 문파가 많아져 작금에 와서는 절반가량만 남아 예전의 성세만은 못했다. 그러나 아직까지 소림의 간접적인 지원과 무당파의 직접적인 지원을 받고 있기에 무림 최대의 단체라는 명성은 여전히 이어가고 있었다.

원무림맹은 내부 조직과 외곽 조직으로 나뉘는데, 외곽 조직 가운데 별동대에 해당되는 사표각(四豹閣)이 있었다.

사표각은 동서남북, 이렇게 네 개로 이루어졌는데 황웅원이 남표각주(南豹閣主)였고 양지명은 서표각주(西豹閣主)였다.

황웅원의 좌측에 앉은 염소수염의 사내는 동표각주(東豹閣主) 좌도정(左都定)으로 조금 전 두 사람의 대화에 끼어들었던 인물이고, 양지명의 우측에는 네 명의 표각주 가운데 가장 젊은 북표각주(北豹閣主) 강대운(康大運)이 자리하고 있었다.

좌도정은 회음(淮陰), 강대운은 양주(楊洲)에 근거를 두고 있는데 그들은 그 지역에서 가장 강력한 세력인 백운보(白雲堡)와 풍뢰문(風雷門)을 이끄는 수장이었다.

황웅원 등 네 명의 표각주는 자신들의 문파가 위치한 지역에서는 자타가 공인하는 최고의 실력자였지만 이번 구비회에서는 별도의 정해진 좌석을 배정받지 못하였다. 다만 단상에

서 조금 떨어진 위치에 원무림맹의 인물들에게 주어진 작은
공간에 각주의 신분으로 앉아 있을 뿐이었다.

그건 그들에게 있어 큰 불만 사항이었다.

지역에서는 최고의 권력자로 지부(知府)나 지주(知州) 같은
지방관(地方官)들조차 그들 앞에서 함부로 목소리를 높이지
못하는 바, 구비회에서는 일반 무사들과 별로 다르지 않은 대
접을 받고 있다는 데에서 불만이 컸다.

그렇다고 함부로 불만을 토로할 입장도 못 되었다. 지역에
서 아무리 절대권력자라 해도 구대문파가 차지하는 강호에서
의 위상과는 하늘과 땅의 차이였다.

그리고 그들만 그런 대접을 받는 것도 아니었다. 구대문파,
특히 소림에서 인정하는 인물은 지금 단상에 자리가 마련된
사람들이 전부일 뿐이었다.

특히 실질적으로 인정받는 사람은 원무림맹의 맹주 철혈
검 상호양과 개방의 방주 북두신개(北斗神丐) 도신방 두 명뿐
이었다.

나머지는 구대문파 수뇌부 회의에서 예외적으로 인정된
인물들인데 육대세가의 대표로 참석한 제갈세가의 제갈수천
과 십이무가의 대표 상관결(上官潔), 강북무림맹의 신임맹주
조인동(趙忍冬), 그리고 강남무림맹의 맹주 대행 명기종(明起
種) 등 여섯 명이 추가되었을 뿐이다.

"구대문파, 특히 공동파에서 우리에게 눈요깃감을 제공하

였는데 우리도 그에 버금가는 재미를 선사하면 어떻겠습니까? 먼 길 왔는데 찬밥 신세이니 그 분풀이를 한다고 생각하면 될 것도 같습니다만.”

좌도정은 별일 아니라는 듯 말했다. 하나 이야기를 듣는 황웅원이나 공동과 인연이 있는 양지명 등은 깜짝 놀라고 말았다.

“무슨 뜻입니까?”

좌도정은 피식 웃었다.

“우리는 무림맹의 각주라는 신분 이전에 한 문파를 이끄는 사람들이 아닙니까? 그런데 이 꼴이 뭡니까? 솔직히 체면이 말이 아닙니다.”

“허허, 이런 야단났군. 좌 대협께서 단단히 화가 나신 모양이오.”

황웅원이었다. 그는 좌도정의 불만을 농담처럼 받아쳐 넘기려 했다.

그러나 좌도정은 도리어 정색을 하였다.

“황 대협, 황 대협은 화도 나지 않습니까?”

“글쎄요. 화를 내야 하는지 말아야 하는지. 단상에 앉지 못한 사람들 가운데 워낙 쟁쟁한 인물들이 많아서 그런지 솔직히 판단이 잘 안 섭니다.”

황웅원은 두루뭉술 넘어가려 했다.

좌도정의 시선은 이번엔 강대운에게 돌아갔다.

"강 대협은 어떻습니까?"

"화는 나지 않습니다만 그렇다고 기분이 좋다고 말할 수도 없습니다."

강대운의 대답은 황응원과 별로 다르지 않았다.

예상과 많이 다른 반응이 돌아오자 좌도정은 농담 반 진담 반의 태도를 버리고 심각한 표정이 되었다.

"강호는 힘의 논리로 돌아가는 곳이니 구대문파, 특히 소림의 행태를 성토하거나 깎아내릴 생각은 없습니다. 하지만 형평성이라는 것이 있습니다. 막말로 십이무가와 우리들의 차이가 뭡니까? 어째서 십이무가는 인정을 받고 우리는 인정하지 않습니까? 나는 우리 백운보가 십이무가의 그 어떤 가문과 비교해도 떨어진다고 생각하지 않습니다. 그래서 화가 납니다."

좌도정은 진짜로 화가 난 듯 보였다.

황응원의 표정도 진지해졌다.

"좌 대협, 십이무가의 뒤에는 육대세가가 있습니다. 소문에 의하면 십이무가의 가주들이 이번에 새로이 출발하는 세가연맹에 합류하기로 결정했다고 합니다. 또한 십이무가는 단합이 잘되는 편입니다. 따라서 그들의 저력을 우습게보면 곤란합니다. 그럼에도 불구하고 그들은 육대세가에게 고개를 숙이고 들어갔습니다. 따라서 육대세가에서 십이무가를 지원하는 것은 당연합니다. 즉, 십이무가는 육대세가를 대신하여 단상에 올랐다고 봐야 합니다. 이번에 제갈수천은 육대세가의 대표가 아니라 무림맹의 군사 자격입니다. 참고로 육대세가를 실질적으로 움직이는 인물은 제갈수천이 아니고 남궁창입니다. 그런데 남궁창은 단상 근처에 얼씬도 하지 않고 저쪽 군웅들 속에 묻혀 있습니다. 즉, 남궁창이 자신에게 배정된 자리를 십이무가의 상관결에게 양보했다는 말도 됩니다. 이만하면 수긍이 되십니까?"

황웅원의 장황한 설명이 끝이 났다. 그러나 좌도정은 뜻을 굽히고 물러서지 않았다.

"황 대협의 놀라운 정보력은 간혹 저를 깜짝 놀라게 만드십니다."

"놀라게 할 생각은 아니었습니다."

"사실 나는 이곳에 도착하자마자 결심을 굳혔습니다. 그래서 저의 제자 가운데 한 명을 비무대에 올려볼까 생각 중입니다."

"네? 좌 대협, 그건 너무 무모한 생각……."

황웅원은 깜짝 놀라 다음 말을 잇지 못하였다.

놀란 사람은 황웅원뿐이 아니었다. 양지명과 강대운도 믿을 수 없다는 표정이었다.

좌도정의 생각은 정말로 위험하기 그지없는 발상이었다.

구비회의 비무대는 오로지 구대문파의 제자들에게만 오를 수 있었다.

이유는 두말할 필요도 없이 간단하다. 구비회는 구대문파만의 잔치인 까닭이었다.

자격이 되지 않는 인물이 함부로 비무대에 오른다면 그건 자칫 구대문파의 권위에 도전하는 행위로 해석될 소지가 있었다. 아니, 그럴 가능성이 매우 높았다.

"좌 대협, 그건 좀……. 조금 더 신중하게 생각하십시오."

황웅원은 완곡한 표현으로 좌도정에게 자제를 부탁하였다. 좌도정이 문제를 일으키면 단순히 좌도정 개인적인 문제로만 끝나지 않는다. 하나 좌도정은 막무가내 식이었다.

"아시잖습니까? 노금성이라고. 지난해 무림맹이 주최한 비무대회 가운데 백호기 우승자."

좌도정은 황웅원의 조언을 무시하고 기어코 자신의 제자 이름을 거론하였다.

이때, 그동안 잠자코 듣기만 하던 강대운은 오랜만에 입을 열었다.

"별호가 대력신룡(大力新龍)이었던가요? 무공도 무공이거니와 대단한 완력을 지녀 덩치에 걸맞지 않게 중도(重刀)를 사용한다고 들었습니다. 지난번 무림대회는 바쁜 일이 있어 참석하지 못해 제자 분의 신위를 직접보진 못했습니다."

강대운은 좌도정을 부추기고 있었다.

*　　　*　　　*

장랑과 옥인 도장은 서로 백 초 가까이 주고받았으나 우열은 가려지지 않았다.

승패는 물론 우열을 가리기 위한 비무가 아니기에 당연하였다.

그런데 인간의 심리, 특히 군중심리라는 것은 참으로 묘한 구석을 가지고 있었다.

"공동파는 무공 자랑 그만 하고 이제 내려가라!"

"소림이나 무당도 나와서 무공 시연을 해라!"

"재미없다. 적당히 해라!"

백여 초가 지나자 군웅들은 어느새 야유를 퍼붓고 있었다. 누가 봐도 매력적이고 흥미로운 비무였지만 야유는 계속 이어졌고 강도가 높아졌다.

'까닭이 무엇일까?

장랑은 비무 도중에 그런 생각을 하였다. 그러다 문득 한 가지 결론을 내리기에 이르렀다.

"한 가지의 단점이 아흔아홉 가지의 모든 장점을 가려 버린다."

인간의 본성을 나타내는 항목은 여러 가지이다. 그 가운데 의식주를 제외한 가장 원초적인 본성은 잔인함과 승부 근성이었다. 겉으로 잘 표출되지 않아 부인을 한다고 해도 그건 사실이었다.

잔인함과 승부 근성.

피가 튀고 살점이 날아다니는 처절한 승부 뒤에는 언제나 승자와 패자가 존재하기 마련이다. 장랑과 옥인 도장의 승부는 약간의 재미는 있을지언정 진정으로 사람을 흥분시키는 결정적인 요소인 잔인함과 승부 근성이 빠져 있었다.

두 가지 모두가 있으면 금상첨화이고, 적어도 한 가지 정도는 있어야 하는데 장랑과 옥인 도장 간에 벌어지는 비무에는 사람의 흥을 돋우는 중요 요소가 배제되어 있었다.

하지만 장랑은 만족하였다.

적어도 자신과 옥인 도장이 비무를 하는 동안 흥분하여 날뛰던 일부 군웅들이 잠잠해졌기 때문이다. 그 정도면 비무대에 오른 충분한 보람을 느꼈다.

이심전심일까?

"사제, 언제까지 이 노릇을 해야 하나?"

옥인 도장이 목검으로 장랑의 어깨 부위를 찔러오며 물었다.

장랑은 여유롭게 한 걸음 뒤로 빠지며 어깨를 비틀었다.

"장문인들 사이의 논의가 생각보다 길어지는군요. 피곤하세요?"

"피곤하긴, 이제 겨우 몸 좀 푼 정도인걸. 삼박사일, 아니, 앞으로 칠박팔일 정도는 거뜬하게 버틸 만한 체력은 비축되어 있다네. 날 너무 무시하지 마시게."

옥인 도장은 검을 회수하며 다음 공세를 취할 자세로 돌입하였다.

"무리하지 마세요. 조금 있으면 다른 문파에서도 나설 겁니다."

"그럴까?"

두 사람은 이야기를 주고받으면서도 손과 발은 부지런히 움직이고 있었다.

"아시잖아요. 우리 공동파가 나서자 뒤에서 뭐 씹은 얼굴로 인상을 쓰던 화산과 무당이요. 아마 그들이 가장 먼저 나서려고 할 겁니다."

"그렇지. 아니? 그자들이 아직도 인상을 쓰고 있군 그래. 당장이라도 달려나올 태세로군?"

옥인 도장은 장랑의 불진을 피해 옆으로 몸을 쑤욱 빼냈다. 장랑으로 하여금 화산파의 장막 안에서 초조한 기색으로 서성이는 화산파의 제자들 모습을 정면으로 볼 수 있도록 배려하는 것이다.

"그렇군요."

장랑은 화산파의 장막을 바라보며 씨익 웃었다.

"두어 초식만 더 겨루고 비무대를 내려가도록 하세."

"네, 알겠습니다."

장랑과 옥인 도장이 비무를 멈추려고 생각하는 찰나.

이십대 중반의 사내 하나가 막아서는 소림승의 제지를 무릅쓰고 비무대 쪽으로 움직이려 하였다. 사내는 소림승들의 완강한 제지를 뚫지 못하자 몇 걸음 나서지도 못한 그 자리에서 목청껏 소리를 질렀다.

"강호 동도 여러분! 소생은 백운보의 노금성이라고 합니다!"

사내가 약간의 내공이 실린 목소리로 자신을 소개하자 군웅 가운데 상당수가 즉각 그에게 시선을 돌렸다.

"제가 이렇게 실례를 무릅쓰고 나선 이유는 한 가지 제안을 하고자 해서입니다!"

노금성은 자신만만한 목소리였다. 그는 자신을 알아보고 대력신룡이라는 자신의 별호를 불러주는 주변의 몇몇 군웅들에게 꾸벅 인사를 하였다.

자잘한 박수 소리가 나오고 노금성을 작게나마 연호하는 목소리도 들렸다.

노금성이 다시 소리쳤다.

"이유는 모르겠지만 구비회 둘째 날인 오늘, 시작이 많이 늦어지고 있습니다! 그 때문에 저쪽 비무대 위의 두 분께서 우리들을 위해 참으로 눈물겨운 노력을 하고 계십니다!"

노금성의 말이 끝나기 무섭게 군웅들 사이 여기저기서 웃음들이 터져 나왔다.

"그래서 감히 제가 나섰습니다! 높으신 분들께서 언제 모습을 보이게 되는지 모르지만 그때까지 저쪽 두 분의 수고로

움을 덜어드리고 싶습니다!"

군웅들이 술렁였다.

"저는 소림사에서 허락만 한다면 당장이라도 비무대에 올라갈 생각입니다!"

노금성은 추호의 망설임도 없었고 말투도 시원시원하였다.

짝짝짝짝! 짝짝짝!

급기야 여기저기서 큰 박수가 쏟아져 나왔다.

양지명은 우쭐해하는 노금성을 걱정스런 얼굴로 바라보며 입을 열었다.

"좌 대협, 좌 대협의 제자가 제법 담량이 크군요."

"내 제자라서가 아니라 대단한 놈입니다. 열네 살 늦은 나이에 무공에 입문하여 십이 년 만에 초일류고수 소리를 듣고 있습니다. 내가 왕년에 이룬 성취 속도보다 배 이상 빠른 성취를 보이니 가히 타고난 무재라고 할 수 있습니다."

좌도정은 어깨를 으쓱하였다.

"허허! 좌 대협, 아무리 사부를 뛰어넘을 만한 재능을 가진 제자라지만 과도한 자랑은 소위 말하는 팔불출에 해당됩니다."

황웅원 또한 근심이 가득한 얼굴이었다.

"팔불출이면 어떻고 아니면 어떻습니까? 나는 그런 사소한 문제는 상관하고 싶지 않습니다."

좌도정은 신경 쓰지 않는다는 듯이 말을 했지만, 양지명은 좌도정의 그런 무뇌아적인 사고방식이 마음에 들지 않았다.

"노 소협이 석년 좌 대협의 성취 속도를 뛰어넘는다지만 냉정하게 말해 또래의 구대문파 제자들과 비교해서 특별히 우수하다 볼 수는 없습니다."

"무슨 소리를 하십니까? 무림맹의 백호기는 후기지수들의 치열한 경연장입니다. 어지간한 실력으로는 예선조차 통과 못하는 강호 최고 수준의 무림대회입니다."

"백호기는 황룡기와 더불어 우리 무림맹의 자랑이랄 수 있는 무림대회가 맞습니다. 우후죽순처럼 생겼다 사라지는 이름 없는 무림대회와는 격이 전혀 다르죠. 하나 그렇다고 해서 구대문파의 제자들을 눈 아래로 보는 것은 위험한 발상 같습니다."

"양 대협."

좌도정이 인상을 썼다.

"그런 식으로 말씀하시면 이 좌도정 무척 섭섭합니다. 어제 구대문파 젊은 제자들의 실력을 눈으로 보지 않았습니까? 다른 분들은 어떻게 생각하는지 모르나 특출나다고 생각되는 인물은 눈에 뜨이지 않았습니다."

"……."

양지명은 잠시 입을 닫았다. 그도 어제 비슷한 느낌을 받았다.

구대문파가 대단하다는 점은 인정되지만 어제 본 구대문파 제자들의 수준은 썩 높은 수준은 아니었다.

이런 기회에 무림맹이 아직 죽지 않고 건재하다는 모습을 보이고 싶어하는 좌도정의 심리 상태가 조금은 이해되었다. 하지만 제자를 앞세워 자신의 위신을 세우려는 시도는 결단코 옳지 않았다.

"좌 대협, 한 가지 약조를 해주시오."

"뭡니까?"

"만일 일이 커지게 되면 좌 대협의 독단적 행동이라는 입장을 밝혀주시오."

양지명은 집요한 모습을 보였다.

좌도정이 비웃듯이 양지명을 바라보았다.

"양 대협, 구대문파가 그리도 겁이 납니까? 나는 양 대협이 그리도 소심한 분일 줄 몰랐습니다."

"자자, 그만 합시다. 우리끼리 아옹다옹해 봐야 좋을 것이 없습니다."

황웅원이 험악한 분위기의 중재에 나섰다.

그는 양지명과는 예전부터 각별한 사이였다. 그러나 지금은 심정적으로 좌도정을 응원하고 있었다. 좌도정의 행동이 옳아서가 아니다. 또한 좌도정처럼 구대문파에게 홀대받고 있다는 느낌을 받아서도 아니었다.

근래 몇 년 동안 구대문파 본산제자들이 강호에서 활동한 예가 별로 없었다.

속가제자 일부가 자잘한 사건을 따라 움직였을 뿐이었다. 그래서 황웅원은 구대문파의 본산제자와 무림맹의 신진고수 간의 실전 비무를 보고 싶은 마음이 있어 적극적으로 양지명의 변호에 나서지 않았다.

"방금 맹주님께서 내게 전음을 보내셨습니다. 지금 내용을 알려주겠습니다."

점잖게 앉아 있던 강대운이 느닷없는 말을 하였다.

"맹주님이요?"

"그렇습니다. 저는 들은 말을 그대로 전하는 것뿐이니 오해는 말아주십시오. '좌 각주의 제자 노금성이 불현듯 나선 일은 지극히 유감입니다. 그러나 혹시 문제가 생기게 되면 무림맹의 맹주로서 가만있을 수 없으니 내가 나서서 마무리할 겁니다. 그러니 각주 네 명을 포함하여 건명당(乾明堂), 건양당(建陽堂), 건성당(乾成堂), 건영당(乾榮堂) 등의 당주들과 천장전(天將殿), 지장전(智將殿)의 전주들은 자제를 해주시오. 그리고 이 문제에 대한 자세한 논의는 저녁에 내 처소에서 하겠소' 라고 말씀하셨습니다."

강대운이 맹주 철혈검 상호양의 가장 가까운 측근이라는 사실을 모르는 사람은 없었다.

그러나 무림맹의 핵심 가운데 구비회에 참석한 전원의 이름을 일일이 거론하였다는 행위는 온전한 맹주의 뜻이라고 볼 수 없었다.

그들이 아는 철혈검 상호양은 그런 식으로 명령을 내리지 않았다.

백이면 백, 강대운이 맹주에게 먼저 건의를 하고, 사태가 악화되면 맹주의 개입을 요구한 것이 분명하였다.

'강대운 이자가 무슨 꿍꿍이로?'

좌도정을 비롯한 삼 인과 그 옆에 조금 떨어진 곳에 나란히 앉은 무림맹의 핵심인사들의 생각은 그랬다.

＊　　　＊　　　＊

텅 비다시피 한 단상에서 방금 전까지 철혈검 상호양과 귓속말을 나누고 있던 제갈수천이 몸을 일으켜 세워 앞으로 나아왔다.

제갈수천은 먼저 구대문파의 각 장막을 둘러보았다. 어느 장막 가릴 것 없이 장로급 인물은 한 사람도 보이지 않았다.

'전부 애송이들뿐이로군.'

이러한 때에 자신이 나선다는 것은 체면이 서지 않는 일이다. 하지만 그의 얼굴에는 웃음이 지워지지 않고 있었다.

이번 구비회를 끝으로 무림맹의 군사 노릇을 그만둘 작정이다.

　육세세가의 일원으로서 천화맹의 제이인자인 부맹주 겸 총사로 자리를 옮겨가는 것이다. 사분오열되어 껍데기만 남은 무림맹보다는 향후 무궁무진한 발전이 예상되는 천화맹의 총사 자리가 백번 천 번 매력이 있는 자리였다.

　'이것이 무림맹의 군사로서 마지막 일이로군.'

　현재 눈앞에 펼쳐진 상황은 사소하다면 사소한 것이고, 크게 생각하면 심각한 문제를 야기시킬 수도 있었다.

　"강호동도 여러분, 소생은 제갈수천이라고 합니다."

　그는 좌우로 나뉘어 자리한 구대문파의 장막을 향해 포권으로 각각 인사를 하였고, 군웅들에게도 같은 방식으로 인사를 했다.

　"제가 비록 무림맹의 군사라는 신분이지만 이곳에서는 손님 된 입장입니다. 해서 이렇게 나서게 된 것이 참으로 유감입니다만, 소속 문파를 떠나 먼저 강호에 발을 담근 선배로서 제가 나선 것이니 동도 여러분께서는 넓은 아량으로 이해하여 주시기 바랍니다."

　제갈수천은 서론이 길었다. 그는 텅 비다시피 한 소림을 비롯 무당과 화산, 종남 등을 순서대로 돌아보았다.

　"저쪽의 노금성이라는 청년은 저도 잘 알고 있습니다. 예의 바르고 협의가 있으며 타인의 곤란함을 자신의 일처럼 여겨 결코 그대로 지나치지 못하는 성품을 가진 아름다운 청년입니다. 구비회는 예전부터……."

제갈수천의 장황한 설명이 이어졌다.

그는 구비회가 구대문파만의 비무대회라는 점을 몇 번이나 강조하였다. 구대문파 소속이 아닌 무인이 함부로 나서는 행위가 옳지 않음도 역설하였다.

하지만 그는 많은 군웅들이 구비회의 개막을 기다리며 무척이나 지루해하는 그 심정을 잘 이해한다는 식으로 이야기를 이끌어갔다.

그런 와중에 중간중간 적극적인 노금성의 변호도 잊지 않았다.

제갈수천의 이야기는 논리 정연했고 감정에 호소하는 경향이 짙었다. 그는 화려한 말솜씨로 구대문파 제자들의 이해를 구해냄은 물론, 군웅들의 심정을 대변하는 말도 여러 번 반복하였다.

"설명이 더 길어지면 지루해하실 것 같으니 이쯤에서 끝내도록 하겠습니다. 다시 강조하지만 이건 여흥입니다. 어떤 의미도 부여해서는 안 됩니다."

일각 넘게 이어진 긴 연설을 끝낸 제갈수천이 먼저 소림사 쪽을 바라보았다.

"단순한 여흥거리로 비무대를 잠시 빌린다고 한다면 개인적으로는 반대하지 않습니다. 하지만 오랫동안 이어져 내려온 전통을 저처럼 어리석기 그지없는 일개 승려가 무시할 수는 없습니다."

차기 나한전주의 물망에 올라 있는 광해(廣海)는 소림사를
대표하여 확실한 거부 의사를 밝혔다. 아무리 뜻이 좋고 무림
맹 군사의 신분인 제갈수천까지 나섰다지만 되는 것과 안 되
는 것이 있었다.

원칙대로 하자면 난동(?)을 부린 노금성은 즉시 오라를 지
어 소림 본찰로 압송 후 죄를 물어야 했다. 속마음 또한 그랬
다. 하나 지금 같은 경우 섣불리 행동하다가는 군웅들의 원성
을 살 수 있기에 광해는 참고 있는 것이었다.

스스로 중재자가 되어 나선 제갈수천의 시선이 무당에 멈
추었다.

무당 역시 소림과 비슷한 취지의 말이 있었다.

이윽고 화산, 종남, 아미… 각 문파는 광해와 마찬가지로,
돌려서 말하기는 했지만 차례로 수용불가라는 의사를 밝혔
다.

마지막으로 공동파의 차례가 왔을 때, 별말없이 듣기만 하
던 제갈수천이 입을 열었다.

"공동파도 같은 대답입니까? 그렇다면 군웅들이 무척 실망
할 겁니다. 강호무림의 핵심이라고 할 수 있는 구대문파가 아
닙니까? 그 가운데서도 공동파는 독보적인 존재로 알고 있습
니다. 노 소협이 비록 백호기의 우승자이기는 해도 공동파의
무공에 비하여 가진 무공이 아직 일천합니다. 모든 무림인들
이 경외하는 대상인 공동파에서 저쪽 노 소협을 겁내할 리는

만무하고, 어떻습니까? 공동파의 대답은 무엇입니까?"

제갈수천은 느닷없이 두루뭉술한 말로써 공동파의 제자와 노금성의 비무를 추진시키려 했다. 그건 어떻게 봐도 고의적으로 공동파를 무시하고 깔보는 발언일 수밖에 없었다.

옥평 도장은 피가 거꾸로 솟았다. 당장이라도 단상으로 쫓아 올라가 제갈수천의 멱살을 움켜잡고 패대기치고 싶었다.

그러면서 드는 생각이 공동파의 위상이 이토록 바닥까지 추락해 있다는 사실을 확인하게 되어 또 다른 종류의 화가 치밀어 오르기도 했다.

'저, 저……! 똥물에 튀겨 죽일 놈!'

옥평 도장답지 않게 심한 욕설이 목구멍까지 치솟아올랐다. 하나 장문제자이고 차기 장문인으로 예정된 사람으로서, 가장 윗사람으로서 평상심을 유지하기 위해 속으로 이를 악물었다.

"후우우!"

옥평 도장은 작은 심호흡을 하였다. 그는 양손을 가슴께로 올린 포권으로 제갈수천에게 가볍게 목례를 한 후 입을 열었다.

"제갈 선배님께서 저희 공동파를 높이 평가하고 배려해 주셔서 감사드립니다. 저 역시 저쪽의 노금성이라는 청년이 아름다운 생각을 가진 훌륭한 청년이라고 생각합니다. 하나 앞서 다른 여러 문파에서 언급되었다시피 구비회는 구비회 나름대로 지금까지 지켜온 관례가 있습니다. 지켜져야 할 소중한 관례를 우리 공동파가 함부로 깨뜨릴 수는 없습니다."

제갈수천이 그럴 줄 알았다는 듯 옥평 도장을 향해 썩은 미소를 보였다.

"공동파에서 거부를 하니 정말로 아쉽군요. 하지만 어쩔 수 없는 일입니다. 자, 지루하겠지만 구대문파의 수장 분께서 오실 때까지 조용히 기다리는 수밖에 없습니다. 노 소협, 그대의 뜻은 갸륵하지만 받아들여지지 않는군요. 해서……."

장랑은 제갈수천의 어의없는 행태를 그대로 두고 볼 수 없었고 또 용납하고 싶지도 않았다.

"잠깐만 기다리시오."

그는 제갈수천의 말을 중간에서 자르며 단상 쪽으로 몸의 방향을 틀어 천천히 움직여 갔다.

"뭡니까, 소협?"

제갈수천은 장랑이 자신의 말을 끊고 중간에 끼어드는 것이 몹시도 불쾌한 모양 같았다.

"이유가 뭡니까?"

장랑은 당당히 따져 물었다.

노금성이 비무대에 오르지 못하는 이유는 구대문파가 가진 폐쇄성 때문이지 공동파의 탓은 아니었다. 그런데 제갈수천은 교묘한 말솜씨로 그 잘못을 은근히 공동파 때문인 양 슬며시 떠넘기려 하였다.

그건 도저히 묵과할 수 없는 행위였다.

'저놈이 감히……'

장랑을 바라보는 제갈수천의 얼굴에서 웃음기가 사라졌다.

＊　　　＊　　　＊

황웅원은 좌도정을 향해 고개를 돌렸다.

"일이 재미있게 돌아갑니다."

"하나도 재미있지 않습니다."

"좌 대협?"

좌도정은 화가 치밀어 올라 심기가 몹시 불편하였다.

"도와주려고 나선 제갈 군사가 오히려 일을 꼬이게 만들고 있지 않습니까? 구대문파가 우리를 무시하는 행동에 화는 나지만 그건 어디까지나 나의 조그만 야료일 뿐입니다. 중요한 것은 군웅들에게 우리 무림맹과 백운보가 아직도 건재하다는 사실, 그리고 노금성이라는 존재를 알리는 것입니다. 그런데 제갈 군사 때문에 일이 엉뚱하고 돌아가고 있지 않습니까?"

제갈수천에 의해서 자신의 제자 노금성이 마치 멋모르고 설쳐 대는 어린아이와 같은 취급을 받고 있었다. 그런 모습은 좌도정이 원하고 노금성이 의도했던 바는 절대 아니었다.

그는 노금성이 무림맹 주최의 비무대회에서 당당하게 우

승한 후기지수 가운데 최고의 인재라고 생각하고 있었다.

불과 이십여 년 전만 해도 백호기의 우승자는 당연히 후기지수 가운데 최고 실력자를 가리키는 상징이었다. 백호기를 거머쥐었다는 사실만으로 무림인들 사이에서 그 이름이 오르내렸고 다음 대를 이끌어갈 최고의 청년고수로 인식되곤 하였다.

하나 무림맹이 세 조각으로 나뉘고 난 후 상황은 급격하게 달라졌다.

백호기의 명성은 과거와 같지 않았고, 후기지수의 상징은 커녕 아직도 백호기가 존재하느냐며 묻는 사람까지도 나왔다. 그렇기에 이번을 기회로 삼은 것이다. 싫다는 노금성을 협박하다시피 하여 억지로 비무대에 올려 보내려 했던 그 자신이 우스운 꼴이 되고만 것이다.

'제갈수천, 이놈! 팔은 안으로 굽는다고 하였거늘.'

좌도정은 속으로 이를 갈았다.

그런데 좌도정의 속사정을 알 리 없는 양지명이 이상하다는 표정으로 좌도정을 바라보았다.

"무림맹은 그렇다 치고 백운보의 건재함을 알린다는 생각은 너무 이기적이지 않습니까?"

"절대로 이기적이지 않습니다. 무림맹은 각 문파가 모여서 구성되는 것. 무림맹에 속한 문파의 제자가 강인함을 보이면 그것은 곧 무림맹의 강인함을 보이는 것과 같습니다."

그것은 좌도정의 신념이었고 아직까지 그런 생각에서 벗어나 본 적이 없었다.

양지명은 조용히 고개를 가로저었다.

"그건 조금 억지 같습니다. 세인들은 결코 그렇게 생각하지 않을 겁니다."

"또 시작이로군. 이래서 내가 한시도 한눈을 팔지 못한다니까."

보다 못한 황웅원이 다시 끼어들었다.

네 명의 표각주 가운데 가장 다혈질인 사람은 원래 황웅원이었다. 이때쯤이면 성깔을 부려야 하는데 오늘따라 얌전한 중재인 역할을 하고 있으니 좌도정이나 양지명은 머쓱하였다.

"싸우지 말고 저쪽이나 잘 보시오."

황웅원이 고갯짓으로 가리키는 곳은 멀리 떨어져 장랑과 눈싸움을 하고 있는 제갈수천이었다.

"흥, 제갈 군사가 어린 놈에게 톡톡히 망신을 당하는군."

좌도정은 고소하다는 표정을 감추지 않았다.

"저기 공동파의 젊은 제자가 제갈 군사를 노려보는 눈빛이 보통이 아닙니다. 마치 한번 해볼 테면 해보자는 눈빛이 아닙니까? 저 정도면 망신 정도가 아니라 제갈 군사에게 수치심까지 느끼게 만들 겁니다."

황웅원은 상황을 즐기고 있었다.

그의 말은 맞았다. 누가 봐도 장랑의 눈빛은 도전적이었
다.

*　　　*　　　*

"공동파를 거론한 의도가 뭡니까?"
장랑이 다시 따지듯 물었다.
"의도라니? 자네 지금 무슨 소리를 하는가?"
제갈수천은 엉겁결에 대꾸는 하였다. 그러나 모욕과 수치
심으로 인해 얼굴은 붉게 달아올라 있었다.
'어디서 이토록 무례한 놈이 불쑥…….'
제갈세가의 가주이며 무림맹의 군사, 그리고 곧 출범하는
천화맹의 부맹주 겸 총사 자리에 있는 그였다. 장랑과 같은
또래의 새파란 청년들은 물론 그보다 더 나이가 많은 중장년
의 무림인들조차 그에게 함부로 말을 걸지 못한다.
그렇기에 제갈수천은 스스로 자부심을 느꼈고 강한 자존
심으로 어지간한 상대는 발아래로 보고 있었다.
장랑은 비무대 끄트머리에 서서 오 장 너머 단상 위의 제갈
수천을 똑바로 쳐다보았다.
"의도가 무엇이냐고 물었습니다."
제갈수천은 거듭된 장랑의 질문에 결국 체면도 잊고 인상
을 쓰고 말았다.

"의도고 뭐고 간에, 자네는 예의라는 것도 모르나? 말을 건네기 전에 먼저 상대에게 자신의 이름과 신분 정도는 밝혀야지."

그는 잘못한 어린아이를 닦달하며 꾸짖듯 몰지각한 어른처럼 목소리만 높였다.

하지만 틀린 말이 아니었다. 사소한 꼬투리에 불과했지만 제갈수천의 지적은 장랑으로 하여금 다른 의미에서 뜨끔하게 만들었다.

옥인 도장과 함께 비무대에 오를 때 분명 공동파의 속가제자 장랑이라고 밝혔다. 그러나 제갈수천을 비롯한 단상 위 인물들에게 직접 인사는 하지 않았고 그저 습관적으로 간단한 눈인사로 시선만 마주쳤을 뿐이다.

'교묘하게 면박을 주는군. 저 사람의 사람 대하는 방법 한 가지는 확실히 배웠어.'

장랑은 제갈수천에게 허리를 굽히고 싶은 마음은 추호도 없었다. 하나 자신 때문에 공동파 제자들은 선배에 대해 무례하다는 소리를 듣게 하고 싶지 않았다.

"공동파의 속가제자 무림말학 장랑입니다."

장랑은 자세를 추슬러 포권으로 정중하게 인사를 하였다.

제갈수천은 그러한 장랑을 가소롭다는 표정으로 바라보며 고개를 끄덕였다.

'이놈이 그놈이었군.'

제갈수천은 장랑의 존재를 알고 있었다. 그가 장랑에 대해 아는 내용은 남궁세가와 공동파 사이에 형성된 껄끄러운 알력의 단초를 제공한 아이 정도였다.

"그래, 조금 전 뭘 물었지?"

"치매 걸릴 나이도 아니신 것 같은데 그새 잊으신 모양이군요."

"치─매? 정말 버릇이 없군."

제갈수천은 버럭 화를 냈다. 그러나 곧 침착함을 되찾았다.

"좋아. 내 기억력이 떨어져 잊었다고 치세. 아무튼 자네 같은 사람과 입씨름하고 싶은 생각이 없으니 용건만 간단히 하게."

제갈수천은 겉으로는 냉정을 되찾은 듯 보였지만 실은 속이 편치 않았다. 그는 지금까지 그의 권위에 도전한 사람을 한 번도 용서한 예가 없었다. 하나 주위에 보는 눈이 너무나 많았다.

이런 때에는 주제도 모르고 함부로 날뛰는 망나니지만 무림의 대선배로서 아량을 베푸는 모습을 보여줌으로써 속 좁은 인간이 아니라는 점을 군웅들에게 보여줄 필요도 있었다.

장랑도 생각이 많았다.

몇 마디의 항의 따위로 제갈수천의 입에서 사과의 말이 나오리라는 기대는 처음부터 하지 않았다. 그렇지만 적어도 미안해하는 모습이나 그런 기미는 보일 줄 알았다. 그런데 아예 모르쇠였다. 장랑은 제갈수천은 결코 공개적 사과를 할 사람이 아니라는 최종 판단을 했다.

천인공노할 살인마라 해도 공개적인 장소에서 죄를 따져 물을 때 할 말과 못할 말을 가려서 해야 한다. 설령 패 죽이고 싶은 마음일지라도 말은 가려서 해야 한다. 그렇게 배웠다. 하지만 장랑은 지금 이 순간 마음을 독하게 먹었다.

"질문이 너무 어려워 이해를 못하십니까? 한 가문을 이끄는 수장이며 무림맹의 군사라고 하셨는데, 그 정도로 기억력이 저하되었다면 여러 사람 고생시키지 말고 그만 은거에 들어가는 것은 어떻습니까?"

"뭐, 뭐야? 허억!"

제갈수천은 가슴을 부여잡았다.

휘청!

마치 무방비 상태에서 둔기로 뒷머리를 세게 얻어맞은 느낌이었다. 하늘이 노랗고 숨이 차올랐으며 맥이 빠지고 다리에 힘까지 풀렸다.

그건 단순한 모욕의 수준이 아니었다. 도전이요, 도발이었다.

장랑은 제갈수천이 충격을 받고 그 자리에 주저앉으려는 모습을 바라보았다.

그러나 말을 멈추지 않았다.

“질문의 의미를 잘 파악 못하고, 기억도 나지 않는 모양이
니 한 번 더 상기시켜 드립니다. 무엇 때문에 유독 공동파의
이름을 거론했습니까? 그 까닭과 숨겨진 저의가 무엇입니
까?”

“저, 저, 저…….”

제갈수천은 장랑에게 손가락질을 하며 그 자리에 주저앉
고 말았다.

“군사! 제갈 군사!”

무림맹주 상호양이 자리를 박차고 날아와 충격을 받고 쓰
러지는 제갈수천을 부축해 안았다.

“자네 말이 너무 심하군.”

상호양은 장랑을 노려보았다.

“심하지 않습니다.”

장랑은 고개를 가로저었다.

“뭐라? 심하지 않아?”

장랑과 상호양의 눈싸움이 시작되었다.

무림맹주까지 뛰쳐나오는 상황이 되자 단상과 비무대 주
변은 금방 어수선한 분위기가 되었다. 그러나 가장 혼란스러
운 곳은 공동파의 장막 안이었다. 공동파의 제자들은 한마디
로 비상사태를 맞이한 것이나 다름없었다.

공동파의 도사들은 제갈수천의 하는 꼴이 너무나 얄미워

장랑의 행동이 옳지 않음을 알지만 속으로 장랑을 응원하면서 잠자코 지켜만 봤다.

오히려 속이 시원하여 기분 좋은 표정을 짓는 제자들도 여럿 있었다. 그러나 더 이상의 상황 악화는 곤란하였다.

무림맹주까지 개입하고 그와 충돌한다면 사태는 걷잡을 수 없는 상황에 빠져들고 만다. 장랑 개인의 문제가 아니라 공동파는 물론이요, 구대문파와 무림맹 사이의 갈등으로 번질 위험성이 있었다.

"안 되겠다."

공동파의 도사들 가운데 가장 먼저 움직인 사람은 옥평 도장과 옥진 도장이었다. 그들은 거의 동시에 몸을 날려 장랑 쪽을 향해 달려갔다.

"공동의 제자 옥평이 무림맹주 상호양 대협께 인사드립니다."

옥평 도장은 자신의 몸으로 장랑을 슬며시 가로막으며 상호양에게 포권의 예를 취했다. 옥진 도장 또한 다른 쪽에서 장랑의 몸을 가리며 상호양에게 인사를 건넸다.

장랑을 노려보던 상호양의 시선이 옥평 도장을 향했다.

"자네가 옥평이로군. 흠, 한 이십 년 되었나? 예전에 송진자 선배님을 통해 자네의 이름을 들었네. 만날 때마다 앞날이 기대되는 사손의 이름을 몇 명 거론하며 자랑을 했는데, 그때마다 자네의 이름이 맨 처음 나오더군."

뜻밖에 상호양은 송진자의 이름을 들먹였다.

사부 명공 도장의 이름을 거론해도 어려운 판국에 사조의 이름을 들먹이니 상호양을 대하기가 조심스러울 수밖에 없었다.

"아, 그러셨군요. 빈도 또한 사조님과 사부님으로부터 철혈검 상호양 선배님의 존명을 여러 번 들었습니다. 정말 인자하고 정이 깊은 진정한 정협(正俠)이라 말씀하셨습니다. 진작 찾아뵙고 인사를 드렸어야 하는데 이런 식으로 대면하게 되어 심히 송구스럽습니다."

옥평이나 상호양은 서로의 말속에 담긴 뜻을 금방 알아들었다.

이런 일로 무림맹과 공동파의 사이가 껄끄러워지는 것을 원치 않는다는 말이었다.

"요사이 제갈 군사께서 격무에 시달리다 보니 쉬이 피로를 느끼는 모양이야. 내가 모시고 가서 잠시 휴식을 취하도록 조치를 해야겠네."

"빈도의 사제가 아직 나이가 어려 세상 물정도 모르고 천방지축하였습니다. 저 또한 사제를 데리고 가서 휴식을 취하게 한 후 잘 알아듣도록 따끔하게 타이르도록 하겠습니다."

"그러겠는가? 알았네."

옥평 도장과 상호양은 형식적인 말을 주고받은 후 각자의 자리로 돌아갔다.

제갈수천은 멀리서 달려온 제갈세가 식솔들의 부축을 받
고 단상을 내려갔다.

―네 이놈! 오늘은 보는 눈이 많아 이대로 물러서지만 내
너를 그냥 두지 않을 것이다. 오늘부터 네놈에게 편안한 하루
란 존재하지 않을 것이야. 비명횡사를 하지 않으려면 단단히
각오해 두는 것이 좋을 거야.

비무대를 내려서려는 장랑에게 제갈수천의 전음성이 날아
왔다.

第八章
논의(論議)

張郎
行路

　　구대문파의 수뇌부들이 모습을 보인 때는 오시(午時)가 다 된 시각이었다.

　　그들이 단상 중앙부에 주욱 둘러선 가운데 소림의 원경 대사만이 두어 걸음 앞으로 나와 섰다.

　　두 시진 가까운 격론 끝에 나온 회의.

　　원경 대사는 결과를 발표해야 하는데 차마 입이 떨어지지 않았다. 억지로 입을 열려 해도 심중 깊은 곳에서 수치심과 비애감이 물밀듯이 밀려 나와 뇌리를 가득 채웠다.

　　"휴우!"

　　원경 대사는 들릴 듯 말 듯한 작은 한숨을 내쉬고 말았다.

오늘처럼 누군가 자신의 역할을 대신해 주었으면 하고 간절히 바랐던 적은 없었다. 그만큼 고통스러운 일이었다.

그렇지만 강호무림을 대표하는 구대문파, 그 가운데에서도 소림의 방장이며 이번 구비회를 주관하는 책임자로서의 역할을 해야 한다.

"강호동도 여러분, 빈승은 소림의 방장을 맡고 있는 원경입니다."

한참 동안 뜸을 들이던 원경 대사가 드디어 입을 열었다.

기대 반 우려 반으로 단상에 시선을 고정시킨 구대문파의 제자들과 답답함에 가슴을 치던 수많은 군웅들이 일순 침묵 속에 빠져들었다.

그들은 이어질 원경 대사의 목소리에 귀를 기울이고 있었다.

"올해의 구비회는 부득이한 사정으로 인해 여기까지만 진행하겠습니다. 이 시각 이후로는 모두 비공개로 진행합니다. 불원천리 먼 길을 달려와 주셨는데 이처럼 실망스런 통보를 하게 되어 정말 유감입니다. 아울러… 죄송합니다."

무언가 말을 하려던 원경 대사가 잠시 침묵을 지키는가 싶더니 불쑥 죄송하다는 한마디를 내뱉은 후 입을 닫아버렸다.

모두 어리둥절해하는 사이 원경 대사는 합장 배례를 하였고 뒤로 물러서 열을 이루고 서 있던 구대문파의 장문인들 사이에 숨어버렸다.

"뭐야?"

"뭡니까? 이거?"

원경 대사에게 즉각적인 질문과 비난의 말들이 쏟아졌다.

"아이 썅! 지금 장난치나?"

"이거 지금 막가자는 건데? 뭐야? 왜 우리를 무시하는 거야! 썅!"

야유와 욕설이 난무하는 가운데 돌멩이까지 단상으로 날아들었다.

무엇이 어떻게 돌아가는지, 왜 중단되고 비공개로 하게 되었는지 아무런 설명도 없다. 그저 일방적인 통보였으니 당연한 결과였다.

군웅 가운데 일부 성질 급한 인물들은 단상을 향해 돌진하려는 모습도 보였고 소림의 수백 명 무승들은 그들을 막아내느라 진땀을 흘렸다.

항의는 점점 거세어졌고 소림의 승려들과 몸싸움하는 숫자도 점차 증가하였다.

상황은 점점 걷잡을 수 없는 사태로 발전하고 있었다.

공동파의 장막 안.

공동파의 도사들 모두는 깜짝 놀랐다. 그들의 놀람 역시 군웅들과 전혀 다르지 않았다. 특히 옥진 도장, 옥인 도장, 그리고 옥도 도장 등 옥자 배분 도사들의 반응은 특히 예민했고 격렬하였다.

"사백님, 원경 대사의 말씀은 무엇입니까? 저는 도무지 납득되지 않습니다. 도대체 무슨 일이 벌어진 겁니까?"

옥진 도장 등은 급히 명우 도장에게 달려갔다. 장문인 명공 도장을 제외하고 그가 최고의 어른이었다.

방금 몇 명의 장로들과 함께 돌아와 막 자리를 잡고 앉은 명우 도장은 무심한 눈길로 그들을 바라보았다.

"나는 말재주가 없어 조리있게 설명을 하지 못한다. 그리고 장문인께서 공동파의 대외적 업무에 관련된 실무 책임을 명일에게 맡기셨다. 궁금한 것이 있으면 앞으로는 명일에게 묻거나 듣도록 해라."

명우 도장은 그 말을 남기고 옥진 도장의 눈길을 외면해 버렸다. 명우 도장의 섭섭한 대목이 그대로 느껴졌다.

"사백님."

"명우 사백님."

몇몇 제자들은 민망하여 명우 도장을 불렀으나 명우 도장은 더 이상 입을 열지 않았다.

옥평과 옥진, 그리고 옥도와 옥인 등 옥자 배분 열 명의 도사가 일시에 명일 도장에게 시선을 돌렸다. 옥자 배분뿐만이 아니었다. 사부와 사숙, 그리고 사백들이 흥분하는 모습을 보이자 감히 나서지 못하고 분위기만 살피던 현자 배분 제자들 또한 궁금증을 참지 못해 명일 도장의 얼굴만 바라보고 있었다.

명일 도장 바로 옆에 자리했던 장랑도 여느 공동파의 제자들처럼 명일 도장에게서 시선을 떼지 못하였다.

"사형께서 말씀을 하지 않겠다고 하면… 나라도 해야겠지?"

명일 도장은 참혹한 표정을 짓고 있는 다른 명자 배분 도사들과 달리 담담한 표정이었다.

그는 사형제들과 생각이 달랐다. 아무리 비밀을 지키려 해도 몇 시진 안에 밝혀질 일이었다. 아는 사람이 극히 제한적이라면 모를까? 구대문파 장로급 인물들이 모두 알고 있는 이야기였다. 아무리 보안에 신경을 쓴다고 해도 정보가 밖으로 유출되지 않을 리 없었다.

영원히 비밀로 묻고 가야 할 일이라면 목에 칼이 들어와도 입을 다물어야겠지만 짧으면 삼 일, 길면 열흘 안에 만천하에 공개될 내용 때문에 골치를 썩일 이유가 없었다.

물론 그 기간 역시 중요하다면야 입을 다물고 비밀을 지켜야 한다. 그러나 아니다. 입을 다물고 있음으로 인해 괜한 억측과 오해를 부를 필요가 없다.

묻는 사람은 애를 태워야 하고 답을 해야 하는 입장에서는 괴로움을 느껴야 하는 그런 행위 자체가 어리석은 일이었다.

"조금 후 장문인께서 도착하시면 자세한 설명과 구체적인 일정에 대해 말씀하시겠지만 성격 급한 너희들을 위해 간략

하게나마 설명을 해주겠다."

명일 도장은 둘러선 공동파의 제자들을 한번 쭈욱 둘러본 후 천천히 입을 열었다.

"본 사람도 있을는지 모르겠다만, 어제 저녁 늦은 시간에 말쑥한 무복 차림의 젊은 사내 하나가 장문인을 찾아왔다. 그는 동창 소속의 당두로서 두어 달 전에도 공동산을 찾은 바 있는 인물이다. 그가 가져온 서찰에는……."

명일 도장의 이야기는 짧지도 길지도 않았다. 하지만 담긴 내용은 충격적이고 황당하기 그지없는 것이었다.

[경과]

유월 이십사일. 몽고의 엔센 부족 연합군 오만 명이 네 개의 부대로 나뉘어져 남하하는 것이 확인되었음.

유월 삼십일. 서녕후 송녕 대동병마총독으로 임명하여 오만 군사를 이끌고 산서 대동으로 출발시킴.

칠월 삼일. 어전회의 끝에 친정 날짜를 칠월 십육일로 확정.

[무림군]

각 무림문파는 가진 전력의 오분지 일을 차출하여 친정군에 편입시키며 장북과 위장 방면으로 분산하여 배치시킨다.

구대문파는 별도로 부대를 만드는데 문파별로 일백 명 내외를 차출하여 총인원 천 명의 부대를 만들어 북로원정군에 편입시킨다.

날짜는 칠월 이십일까지, 장소는 산서 대동에 집결하고, 이후 무림군은 태감 곽경(郭敬)의 지휘를 받는다.

전쟁이 터졌다. 늘상 있어왔던 사소한 국지전(局地戰)이 아니라 몽고의 대군과 전면전(全面戰)이 벌어진 것이다. 그 전쟁에 무림인을 동원하라는 황명이 내려졌다.

병부상서 광야의 이름으로 작성되었고 황제의 어인이 찍힌 공문서가 도착했고 구체적인 병력의 규모와 집결지까지 정해져 내려왔다.

하지만 그건 지금까지의 수천 년 동안의 전례를 봐서 도저히 납득이 되지 않는 일이었다.

명일 도장으로부터 정리된 내용을 전해 듣던 공동파의 제자들은 황당한 표정을 감추지 못하였다.

"사숙, 상식적으로 이해가 되지 않습니다. 그리고 아직까지 그러한 전례를 본 적도 들은 적도 없었습니다. 자원하여 의병으로 전투에 참여하는 것이라면 모르지만 이건 아니지 않습니까?"

옥진 도장이 펄쩍 뛰며 말했다.

옥진 도장뿐만 아니다. 명일 도장과 옥평 도장을 제외한 공동파 제자 전원이 모두 옥진 도장과 같은 의견, 같은 표정이었다.

논의(論議) 305

"칠월 이십일이면 이제 열하루 남았습니다. 대동은 이곳 등봉에서 쉬지 않고 꼬박 달려도 일주일이 소요되는 먼 거리입니다. 공동산에서 대동까지 이동하는 데 최소한 이십 일이 소요됩니다. 말이 됩니까?"

"맞습니다. 전쟁이 아이들 장난도 아니고… 강제 징집이라 해도 그렇습니다. 각지에 흩어진 구대문파의 인원을 한자리에 모으고 간단한 군사 훈련이라도 시켜 전장에 투입하려면 최소한 두 달 이상의 기간이 필요합니다. 그런데 어떻게 열흘 만에 그 모든 것을 하라는 것입니까? 전혀 앞뒤가 맞지 않습니다."

의견이 분분했다.

"사실 조정에서 무림인을 주축으로 하는 군대를 만들라는 지시가 내려온 지는 한참 되었다. 아마도 삼 개월에서 육 개월 전이 아닌가 한다. 그러나 각파의 장문인들께서는 지금까지 그런 지시를 무시하고 있었다. 때문에 우리들과는 달리 조정에서는 시간을 충분히 주었다고 판단을 하고 이제 결행하려는 모양이구나."

"……."

명일 도장의 설명으로 인해 공동파의 제자들은 할 말을 잊어버렸다.

"이건 아닙니다. 우리가 왜 주씨 나라의 전쟁에 동원되어야 합니까? 강제로 동원된 전례가 없으니 이를 근거로 출전을 거부해야 합니다."

옥진 도장이 분을 이기지 못하고 불가함을 피력하였다.

"전례가 없다는 말에는 동의할 수가 없구나. 과거 무림인들이 전쟁에 참여하였던 예는 찾으려면 얼마든지 찾을 수 있다. 찾는 정도가 아니라 거의 모든 전쟁에는 빠지지 않고 나섰다고 봐야 옳겠지."

"사숙, 그것과 지금의 상황은 다릅니다. 강제로 동원되는 것과 자발적인 참여와는 구분이 되어야 합니다. 그 차이는 하늘과 땅의 간격보다 큽니다."

명일 도장이 가볍게 고개를 끄덕였다.

"안다. 그러나 나는 출전하는 것도 그리 나쁘지 않다고 본다."

"사숙? 사숙께서는 화도 나지 않습니까? 사형, 사형도 뭐라고 말을 해보십시오."

옥인 도장이다. 그는 우두커니 서 있는 옥평 도장이 나서기를 바랐다.

"나는… 명일 사숙님과 비슷한 생각이다. 도망칠 구실을 찾기보다는 이런 것을 기회로 삼아야 한다고 생각한다."

"사형? 지금 무슨 소리를 하고 계십니까? 이건 우리 공동파 제자 백 명의 목숨이 달린 중대한 문제입니다."

"나도 안다."

옥평 도장의 대꾸는 짤막했다.

"알면서 왜 이러십니까?"

"그 대답은 내가 하도록 하마."

명일 도장이 두 사람의 대화에 끼어들었다.

"방금 언급했듯이 우리에게만 유별난 요구를 하진 않았다. 구대문파는 물론이고 원무림맹과 강북무림맹, 그리고 강남무련에 소속된 문파에게도 비슷한 요구가 있었던 걸로 안다. 그런데 우리 구대문파를 제외한 나머지 문파에서는 벌써 한 달 전에 조정의 요구에 따르기로 결정을 했고 그 준비도 끝이 난 상태다. 우리 구대문파는 그동안 빠져나갈 구멍을 찾느라 차일피일 미루다 이런 상황에 봉착한 것뿐이다."

"으음……."

"보충을 하자면, 조정에서는 처음에 세 가지를 요구해 왔다. 세 가지 모두 받아들이기 곤란한 요구였지. 그런데 최종적으로 그 세 가지 요구 가운데 두 가지는 철회되고 한 가지만 남았다. 즉, 병력만 보내라는 요구로 바뀌었다는 것이다. 거부하기 곤란한 상황이 되어버린 거야."

명일 도장은 잠시 말을 멈추고 자신을 둘러싼 제자들을 바라보았다.

"소림, 무당, 화산 등등의 구대문파가 이번 전쟁에 참여한다고 해도 애국심을 고취시키는 효과 이외에 별다른 소득을 얻지 못할 것이다. 그런데 우리는 그들과 입장이 조금 다르다는 점을 알아야 한다."

"뭐가 다르다는 말씀이십니까?"

옥인 도장의 질문에 명일 도장은 잠시 회한에 잠긴 표정을 지었다.

"십 년 전, 우리는 스스로 부족함을 느껴 봉문을 결정하였다. 그런데 봉문과 동시에 남궁세가의 도전을 받았다. 우리가 구대문파 가운데 약한 축에 끼기는 해도 일개 무림세가에게 업신여김을 당할 정도는 아니다. 그런데 실제로 그런 일이 벌어졌지. 그건 정말로 참혹하고 치욕스러운 일이었다. 하지만 우리는 그것으로 인해 당시 우리 공동파의 위상과 현실을 깨닫게 되었다. 즉, 땅바닥까지 곤두박질쳐진 공동파의 위상 말이다."

"……."

당시를 기억하는 옥인 도장을 비롯한 옥자 배분의 도사들은 아무런 말도 못하고 침울한 표정으로 조용히 고개를 숙였다.

"화무십일홍이니 권불십년이니 하는 속언을 예로 들진 않겠다. 중요한 것은 세상의 모든 만물의 이치가 흥망성쇠의 원칙을 따른다는 것이다. 우리는 쇠(衰)의 기운을 제대로 읽었고 조용히 십 년 동안 준비를 하였다. 그리고 십 년 후 다시 세상 밖으로 나왔다. 그런데 세상은 십 년 전과는 많이 달라져 있었다."

"뭐가 달라졌다는 겁니까?"

"간단히 말하면 예전의 정사(正邪) 대립은 사라졌고, 협의를 표방하던 무림맹은 세 조각으로 갈라졌다. 알다시피 무림은 끝없는 투쟁의 역사다. 즉, 협의를 표방하는 세 개의 무림맹이 조만간 격돌을 할 것이다. 아니면 제삼의 세력이 나와 투쟁의 역사를 이끌어갈지도 모르지. 하나 지금 당장은 우리가 할 일이 없다. 정체(停滯)가 되면 뒤처지거나 퇴보를 한다. 뒤처지거나 퇴보하기 싫으면 우리도 투쟁의 역사의 한 자락을 차지해야 한다. 그런데 어느 쪽을 선택하여 투쟁을 해야 하는지 당장은 판단이 안 선다. 그래서 나는 정체성(正體性)을 확보하기 위해 전쟁에 참여하는 것도 나쁘지 않다고 생각한다."

"사숙, 그건 너무 원론적인 생각입니다. 때가 될 때까지 조용히 기다리는 것도 좋은 방법입니다."

"틀린 말은 아니다. 그런데 너는 우리의 당면 과제가 무엇인지 잊고 있구나. 우리의 당면 과제는 공동파의 위상을 되찾는 것이다. 말로 떠들거나 조용히 침묵하고 있으면 위상이 절대로 높아지진 않는다. 강호의 평가라는 것은 냉정한 것이다. 혹시 공동파의 전 문도들이 발바닥에 땀이 나도록 뛰어다녀야 한다고 생각하는 사람도 있을지 모른다. 하지만 그것만으로 과거 우리들이 가졌던 위상을 다시 되찾을 수 있을까? 뛴다면 얼마나 많이 뛰어야 할까? 나는 그런 소극적 방법으로는 효과가 없다고 본다."

"……."

"꾸준하게 활동하는 문파들은 일반적으로 높게 평가받는다. 하지만 전제가 있다. 압도적인 무력, 아니면 함부로 넘볼 수 없는 힘. 이런 것들이 있어야 한다. 그런 것이 없다면 아무리 열심히 뛰어다녀도 좋은 평가를 받기 힘이 들어. 때문에 힘을 보여줄 무언가 계기가 필요하다. 그런 의미에서 이번 정벌 참여는 하나의 계기가 된다고 생각하는 것이지."

고개를 숙인 채 잠자코 듣기만 하던 공동의 도사들 가운데 옥도 도장이 번쩍 고개를 쳐들었다.

"사숙님의 말씀에는 공감을 합니다. 하지만 간과해서 안 되는 일이 있습니다. 공동파는 세속의 명예를 좇는 속인들의 집단이 아닙니다. 늘 몸과 마음을 정결히 해야 할 도사입니다. 강호의 평가는 그냥 강호의 평가일 뿐입니다. 위상 또한 그냥 위상일 뿐입니다. 우리가 힘들게 무공을 수련하는 이유는 공동파의 위상을 높이려는 것이 아닙니다. 도를 닦는 하나의 방편으로 선택한 것입니다. 우리가 원하는 것은 강호에서 높은 지위가 아닙니다. 세상에서 우리를 어떻게 보아주는 것에 신경을 쓸 것이 아니라 차라리 우리가……."

옥도 도장은 평소 자신 생각을 여과없이 그대로 말하였다.

"사제의 말은 맞다. 그러나 나는 달리 생각한다. 수련이란……."

"속세의 일에 너무 얽매이면 그릇이 작아지는 법이야. 뭐든 대범하게……."

옥진 도장과 옥인 도장이 옥도 도장의 뒤를 이어 자신의 생각을 열심히 설명하였다.

"이제 그만 하는 것이 어떻습니까? 지금 중요한 것은 이것이 아니지 않습니까?"

장랑은 도저히 견딜 수 없어 한마디 하고 나섰다.

갑자기 도론회가 되어버린 듯한 느낌을 받았다. 이야기가 핵심을 벗어나 다른 방향으로 흐르고 있었다.

사숙이나 사형들이 각자 주장하는 내용이 틀린 것이 아니다. 그러나 당장 눈앞에 닥친 현실을 외면하고 먼 앞날을 내다보려 했다.

아마도 목전에 닥친 상황을 받아들이기 힘들어 애써 외면하려는 시도일는지 모른다.

그들은 장문인이 결정하고 영향력있는 장로들이 동의를 했다면 아무리 떠들어도 소용이 없다는 사실을 모르지 않는다.

명일 도장의 속마음은 스스로 말한 것처럼 결코 세속적이지 않다는 점을 알고 있을 것이다.

아무리 도사의 신분일지라도 세상과 단절된 삶은 존재하지 않으며, 세상의 영향을 받지 않는 도사 역시 존재하지 않는다는 사실을 잘 인식하고 그런 점들을 공동파의 도사들은 스스로 잘 알고 있었다.

"장문인께서 오시는구나."

명일 도장이 자리에서 일어섰다.

＊　　　　＊　　　　＊

제갈수천은 생각할수록 억울하고 분통이 터져 가만 누워 있을 수 없었다.

"이런 개망신을……! 후우!"

결국 벌떡 일어나 침상에 걸터앉고 말았다.

'상호양, 그 늙은이가 문제야. 하필이면 그때 끼어들어가지고… 아니지. 그건 아니지!'

결과를 철혈검 상호양에게 덮어씌우고 스스로 마음을 편히 가지려 했지만 이치에 맞지 않았다.

따지고 보면 상호양만의 잘못은 아니었다. 만일 그때 상호양이 나서지 않았더라면 화를 참지 못해 아들뻘도 되지 않는 장랑과 같은 애송이와 손속을 섞었을지도 몰랐다. 그렇게 되었다면 결과가 어찌 나오던 간에 그 자체가 일생일대의 가장 큰 치욕적인 사건으로 기록될 뻔했다. 그렇게 놓고 본다면 상호양은 오히려 도와준 사람이 된다.

'남궁가주? 남궁창 때문일까?'

어쩌면 남궁창이 원인일지 모른다는 생각이 들었다.

'으음!'

거듭 생각을 해보니 남궁창이라는 결론이 나왔다.

"맞아. 바로 그거였어."

제갈수천은 자신도 모르게 고개를 끄덕였다. 오늘 사건의 배경과 원인은 남궁창이고 그의 영향력이 가장 컸다.

남궁창과는 대화를 자주 나누는 편이었다.

그와 대화를 하다 보면 반드시 한두 번쯤 공동파에 대한 노골적인 적개심을 드러내곤 했다.

"맞아!"

제갈세가는 공동파와는 아무런 연관이 없다.

지역적으로도 꽤 멀리 떨어져 있었고, 활동 영역이 다르다 보니 공동파의 제자들과 부닥치거나 마주칠 일이 없었다.

현 세대뿐 아니라 선대(先代)나 선선대(先先代)에 있어서도 공동파와 교류를 하지 않았다.

강호에 나와서 마주치면 목례 정도만 하는 사이였고 장문인 정도 되는 인물의 이름 정도만 아는 사이? 그 이상도 그 이하도 아니었다.

자신이 공동파를 미워해야 할 필요나 이유가 없었다.

그럼에도 그동안 공동파를 은연중에 깔보고 무시해 왔다. 그건 아무리 생각을 해봐도 남궁창의 영향이라고밖에 볼 수 없었다.

'남궁창이 공동파를 왜 그토록 신경을 쓰고 미워할까?'

이제껏 별로 신경 쓰지 않고 신경 쓰이지 않던 부분이었다.

하나 지금 생각해 보니 이상하였다.

남궁세가와 공동파와의 악연? 그건 알고 있었다.

낮에 눈을 크게 뜨고 대들다시피 따지던 장랑이라는 애송이와 그의 아비가 원인이었다.

살수라는 애송이의 애비는 남궁창의 손에 의해 제거되었다고 들었다. 그렇다면 남궁창의 가슴속에 쌓였던 원한 가운데 일정 부분은 사라졌다고 봐야 한다. 그럼에도 남궁창은 아직도 공동파와 그 애송이에 대한 미움이 상상을 초월할 정도로 크고 집요한 면이 있었다.

미워하기로 따지면 그 애송이가 아비를 죽인 남궁세가를 더 미워해야 하는데 현실은 그와 정반대였다.

"뭐지? 왜 그렇게 미워할까? 꼭 그래야만 하는 또 다른 이유가 있을까?"

혼자서 자문자답을 하던 제갈수천의 머릿속은 점점 복잡해져 갔다.

"엉?"

문득 뇌리를 스치고 지나는 한 가지 사건이 있었다.

"아무리 그래도… 설마?"

제갈수천은 혼자서 고개를 갸웃했다.

설마가 사람 잡는다는 말도 있지만…….

제갈수천은 공동파와 남궁세가의 악연을 조금 더 상세히 조사해 볼 필요성을 느꼈다.

만일 자신의 추측이 옳다면 남궁세가와 공동파는 한쪽이 완전히 초토화되어야 한다. 둘 중 하나가 회생할 수 없을 지경에 빠지고 나서야 싸움이 끝날 것이다.

그렇게 된다면 생각지도 못했던 엄청난 크기의 어부지리를 얻을 수 있을지도 모른다.

"내가 천화맹의 맹주? 하하하하!"

제갈수천은 낮에 당했던 불쾌한 감정이 한꺼번에 사라지는 통쾌함이 느껴졌다.

『장랑행로』 3권 끝
—장랑의 본격적인 활약은 4권에서부터 진행됩니다.

Book Publishing CHUNGEORAM

무한 상상 · 공상 세계, 청어람 신무협 & 판타지

소년에게 보법은 미래요,
희망이요, 원대한 이상이었다!!

"정말로 제가 안 넘어지고 잘 걸을 수 있나요?"
"그럼! 이건 비밀이라 잘 말해주지 않지만, 네게만
특별히 알려주마. 우리 문파의 특기가 잘 걷기다."
"안 넘어지고 똑바로요?"
"흘흘흘, 당연하지!"
"갈게요, 가겠어요!"

십이 세 소년 등천화와 오십 년 만에 세상에 나온
사부의 만남.
그리고 10년이 흘러 세상에 나온 엉뚱한 청년의
강호 행보!
그의 십보는 무림인들에게 악몽이 되었다!
어느 누구도 붙잡지 못할 거대한 광풍이 되었기에!

유행이 아닌 자유추구 -
WWW. chungeoram.com

Book Publishing CHUNGEORAM

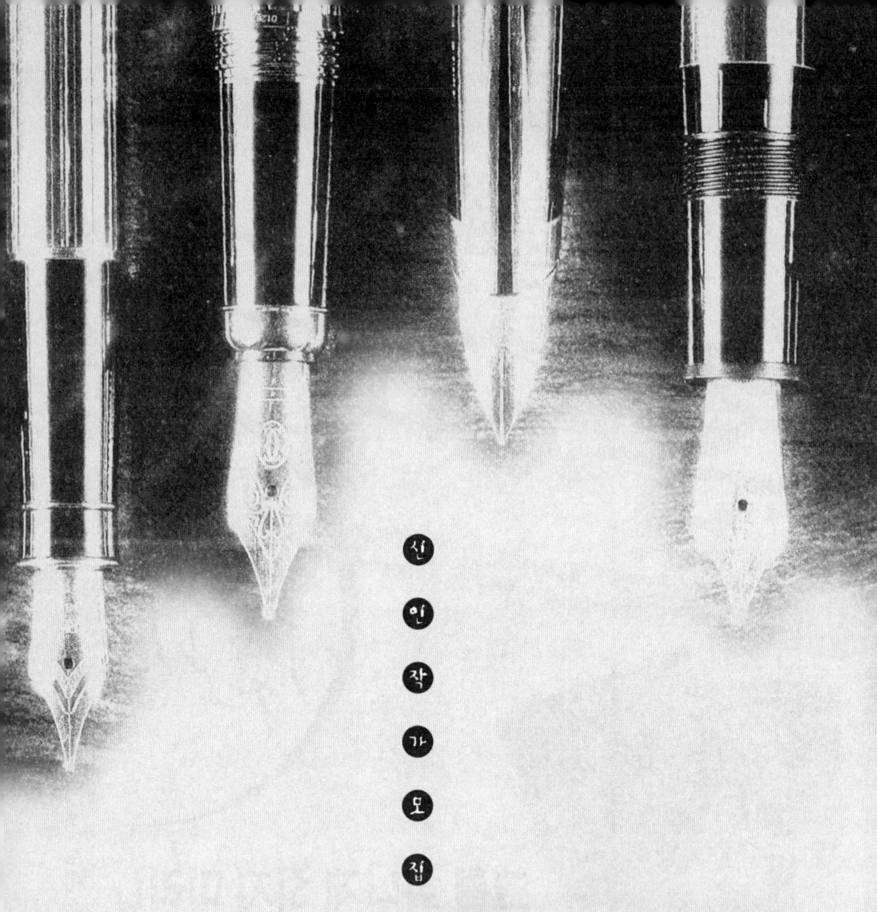

도서출판 청어람을 사랑해 주시는 독자 여러분들께 감사의 마음을 전하기 위해 이벤트를 마련했습니다. 설문에 응해주신 후 엽서를 보내주시면 매달 추첨을 통하여 청어람이 준비한 선물을 우송해 드립니다.
자세한 내용은 청어람 홈페이지(www.chungeoram.com)를 통해 확인해 주세요!

관 제 엽 서

보내는 사람

경기도 부천시 원미구 심곡1동
350-1번지 남성빌딩 3층
도서출판 청어람

420-011

요금수취인
후납부담

발송 유효기간
2007. 6. 1~2009. 5. 31
부천우체국 승인
제40104호

· 구입하신 책 제목을 적어주세요.

· 이 책을 선택하게 된 동기는?

· 이 책을 읽고 느낀 소감은?

· 청어람 무협/판타지 소설에 바라는 점은?

이름

생년월일   성별

전화번호

이메일

입소문을 통해 아는 분은 다 알고 계십니다!
올 한해 공인중개사 최고의 화제작!

1~2권 합본 | 이용훈 지음
3~4권 합본 | 이용훈 지음
5~6권 합본 | 이용훈 지음
용어해설 | 이용훈 지음

수험생 기본 필독서
만화 공인중개사

제목 : 만화공인중개사 쓰신 분에게 감사드립니다.

학원을 두 달 다녔어요 근데 과연 그 숫자 외우기 그런 게 몇 문제나 나올까 생각을 했어요
아니라는 생각이 드네요 학원강의를 뒤로하고 서점을 갔어요 내 머리에 가장 이해될 수 있는
책이 없나 하구요 거기서 만화를 발견했어요 무조건 세 번 봤어요 3개월 걸렸어요 문제집을 보라고
했는데 그건 시행을 못했어요 근데 합격을 했네요
어떻게 감사의 말을 해야 될지……
도서관에서 만화책 들고 다니니까 사람들이 비웃더라구요 만화책으로 공인중개사를 공부한다고
미친 사람처럼 보더라구요 근데 그거 다 감수하고 했던 내가 자랑스럽습니다.
어떻게 감사의 말을 해야 할지… 정말 감사합니다.
부디 행복하세요 제 나이 41살에 좋은 스승을 만난 것 같습니다.
엎드려 감사드립니다.

－본사 홈페이지에 독자분이 올린 메일 中 에서 발췌－

BOOK Publishing CHUNGEORAM

이명박

기도하는 리더십
이명박의 삶과 신앙 이야기

젊은이들에게 성공 신화의 주역으로 주목받고 있는

이명박!
과연 그 이유를 어디서 찾을 것인가.
그것은 기도하는 삶이었다!

이명박 기도하는 리더십 | 이채윤 지음 280쪽 | 9,900원

기도하는 삶이
지금의 이명박을 만들었다!
leadership

『이명박 기도하는 리더십』은 이명박의 탄생과 신앙, 그리고 그간의 업적을 한눈에 볼 수 있는 책이다. 한편으로는 신앙 간증서라고 말할 수도 있겠지만, 이명박의 삶은 신앙과 떨어뜨려 놓고는 생각할 수 없는 관계에 있다.
이 책, 『이명박 기도하는 리더십』은 대한민국 성장의 역사, 그 주역이었던 이의 삶을 통하여 이 시대의 젊은이들에게 부족한 정신들을 일깨워 줄 수 있을 것이며, 앞으로 더욱 큰 신화를 만들고 추진해 갈 이명박의 비전을 알고자 하는 이들에게 적합한 서적일 것이다.

BOOK Publishing CHUNGEORAM